알려지지 않은
예술가의 눈물과

자이툰 파스타

알려지지 않은
예술가의 눈물과

자이툰 파스타

박상영
소설_____

문학동네

중국산 모조 비아그라와 제제,
어디에도 고이지 못하는
소변에 대한 짧은 농담

제제가 발견된 곳은 종로의 한 가라오케였다.

　주말인데도 불구하고 그곳에는 사람이 별로 없었다. 열 명 남짓 되는 단체 손님과 제제 일행이 전부였다. 푸른 조명이 설치된 무대와 그것을 둘러싸고 있는 테이블은 여전히 궁상맞고 가난해 보였다. 칠 년 전과 별반 다르지 않은 모습이었다. 무대 뒤쪽 화면에서 수영복을 입은 남자들이 해변을 달리는 영상이 재생되고 있었다. 남자들이 뛸 때마다 커다란 성기가 위아래로 흔들렸다. 나는 화면을 등진 채 플로어를 가로질렀다. 바닥에 뭘 쏟았는지 걸을 때마다 슬리퍼가 쩍쩍 달라붙었다. 제제의 테이블에 가까이 다가서자 한 남자가 일어나 인사를 했다. 제제가 다니는 숍의 매니저라고 했다. 제제는 테이블에 엎드려 있었고 그 옆에 건장한 남자

두 명이 더 앉아 있었다. 그들을 직접 보는 건 처음이었다.

집에 가지 않겠다고 고집을 부려 전화할 수밖에 없었어요.

나는 꾸벅 고개를 숙였다. 화장이 하얗게 뜬 남자가 영수증을 들고 왔다. 매니저와 마사지사들은 숍 오픈 시간이 지났다며 급하게 자리를 떴다. 나는 테이블에 엎드려 있는 제제를 부축해 일으켰다. 바닥에 나뒹구는 백팩에 손을 뻗는 순간 제제가 갑자기 내 몸을 밀쳤고 우리는 함께 넘어졌다. 요란한 소리가 났고 맞은편 테이블의 사람들이 일제히 우리를 쳐다보았다. 나는 욕을 하며 일어섰다. 인사불성이 된 제제를 일으켜보려 했지만 제제가 계속 내 손을 뿌리쳤다. 예약해놓은 노래를 부르고 가야 한다고 했다. 몇 번이고 어르고 달래봤지만 취한 사람과 말이 통할 리 없었다. 그래, 그 노래 얼마나 대단한지 들어나 보자, 하는 마음이 생겼다. 나는 넘어진 제제를 끌어다 자리에 앉힌 뒤 테이블을 정리하고 있는 알바에게 과일 안주와 보드카 한 병을 시켰다. 알바가 토니라는 이름이 적힌 보드카 병을 들고 왔다. 제제가 맡겨놓은 술이라고 했다. 나는 바닥에 뒹구는 백팩을 의자에 올려두었다. 무거웠다. 무대에선 머리를 노랗게 염색한 남자가 임재범의 노래를 부르고 있었다. 화면을 보니 열다섯 곡이 예약되어 있었다. 엎드려 있는 제제의 어깨를 흔들며 무슨 노래를 예약했는지 물어보았지만 대답할 리가 없었다. 나는 오래된 참외를 안주 삼아 보드카를 마시기 시작했다. 술이 달았다. 건너 테이블에 앉은 남자들이 서로

술잔을 기울이다, 벌칙을 수행하듯이 무대에 올라서서 노래를 불렀다. 나이가 아주 어리거나 많은 남자들이 얼굴을 붉히며 어색하게 대화를 나누고 있었다. 아무래도 술 번개 테이블인 것 같았다. 그들을 바라보며 연거푸 술을 들이켰다. 보드카 한 병을 다 비울 때까지 제제의 차례는 돌아오지 않았다.

*

제제가 우리집에 살기로 했을 때 내가 말한 조건은 하나였다.
하루에 한 번, 잠들기 전까지 웃긴 얘기를 해줄 것.

*

제제는 떠날 때 들고 갔던 리모와 알루미늄 캐리어를 그대로 끌고 돌아왔다. 새것이었던 캐리어는 여기저기 찌그러진데다 온갖 나라의 수하물 스티커가 붙어 있어 그간 제제의 행보를 짐작게 했다.

삼 년 전, 불법 대부업체를 운영하는 78년생 남자와 눈이 맞아 미국으로 떠날 때만 해도 나는 제제가 영영 한국에 돌아오지 않을 줄 알았다. 출국도 하기 전부터 뉴욕주는 동성 결혼을 인정하므로 바로 혼인신고를 할 거라느니, 센트럴 파크에서 결혼식을 열 거라느니, 호들갑을 떨어 나를 질리게 했던 제제였다. 하루가 멀다 하고 걸려오던 전화도 갈수록 뜸해졌기에 나는 제제가 미국에 아예 눌러앉는 줄로만 알고 있었다.

왜 갑자기 돌아왔냐고 따지듯 묻자, 제제는 특유의 작위적인 미소를 지으며 말했다.

다 망했어.

*

제제에게 패리스 박이라는 별명을 지어준 것은 나였다.

같은 옷을 두 번 입지 않는다는 명언을 남긴 패리스 힐튼과 제제는 공통점이 아주 많았는데 우선 술과 명품, 남자를 좋아한다는 점이 그러했고 나아가 남자에게 비싼 술을 즐겨 사준다는 것까지도 비슷했다. 나 역시 과거, 제제에게 숱하게 술을 얻어먹은 남자 중 하나였다. 그 시절 제제는 마르지 않는 지갑과도 같았다.

그 많던 돈이 어떻게 한 번에 없어질 수 있는지 나로서는 도무지 이해할 수 없었는데 그건 제제 자신도 마찬가지인 것 같았다. 제제는 마치 남의 얘기를 하듯 담담하게 말했다.

제제의 부모님은 소수의 합법적인 사업체를 기반으로 다수의 불법적인 행위를 일삼고 있었다. 서류상으로 그들의 회사는 시 외곽에 위치한 소규모의 숙박업체—나란히 지어진 세 개의 모텔—

에 불과했으나 실은 업소 내부에 외국인 관광객을 대상으로 하는 파친코와 불법 환전소, 성매매소를 동시에 운영하고 있었다. 업무의 특성상 큰돈이 오가는 터라 제제의 아버지와 어머니가 번갈아가며 현찰을 회수하곤 했는데 어느 날 조선족 직원이 금고를 갖고 도망쳐버렸다. 각고의 노력 끝에 강원도 모처에 숨어 있던 직원을 찾아냈으나 거처를 급습하기 직전, 그가 제 발로 경찰서에 가 자수해버리는 불상사가 발생했다. 그는 사업주의 인색한 처우와 잦은 폭력을 견디지 못해 범행을 저질렀다 고백했다. 고혈압과 알코올 중독, 느슨한 윤리의식은 제제 집안의 가족력이었다.

제제를 한국에 불러들인 것은 경찰이었다. 제제는 귀국하자마자 곧장 경찰서로 인도되어 열네 시간 동안 조사를 받았다. 제제는 그간 자신이 누려왔던 부의 실체가 무엇인지 전혀 모르고 있었다는 사실에 안도했다. 제제의 부모님은 중국으로 도피한 뒤 행방불명 상태이며 재산의 대부분이 압수되거나 공매에 부쳐졌다. 미국에 가기 전까지 제제가 살았던 대형 아파트는 폐허가 되어 있었다. 집안을 가득 채우고 있던 고급품은 헐값에 팔려나갔다. 제제는 바닥에 아무렇게나 버려진 것들 중 일부를 챙겼다. 그리고 내게 전화를 걸었다.

카드도 막히고 갈 데도 없는데 떠오르는 건 너밖에 없었어.

내가 허락하지도 않았는데 제제는 마치 제집에 온 듯 짐을 풀기 시작했다. 제제의 캐리어에서 디스퀘어드 진 세 장과 제냐 슈트

두 벌, 돔 페리뇽 한 병과 필립스 트리머, 프라다 구두 한 켤레와 바비리스 고데기가 나왔다.

그것이 엉망이 된 아파트에서 제제가 건진 모든 것이었다.

그 와중에도 바비리스 고데기를 챙겨 나온 게 참으로 제제 같은 짓이라고 생각했다.

*

붕가붕가 파티가 뭔지 알아?

제제가 나를 흔들어 깨우며 물었고 나는 눈을 반쯤 뜬 채 대답했다.

지금 몇시야?

붕가붕가 파티 뜻 아냐고.

눈을 찌푸린 채 핸드폰을 확인해보니 새벽 다섯시 반이었다. 제제가 옷을 입은 채 이불 속으로 파고들어왔다. 나는 몸을 일으켜 앉았다. 노란 스탠드 조명 아래로 제제가 바지를 벗으려 애쓰는 모습이 보였다. 나는 한쪽 눈만 뜬 채 제제의 청바지를 벗겼다. 제제의 성기가 보였다. 제제가 몸을 동그랗게 말고 내 허벅지에 머리를 대고 누웠다.

팬티는 어디 갔냐?

묻는 말에는 대답하지 않고 계속 헛소리를 해댔다.

봉가봉가는 이탈리아 난교 파티의 은어였는데 미슐랭이나 콜라처럼 그냥 대명사가 된 거래. 지금 이 순간에도 세계 어딘가에서 봉가봉가 파티가 열리고 있을 거야. 놀랍지 않냐?

놀랍지 않았으므로 나는 제제의 이마를 때렸다. 알람이 울리기 전에 나를 깨운 것에 대한 벌이었다. 제제는 아랑곳하지 않고 계속 묻지도 않은 설명을 해댔다. 눈을 감은 채 조잘대는 그의 몸에서 익숙한 향이 풍겼다. 이숍 제라늄 리프의 냄새, 파크 하얏트의 어메니티로 사용되는 제품이었다. 그곳은 제제의 단골 고객인 유부남 변호사가 자주 데려가는 호텔이었다. 그는 섹스할 때마다 팬티 위로 애무를 해 제제의 팬티를 침 범벅으로 만들었다. 유난히 깔끔을 떠는 제제는 종종 젖은 팬티를 버리고 오곤 했다. 봉가봉가 파티에 대해 떠드는 제제의 입에서 계속 술냄새가 풍겼다. 혀가 점점 더 꼬이기 시작했다. 졸린 것 같았다.

오늘의 웃긴 얘기 끝.

제제가 베개를 베고 눕더니 곧 코를 골기 시작했다. 나는 제제의 몸에 이불을 덮어주고 다시 시간을 확인했다. 다섯시 사십팔분. 다시 잠을 청하기에는 다소 애매한 시간이었으므로 눈을 반쯤 감은 채 화장실로 들어갔다.

새로 바꾼 전동칫솔은 잇몸 손상을 일으키는 것 같았고 일주일 동안 밀지 않은 턱수염이 어느새 무성해져버렸다. 팀장이 턱수염에 대해 한마디라도 싫은 소리를 하면 당장 회사를 그만둘 작정이었는데 거짓말처럼 아무 말도 하지 않았다. 사사건건 부하 직원의 트집을 잡곤 하던 그에게는 좀체 없는 일이었다. 나는 그것을 회사에 더 다니라는 운명의 뜻으로 받아들이기로 했다. 거품을 뱉자 피가 섞여 나왔다. 거울 속에는 입꼬리가 처지고 뺨이 부어 불만이 가득해 보이는 남자가 서 있었다. 수도꼭지를 돌리자 뜨거운 물이 나오기 시작했다. 나는 면도기를 들어 턱수염 대신 음모를 정리했다. 성기가 조금 더 커진 것처럼 보여 기분이 좋았다.

욕실 밖으로 나와 옷을 입기 시작했다. 제제의 슈트는 내게 조금 작아 재킷 단추가 잘 잠기지 않았다. 오래된 화장대 위에 십만 원짜리 수표 일곱 장과 못 보던 박스 하나가 올려져 있었다. 박스를 열어보니 태그호이어 시계였다. 아마도 고객 중 하나가 선물로 줬거나, 제제 본인이 충동적으로 산 물건인 것 같았다. 망하고 난 후에도 제 버릇 개 주지 못한 제제는 툭하면 고가의 물건을 사곤 했다. 등뒤로 제제가 요란하게 코 고는 소리가 들렸다. 나는 제제의 시계를 손목에 차고 조용히 방밖으로 나왔다. 현관으로 가 제제의 프라다 정장 구두를 신었다. 사이즈가 커서 발을 내디딜 때마다 구두코가 조금씩 접혔다.

*

지금 다니는 직장은 내 두번째 직장이며, 첫번째 정규직이다.

첫 직장을 충동적으로 때려치울 때만 해도 나는 내 인생에 더이상
의 출퇴근은 없다고 믿었다. 나의 모친은 이런 나의 성격을 항상
못마땅해했다. 중졸에 젊은 이혼녀라는 핸디캡을 성실하고 부지
런한 성정으로 극복한 그녀로서는 당연한 일일 것이다. 나는 살이
잘 찌는 체질 말고는 별로 그녀와 닮은 게 없었다. 생전 그녀의 손
에는 항상 묵주가 들려 있었다. 그녀가 죽고 난 뒤 나는 장롱에서
총 여덟 개의 보험증서와 얼마간의 돈이 담긴 예금통장을 발견했
다. 그녀가 평생 불안해하며 살았던 덕분에 나는 매달 숨만 쉬고
살 수 있을 만한 돈을 지급받게 됐다. 다행인지 불행인지 나는 숨
만 쉬고 사는 데 소질이 있었다. 사표를 낸 후, 나는 집밖으로 나
가지 않고 침대와 냉장고를 오가는 방식으로 남은 인생을 흘려보
내기로 결심했다.

결심이 깨진 건 염증 때문이었다. 그것도, 만성 전립선염.

처음에는 소변을 볼 때마다 요도 끝이 조금 따끔거린다 하는 정
도였는데, 통증의 범위가 갈수록 넓어졌다. 아랫배의 깊은 곳에서
묵직하게 느껴지는 고통은 날이 갈수록 심해져 골반과 허벅지, 발
목까지 포자처럼 퍼져나갔다. 급기야 원하는 때에 발기가 되지 않
는 지경에 이르렀다. 모든 만성질환들이 그렇듯 원인은 모르지만
증상을 경감시킬 수 있는 몇 가지 치료법이 있다고 했다. 규칙적
인 생활 습관과 주기적인 좌욕, 그리고 전립선 마사지가 그것이었
다. 규칙적인 생활 리듬을 만들기 위해 나는 다시 일을 구했고, 원

적외선이 나오는 고급형 좌욕기를 샀다.

그리고 일주일에 두 번, 점심시간마다 나는 회사 앞 비뇨기과에 간다.

기업형 비뇨기과의 치료실은 언제나 나이든 남자들로 가득했다. 나는 의사의 진료도 받지 않고, 파티션으로 나누어진 치료실의 침대 중 하나를 차지했다. 바지를 내리고 가죽 침대에 엎드리자 간호조무사가 들어와 나의 애널에 의료용 젤을 발랐다. 심호흡을 할 틈도 없이 유선형의 딜도가 내 애널로 들어왔다. 좀체 익숙해지지 않는 묵직한 고통에 온몸에 힘이 들어갔다. 간호조무사가 스위치를 켜자, 깊은 곳에서부터 진동이 전해졌다. 신음 소리가 새어나올 것 같아 아랫입술을 꽉 깨물었다. 이십 분 동안, 이런 방식으로 엎드려 있노라면 도대체 인생이 어디서부터 어떻게 잘못된 건지 반추하게 된다.

태어난 것. 그것도 동성애자로 태어난 것. Q를 만나서 사귀게 된 것. 백일 휴가를 나온 Q와 농약을 나눠 마시고 욕조에 들어간 것. 나만 살아남은 것. 섹스를 하지 않고서는 잠을 자지 못하는 습관이 생긴 것. 콘돔을 끼지 않고 모르는 남자들과 섹스를 해온 것.

이중 단 하나만이라도 바꿀 수 있었더라면 나는 지금과는 다른 삶을 살게 됐을까.

벨이 울렸다.

오늘은 생각보다 일찍 치료가 끝났다. 앞으로도 미리 예약을 해놓는 편이 나을 것 같다는 생각을 하며 회사를 향해 발걸음을 옮겼다.

*

열두시 삼십육분, 회사원031이 도착했다는 문자를 보내왔다. 나는 회사 건물에 들어서자마자 곧장 빌딩 뒷문 쪽의 직원용 화장실로 향했다. 로비 쪽 화장실과는 달리 이곳의 조명은 항상 어두웠다. 회사원031은 이미 도착해 손을 씻고 있었다. 가볍게 묵례를 하고 그의 손목을 잡아 장애인 칸으로 들어갔다. 널찍하고 따뜻하고 사람이 오지 않는, 섹스에 필요한 모든 조건을 갖춘 곳이었다. 바닥에 놓인 세제 통과 밀대를 한구석으로 밀어놓았다. 옷이 더러워지지 않게 재킷과 바지를 벗어 선반 위에 올려두었다. 그리고 문을 걸어 잠갔다.

백열등 아래에서 본 회사원031의 얼굴은 사진보다 조금 더 검고 나이들어 보였다. 물론 나도 사진과는 조금 다를 것이므로 개의치 않고 회사원031의 정장 바지를 내렸다. 그의 성기는 역시 사진보다 조금 검고, 작았다.

그가 먼저 사정을 했고 곧이어 나도 사정했다. 오늘도 발기가 잘 되지 않았다. 그가 휴지를 잘라 자신의 엉덩이와 성기를 문질러 닦았다. 팬티를 올리는데 그의 애널에 작은 휴짓조각이 말라붙어 있는 게 보였다. 회사원031이 고개를 꾸벅 숙이고 밖으로 나갔다. 다신 그를 볼 수 없을지도 모른다. 나는 바지를 대충 추켜올리고 변기에 앉았다. 골반에 묵직한 통증이 느껴졌다. 나는 의사의 경고를 무시하고 오늘도 콘돔을 끼지 않았고, 어쩌면 또다시 병에 걸리게 될지도 모른다. 별로 불안하지는 않았다. 불안해지지 않는 비결은 별다른 기대를 하지 않는 것입니다. 하늘에 계신 어머니께 기도를 올리고 싶은 기분이었으나 보이는 건 천장뿐이었다. 십 분 뒤로 알람을 맞춰놓고 깊숙이 고개를 숙였다. 구두코가 반짝이는 게 보였다.

잠깐이나마 편하게 잘 수 있지 않을까 기대하며 눈을 감았다.

*

군복을 입은 남자와 내가 커다란 다이빙대 위에 서 있다. 나는 아무것도 입지 않은 채, 아래를 바라보고 있다. 까마득하게 높아 온몸에 소름이 돋는다. 군복을 입은 남자가 다이빙대의 끝으로 걸어가기 시작한다. 나는 오한을 느끼며 양팔로 내 몸을 감싸안는다. 한 걸음씩 멀어지던 남자가 다이빙대에서 뛰어내린다. 남자의 몸이 깊은 욕조를 향해 떨어진다.

*

불안한 섹스를 한 후에는 꼭 꿈에 Q가 나왔다.
꿈속에서 Q는 늘 성공하고, 나는 실패한다.
그게 언제나 웃기고 이상했다.
벌써 시간이 많이 흘렀다.

*

제제와 내가 처음 만난 건 칠 년 전이었다. 당시 급작스레 엄마
가 죽었고, Q가 자살에 성공했다. 일상에서 가장 많은 부분을 차
지했던 두 사람이 사라지자 별달리 할 게 없어져버렸다. 너무 심
심했기 때문에 이전의 나였으면 귀찮아서 할 수 없던 일들을 하게
됐다. 이를테면 매일 모르는 남자를 만나 섹스를 하거나 술 번개
에 나가 밤새 술을 마시고 노는 일 같은.
　제제를 처음 만난 것도 술 번개 자리였다.
　테이블에는 일고여덟 명 남짓의 남자들이 앉아 있었다. 워낙 술
번개가 유행했던 시절이라 술집에는 언제나 사람이 북적이곤 했
는데 이상하게 그날은 그렇지 않았다. 띄엄띄엄 앉아 있는 사람들
중 수염 자국이 진하고 어깨가 넓어 유달리 눈에 띄는 남자가 하
나 있었다. 그게 바로 제제였다. 술 번개가 시작됐고 방장이 자리

에서 일어났다. 우리는 방장이 진행하는 대로 자리를 옮겨가며 여러 남자와 이야기를 나누고 술을 마셨다. 당시에는 술 게임을 통해 커플을 이어주는 유치한 방식이 한창 성행했으므로, 그날도 어김없이 이미지 게임이 벌어졌다. 몇 번의 거수투표 끝에 제제는 가장 우아할 것 같은 사람으로 나는 가장 쉬울 것 같은 사람으로 뽑혔고 우리는 첫번째 커플이 되었다. 대중의 눈은 정확했다. 우리는 자정이 되기 전에 만취해 그 자리를 빠져나왔다. 나는 언제나처럼 근처 모텔에서 대충 하고 치울 생각이었는데, 제제가 굳이 호텔에 가자고 했다. 실랑이 끝에 우리는 택시를 타고 롯데호텔에 가기로 합의를 보았다. 그나마 술 번개 자리에서 가장 가까운 특급 호텔이었기 때문이었다. 객실에 들어갈 때만 해도 그렇지 않았는데 막상 침대에 눕자 잠이 쏟아졌다. 여차여차 옷을 벗기는 했는데 우리 둘 다 너무 많이 취해 있어 제대로 발기가 되지 않았다. 그래서 그냥 푹 잤다.

아침에 일어나서 정신을 차려보니 제제와 나는 벌거벗은 채 부둥켜안고 있었고, 침대 위에는 주방용 가위와 소주잔 하나가 놓여 있었다. 술에 취하면 사소한 물건을 훔치는 것이 제제의 술버릇이었다. 제제가 주문한 아메리칸 브렉퍼스트로 해장을 하며 대화를 나눈 결과 우리에게 놀라운 공통점이 있다는 것을 알게 됐다. 우리의 성과 이름의 돌림자가 같았다. 제제가 나보다 다섯 살이 많기는 했지만 형이라고 부르기는 싫었으므로 내 이름과 유일하게 다른 글자인 제, 를 따서 제제라고 부르기 시작했다. 제제는 기분에 따라 나를 야 혹은 자기라고 불렀다. 그뒤로 제제와 나는 친형제처럼 가까워져 같이 술을 마시고 클럽에 다니거나 충동적으로 방콕이나 도쿄로 여행을 떠났으며 그곳에서 모르는 남자들과 술을 마신 뒤 섹스를 했고 물건을 훔치거나 잃어버렸다. 그때의 나는 음주와 기억상실의 세계가 영원할 줄로만 알았다.

변화는 순식간에 찾아왔다.

우리는 종종 크고 작은 일들로 부딪치곤 했는데 대개는 제제의 애정관계가 원인이었다.

제제는 선이 굵고 남자답게 생기긴 했지만 계속 보다보면 미간이 넓고 코가 길어 개미핥기 같은 느낌이 들었고 정석적인 미남이라고 보기는 조금 어려웠다. 그 희소성 때문인지 게이들 사이에서는 묘하게 인기가 많았고 목을 매고 달려드는 사람들도 더러 있었다. 몸과 마음, 씀씀이 모두가 헤펐던 당시의 제제는 외모와 경제적 지위, 심지어 섹스 포지션까지도 개의치 않고 그들 대부분과 짧고 뜨거운 연애를 했으며, 그럴 때마다 연락이 뜸해지곤 했다. 그러다 헤어지고 나면 꼭 나에게 연락해 넋두리를 해댔다. 나도 성격이 만만한 편은 아니라서 술을 사줄 때 빼고는 형 대접을 해주지 않았고, 일일이 옳은 소리를 해 언성을 높여 싸우는 일이 잦았다. 삼 년 전, 78년생 사업가와 연애를 시작한다고 했을 때도 그저 지나가는 바람이겠거니 여겼는데 막상 그와 함께 미국으로 떠난다고 하니 뭔가 아쉬웠다. 그간 신세 진 것도 있고 해서 이민 겸 결혼 선물을 하기로 마음먹었다.

나는 제제에게 신세계백화점 상품권 백만원어치를 줬다. 엄마가 죽었을 때 아버지라는 작자가 위로금이랍시고 보내온 거였다. 서랍 한구석에 처박힌 상품권을 볼 때마다 엄마가 네 아버지는 돈을 쓰고도 욕을 먹는 남자였단다. 입버릇처럼 말하던 것을 떠올리곤 했는데 결국 그게 제제에게 가게 됐다. 제제는 상품권으로 가장 큰 사이즈의 리모와 알루미늄 캐리어를 샀다.

방탄 소재로 만들어져 폭탄 테러가 일어나도 문제없대.

호들갑스럽게 즐거워했던 제제의 모습이 아직도 기억난다. 그 리모와 캐리어는 지금 우리집 현관에 놓여 있다. 나는 현관 한구석에 찌그러진 채로 놓여 있는 리모와 캐리어를 바라볼 때마다 제제가 자살하지 않았다는 사실에 감사하곤 했다.

*

제제가 한국에 오자마자 가장 먼저 한 일은 코 성형이었다. 시차 적응이 끝나기도 전에 며칠 동안 강남의 성형외과를 돌아다니며 상담을 받은 제제는 뭔가 결심한 듯 내게 말했다. 신용카드 좀 빌려줘. 지금껏 주기적으로 콧대에 필러를 맞곤 했는데 이제는 필러를 맞을 돈이 없으므로 수술을 해야 한다고 했다. 두 번 들을 것도 없이 말이 안 되는 논리였으나 제제의 고집을 알기에 나는 순순히 신용카드를 내어주었다. 제제는 그날로 코 수술을 하고 돌아왔다. 중화권에서 인기를 끌고 있는 한류 스타의 주치의가 있어 프리미엄을 더 받는 병원이라고 했다.

제제의 수술은 절반의 성공을 거두었다. 길쭉한 매부리코가 많이 날렵해져 개미핥기 같은 느낌이 완화되긴 했으나 코뼈에 유착이 일어나 한쪽 콧구멍이 거의 막혀버렸다. 제제는 수술을 한 병원으로 찾아가 평생 피부 및 체형 관리 일체를 무료로 제공받는 것을 골자로 하는 합의서를 작성했다. 그날 우리는 성공적으로 합의를 마친 기념으로 호텔에 가 스테이크를 먹었고 계산은 내가 했다.

제제는 콧등에 멍이 가시기도 전에 일을 시작했다. 전문대 관광영어과를 다니던 시절 알고 지내던 선배의 소개로 여행사의 인턴 자리를 얻게 됐다고 했다. 부지런히 일해서 미국에 갈 돈을 모을 거라고 들떠서 얘기하는데 뭔가 수상했다. 서른다섯 살짜리 늙은 인턴을 뽑는 회사가 있긴 하냐, 네가 친한 선배가 어디 있냐, 몇 번 추궁했더니 아니나 다를까 게이 마사지 숍에 다니게 됐다고 실토했다. 서울에서 제일 큰 곳이며 내국인과 외국인 모두에게 인기가 높아 큰돈을 벌 수 있다고 기어들어가는 목소리로 말했다.

제제가 알려준 마사지 숍의 이름을 구글에서 검색했다. 가장 위에 있는 사이트를 눌러보니 바둑판처럼 남자들의 얼굴과 몸 사진이 떠올랐다. 그중 하나, 익숙한 얼굴이 있었다. 눈 부분이 흐리게 처리된 제제의 사진이었다.

TONY(28): 185-83-18.

다소 과장된 크기까지는 그렇다 쳐도 스물여덟이라니. 나이를 너무 후려친 것 같았다. 스크롤을 내려보니, 마사지사 토니는 여러 종류의 코스를 제공하고 있었다. 코스 A의 경우 한 시간에 십오만원, C의 경우는 두 시간에 삼십, F는 한나절 동안 오일 마사지를 포함한 다양한 서비스를 해준 후 칠십오만원이었다. 막 수술대에서 내려온 것 같은 모습의 제제에게 누군가 거금을 주고 섹스를 하는 모습이 영 상상이 안 됐다.

얼굴이 그런데도 일을 할 수가 있어?

수술해서 부어 있는 거라고 말하는데.

안 부끄러워?

전혀.

하긴 제제는 머리 손질이 덜 됐거나 피부에 여드름이 난 것과 같은 사소한 결점은 매우 수치스럽게 여겼으나, 남들이 부끄러워할 만한 것들은 오히려 개의치 않아 했다. 제제는 길에서 곧잘 나를 껴안았으며 회사 근처에서도 팔짱을 끼는 등의 행동을 해 싫은 소리를 하게 만든 전력이 있었다. 그에게는 남의 시선으로부터 초연한 근원적 당당함, 즉 뻔뻔함이 있었다. 유복한 집에서 태어나 별다른 좌절을 모르고 자랐기 때문인 걸까. 대부분의 경우 나는 제제의 그런 뻔뻔함이 싫었으나 가끔은 부럽기도 했다.

*

제제는 참 많이 사랑을 하고 살았다. 자신을 버려둔 채 연락이 끊긴 부모님도, 길에서 건강 팔찌를 파는 할머니도, 나도, 제제에 게는 모두 공평한 사랑의 대상이었다. 덕분에 제제는 양 손목에 옥으로 만든 팔찌를 주렁주렁 차고 있으며, 다단계에 빠진 미용실 아줌마에게 영양제 다섯 통을 사와 밥 대신 먹기도 했다. 평생을 한동네에서 살았지만 말을 트고 지내는 사람이 없는 나와는 근본 적으로 다른 인간이었다.

제제는 단 한순간도 어딘가에 현혹되지 않고서는 견딜 수 없는 것처럼 매일 사랑을 하고 살았는데 꼭 가당치 않은 대상들을 골라 사랑하는 재주가 있었다. 허영이 심하고 어깨가 넓은 연극배우를 만났을 때는 그의 사정이 딱하다며 치아 라미네이트 비용을 대주었고, 배우가 추레해 보여서는 안 된다며 명품 가방이며 지갑을 사다 바쳤다. 제제의 돈으로 라미네이트 치료를 마친 연극배우는 제제보다 더욱 경제 사정이 좋은 유부남을 만나 오피스텔을 받았다. 오 년이 지난 지금도 제제는 가끔 그 배우가 꿈에 나온다고 말했다. 내 경우는 언제부터인가 어느 것에도 열광하지 않는 심드렁한 사람이 되어버렸으므로 제제를 도무지 이해할 수가 없었다. 나는 제제의 돈을 갈취한 남자들의 명단을 일일이 나열했다. 그리고 제제에게 그들이 했던 그 방식 그대로 고객들의 돈을 회수하는 것이 자본주의적 도리라고 설명했다. 제제는 들은 체 만 체 했다.

그렇게 많은 사람들에게 이용당했는데, 억울하지 않아?

내가 사랑해서 한 일이니까 상관없어.

제제의 사랑이 커갈수록 단골 고객은 점점 늘어났다. 아침마다 화장대에 놓인 세계 각국의 돈을 보며 나는 한국에 그렇게 많은 종류의 화폐가 유통되고 있다는 사실에 놀라곤 했다. 언젠가는 제제의 단골인 대기업 영업사원이 우리집에 공기청정기와 비데를 보내오기도 했다. 나는 따뜻한 변좌에 앉을 때마다 제제의 인기 비결에 대해 생각했다. 선이 굵고 체격이 좋은 게 가장 큰 이유겠지만 단지 그것뿐만은 아니었다. 제제는 함께 있는 시간 동안만큼은 진심을 다한다는 느낌을 주는 재주가 있었다. 물론 제제가 진심으로 사랑하는 건 누군가를 좋아하는 자기 자신의 모습뿐인 것 같긴 하지만. 언젠가 제제가 술을 먹고 들어와 내게 본심을 말한 적이 있었다.

이건 비밀인데 사실 나, 이 직업 너무 적성에 잘 맞는다? 매일 새로운 남자랑 호텔에서 데이트하고 돈까지 버는 기분이야. 나 호텔도 좋아하고 남자도 좋아하잖아.

너무나도 진지하게 얘기하는 통에 웃음이 터져나왔다. 제제를 아는 사람이라면 누구나 짐작할 수 있을 만한 얘기인데도 굳이 비밀로 하라는 게 더 웃겼다.

그만 웃어.

응.

이건 진짜 비밀인데, 마음에 드는 손님 오면 콘돔 빼고 할 때도 있어.

미친놈.

*

적성에 맞는 일이지만 고되기는 한지, 제제는 잘 때마다 심하게 코를 골았다. 수면 무호흡증도 더 심해지는 것 같았다. 곤히 잠을 자다가도 이따금 숨이 막히는 소리를 내며 몸부림치곤 했다.

그날도 나는 곧 죽을 것 같은 제제의 숨소리에 놀라 선잠에서 깨어났다. 이대로 죽어버리는 건 아니겠지. 나는 제제의 뺨을 살짝 때렸다. 제제는 잠시 얼굴을 찡그리더니 자세를 고쳐 옆으로 누웠다. 꽉 막혀 있던 숨소리가 곧 편안해졌다. 나는 가슴을 쓰다듬으며 스탠드를 켰다. 누운 제제의 콧등이 반짝거렸다. 보형물 자국이 비치는 것 같았다.

이 침대에 Q 말고 다른 남자가 누운 건 처음이었다. Q가 죽을 때만 해도 다른 사람이 이 침대에 눕는다는 건 상상할 수 없었는데. 하필 제제와 함께 눕게 되어버렸다. 만약 제제가 떠나면 어찌하나. 새로운 사랑의 대상이 생긴다면 제제는 분명 미련 없이 이곳을 떠날 것이다. 쓸모가 없어져버린 것들을 모두 버린 채. 초침이 부러진 손목시계와 낡은 구두, 찌그러진 리모와 캐리어와 나, 같은 것들.

나 혼자 이 침대에 남게 되면 그때는 누가 웃긴 얘기를 해주려나. 잘 모르겠다.

불을 끄고 다시 잠을 청해보았다. 베개가 뜨거워질 때까지 잠은 오지 않았고, 꿈인지 현실인지 분간할 수 없을 정도로 짧은 수면을 취했다. 잠을 설친 다음날은 어김없이 사타구니가 묵직하게 쑤셔왔다. 나는 제제의 옷을 입고 제제의 신발을 신은 채 내 인생 두 번째 직장으로 매일 출근했으며 비뇨기과의 가죽 침대에 엎드려 전립선 마사지를 받거나 잘 모르는 사람과 섹스를 하며 시간을 보냈다.

*

집에 돌아오니 열한시였다. 중식당에서 시작된 저녁 회식은 이자카야를 거쳐 노래방까지 이어졌다. 첫 곡이 끝날 때쯤 몰래 가방을 들고 도망쳐 나왔다. 몹시 피곤해 소파에 허물처럼 옷을 벗어놓았다. 내일은 기필코 퇴사하겠다고 말해야지 결심하며 욕실에 들어섰는데 그곳에 제제가 있었다. 제제는 흰 셔츠에 정장 바지를 입은 채 브러시로 얼굴에 파운데이션을 바르고 있었다. 욕조에는 거품이 잔뜩 일어나 있고, 세면대 옆으로 향초 두 개가 켜져 있었다.

뭐야. 왜 정장 입고 있어.

F코스 예약 잡혀서.

정장 입고 오래?

아니. 그냥 잘 차려입고 호텔 들어가면 기분좋잖아.

망하고 나서도 정신을 못 차리는 건 여전했다. 나는 오래된 욕조에 걸터앉아 손으로 거품을 휘휘 저었다. 제제는 한참 동안 화장을 했다.

오늘은 어디로 가는데.

JW 메리어트. 저번에 말해줬던 그 안양 애 만나러 가.

그 양악남?

응. 진짜 오늘은 또 얼마나 넋두리해댈지 벌써부터 걱정이야.

그는 육 개월째 제제와의 데이트 코스를 끊는 단골이었다. 나이가 스물여덟인가 아홉인가, 비교적 어린 편인데 마사지사를 불러놓고 마사지를 받는 대신 하나도 중요하지 않아 보이는 고민을 밤새도록 늘어놓아서 마치 자신이 심리상담사가 된 것 같은 기분을 느끼게 해준다고 했다.

졸부 집 아들인 그는 대부분의 졸부 집 아들들이 그렇듯 입시에 실패해 미국의 이름 모를 대학으로 도피 유학을 떠났으며, 학교에 적응하지 못하고 자퇴했다. 우연히 동성애자의 로맨스를 다룬 미국 드라마를 본 후 뒤늦게 성적 지향을 깨닫고 남자를 만나보려 몇 번 시도했지만 잘되지 않았다. 남자들에게 돈과 감정을 써가며 삽질을 하다 뒤늦게 진짜 문제점—얼굴—을 깨닫고 양악을 포함, 대대적인 성형수술을 감행했으나 오히려 묘하게 선이 여성스러워져 더 인기가 없는 얼굴이 됐다.

제일 견딜 수 없는 건 앞 트임 수술 자국이야. 가까이서 보면 꼭 눈곱같이 생겨서 진짜 소름 끼쳐.

제제는 한참 동안 고객의 흉을 봤다. 그러더니 욕실에 부옇게 안개가 낄 정도로 과하게 헤어스프레이를 뿌리고는 오늘의 웃긴 얘기 끝, 이라고 말했다. 도대체 뭐가 웃긴지는 알 수 없었지만. 나는 욕조에 손을 넣었다.

물 뺀다?

아냐. 너 들어가. 나 목욕 안 했어. 갑자기 예약 잡혀서. 어차피 이따 지문 쪼글쪼글해질 때까지 욕조에 들어앉아 있어야 해. 미친놈 맨날 같이 씻자고 해서 드러워 죽겠네.

나는 팬티를 벗고 얼른 욕조로 들어가 머리까지 푹 담갔다. 제제의 목소리가 들리지 않을 때까지. 제제가 뒤돌아서자 얼른 물 밖으로 나와 젖은 숨을 내쉬었다. 욕실 밖으로 나가는 제제의 등에 대고 말했다.

모범 타지 말고.

*

멀쩡하게는 생겼다.

그런데 말이 너무 많았다.

데이팅 앱을 통해 만난 남자는 스물네 살 대학생이며 신소재공학을 전공한다고 했다. 나는 그를 공대생4, 라고 저장했다. 공대생4는 자리에 앉기 무섭게 자신의 학창 시절에 대해 늘어놓기 시작했다. 그는 고등학교 때 좋아하는 아이에게 고백을 한 뒤, 전교에 동성애자라는 소문이 퍼져 공공연한 왕따가 됐다. 책상 서랍 속에 썩은 우유가 들어 있었고 누군가 신발을 연못에 빠뜨렸으며 집에 가는 길에 린치를 당하는 일들이 계속됐다. 기적적으로 대학에 입학한 뒤로는 정신과 치료를 받으며 간신히 트라우마를 극복했다. 나는 지루함을 견디며 기계적으로 고개를 끄덕여주었다. 공대생4는 경이로운 표정으로 나를 바라보았다. 과연 컨설턴트라더니 정말 컨설팅을 받는 기분이에요. 컨설턴트랑 카운슬러를 잘 구별하지 못하는 것 같았지만 굳이 정정해줄 필요가 느껴지지는 않아서 그냥 빙긋이 웃어줬다. 그가 그런 나를 보고 철학적인 고민을 할 줄 아시는 분 같다고 했다. 나는 뭐라고 대답해야 할지 고민하다 동생은 세계를 앓고 계시는군요, 좋은 거예요, 라고 나조차도 알 수 없는 말을 했다. 이럴 때마다 나는 나 자신에게서 모종의 쇼맨십을 발견하곤 했다. 공대생4는 신이 나서 자신이 읽었던 책에 대해 주절주절 늘어놓았다. 알코올 중독자였던 남자가 우연히 신을 만나고 온 경험담인데, 그 책이 공학도인 자신에게 생의 의미와 해답을 찾아주었다고 했다. 술 취한 남자가 늘어놓은 헛소리가 공학과 무슨 상관인지는 알 수 없었지만 열심히 들어주는 척은 했다. 이야기가 점점 더 이상한 방향으로 흘러갔다.

형, 저는 신의 존재를 믿어요. 현재 우리가 살고 있는 이 세계는 실은 보이지 않는 집단에 의해 지배당하고 있는 게 분명해요. 우리는 누군가의 손아귀 속 장난감에 불과한 거죠.

공대생4는 일루미나티라는 세계를 지배하는 집단의 음모에 대해 한참 동안 이야기했다. 그 역시도 세계를 지배하는 집단의 일원이 될 계획이었으나 여러 편의 SF 영화를 분석해본 결과 과학자들이 가장 먼저 살해당하는 경우가 많아서 그만뒀다고 했다. 또한 그는 우리 개개인이 곧 우주이며, 우주가 곧 나라고 굳게 믿고 있었다. 일장 연설을 늘어놓던 공대생4가 갑자기 내 손을 잡으며 말했다.

인간이, 우리가 곧 우주거든요. 형이 우주를 느낄 수 있게 해드릴게요.

더는 안 되겠다 싶어서 가방을 들었다. 커피 다 마셨으면 일어나자고 말하자 공대생4는 다소 상기된 표정으로 백팩을 둘러멨다. 나와 함께 가고 싶은 곳이 있다고 했다. 근처 기도원이나 도량 같은 데에 끌고 가려는 건가. 공대생4가 조심스럽게 말했다.

형네 집에 가고 싶어요.

그럴 수는 없었다. Q 말고 다른 남자를 집에 들였던 적은 없었
으니까. 나는 공대생4에게 집이 너무 더러워서 안 된다고 말했다.
집이 항상 더럽기는 하니까 거짓말은 아니었다. 그는 상관없다고
말하며 내 팔을 붙들고 애원했다. 형, 제발요. 팔을 빼도 계속 내
게 안기다시피 몸을 기댔다. 그게 싫지는 않아서 나는 그를 집 대
신 근처의 모텔로 데려갔다.

그의 말대로 나는 그의 애널에서 우주를 느꼈다. 그것은 넓고,
공허했다.

*

제제가 옷을 입은 채로 침대에 드러누웠다. 그리고 양말도 벗지
않은 채 동료 마사지사를 흉보기 시작했다. 그는 고소득 중년층에
게 인기가 높아 한 달에 기본으로 칠팔백은 버는데, 단 한 번도 먼
저 밥을 산 적이 없었다. 매일 빈대처럼 들러붙어 제제와 매니저
에게 얻어먹기만 했다. 그래서 그런지 나이가 스물셋인가 넷밖에
안 됐는데 탈모가 심해 언제나, 심지어 섹스를 할 때도 모자를 쓴
다고 했다. 얼마나 까졌길래, 물었더니 제제가 핸드폰으로 사진을
보여주었다.

정수리가 휑한 것이 이십대라고는 믿을 수 없을 정도였다. 그런

모습으로 칠팔백을 번다니. 뭔가 다른 이유가 있는 것 같아 제제에게 물었다.

커?

얼굴 생김새와는 달리 매우 소박하고 알뜰한 느낌의 그것이라고 했다. 뭐랄까, 자연의 섭리에 어긋나는 것 같았다. 제제는 계속해서 마사지사를 욕했다. 그는 제제가 고객과 따로 만나는 것을 사장에게 꼬박꼬박 일러바쳐 제제를 곤란하게 만든다고 했다.

지도 똑같으면서 그래. 심지어 고객이랑 노콘으로도 한대. 곧 에이즈에 걸릴 게 분명해.

너도 마음에 드는 사람 있으면 빼고 한다며. 괜히 퉁명스러운 말이 나왔다.

안전한 사람하고만 해.

안전하다고 이마에 써 있냐? 됐어. 나도 맨날 노콘으로 하는데 뭐.

너 미쳤어?

섰던 게 죽어. 콘돔 끼면.

너 그러다 죽어.

너도 죽어. 언젠가.

제제는 상한 걸 씹은 것 같은 표정으로 나를 바라보더니 가방에서 작은 알약 케이스를 꺼냈다. 케이스 속 일곱 개의 칸마다 파란 알약이 들어 있었다. 제제는 그중 한 알을 꺼내 내게 건넸다.

중국산 비아그라야.

짝퉁이지만 정품보다 다섯 배나 효과가 좋아 숍에서 대량 구매를 한다고 했다. 제제는 싫다는 내 손에 굳이 알약을 쥐어주며 상비약처럼 챙겨두라고 했다.

효과가 너무 좋아서 한 알을 다 먹으면 혈관이 터져버릴지도 몰라. 앞니로 깨서 삼등분해 먹어야 해. 제제는 앞니로 약을 씹는 시늉을 하며 친절히 복용법까지 설명해주었다. 나는 손바닥 위의 알약을 바라보았다. 파랗고 통통한, 마름모꼴의 알약은 내가 아는 비아그라의 모습과 완전히 똑같았다. 돈을 준다고 하자 제제는 우리 사이에 무슨 돈이냐며 손사래를 쳤다. 제제가 슬쩍 내 어깨를 감싸며 말했다. 사랑하는 거 알지. 나는 제제의 팔을 치우고 양복 재킷 안주머니에 알약을 넣어두었다.

편히 잠들 수 있을 것 같은 밤이었다.

*

제제의 귀가시간이 점점 늦어졌다. 외박을 하는 날도 많았다. 제제의 말에 따르면 F코스를 예약하는 손님이 점점 늘어난다고 했다. 세상에 돈 많고 외로운 사람이 그렇게 많은가 싶다가 슬그머니 의심이 들었다. 정말 고객인 걸까. 제제는 누구를 좋아하지 않으면 안 되는 병에 걸린 것처럼 항상 누군가를 만나왔다. 만나서 술을 마시거나 섹스를 하는 건 직업적 소명이기도 하니까 상관없는데, 꼭 뭘 사다 바쳐서 문제였다. 몇 번 싫은 소리를 했더니 이제는 남자를 만나고 오는 걸 번번이 숨기려 들었다. 외박을 하는 건 기본이고, 일주일 넘게 연락이 끊긴 적도 있었다. 핑계는 매번 바뀌었다.

어제는 숍에서 잤어.

손님이 홍콩 바젤 아트페어에 함께 가자고 해서.

그토록 열심히 일하는데도 불구하고 제제는 항상 돈이 모자란다고 했다. 수입이 예전 같지 않아 생활이 제대로 유지되지 않는다고도 했다.

이번달에는 칠백밖에 못 찍었어.

일주일에 육십 시간을 일하고 이백 조금 넘게 버는 내 앞에서 할 소리는 아니었다.

자살하고 싶다.

내가 말하자 그런 생각은 나쁜 거라고 했다. 왜 나쁘냐고 물으니 그냥 나쁜 말이라고 앵무새처럼 반복했다. 슬그머니 부아가 치밀어 제제를 괴롭히고 싶어졌다. 부모님이랑 연락은 돼? 제제는 아무 말도 하지 않았다. 재수술은 언제 할 거야? 제제는 말을 돌렸다. 매일 돈을 벌면서 왜 돈이 모자라? 몇 번이나 말을 돌려도 끈질기게 추궁했다. 제제가 비로소 실토했다.

연애를 한다고 했다. 아내에게 용돈을 받아 생활하는 유부남 변호사와 데이트를 하느라 음식값이며 호텔비며 지출이 좀 있다고 했다. 고객들의 쌀 한 톨까지 모조리 긁어와도 시원찮을 마당에 제제는 굳이 돈을 써가며 남 좋은 일을 하고 있었다. 나는 제제한 테 똥도 호텔에 가서 싸라고 말했다. 제제는 마냥 웃었다.

*

제제가 유부남 변호사와 함께 산정호수에 오리고기를 먹으러 간다고 했다. 밤늦도록 연락이 없어 어디냐고 문자를 보냈다. 변호사 소유의 콘도에서 자고 온다고 했다. 아, 진작 말하든가. 기다렸잖아. 화가 났지만, 참고 핸드폰을 덮었다. 불을 끄고 침대에 누웠다. 눈을 감아도 잠이 오지 않았다. 한참을 뒤척이는데 문자가 왔다. 제제였다. 잘 시간이 다 됐으니 웃긴 얘기를 해주겠다고 했다. 꼭 지켜야 할 약속—이를테면 채무 청산—은 지키지도 않으면서 사소한 건 이렇게 강박적으로 잘 지키려 하는 게 우습게 느껴졌다. 정작 그가 보내온 개그는 화날 정도로 웃기지 않았다.

—흑인 두 명이 실종되는 걸 뭐라고 하게.

—몰라.

—깜깜무소식. 웃기지?

—아니. 그거 인종차별이야.

—반성문을 영어로 하면.

—그만해.

—글로벌.

—그만하라고.

—모두가 널 떠날 것이다, 를 네 글자로 하면.

—……

—올리브유.

—……

—졸려?

—아니.

—빨리 자.

나는 불을 끄고 누웠다. 역시나 잠은 오지 않았다. 뜨거워진 베개를 몇 번이나 뒤집으며 자려고 노력해봤지만 소용이 없었다. 다시 불을 켰다. 핸드폰을 들어 의사103의 연락처를 찾았다.

그는 나와 동갑이며 나보다 키가 오 센티는 크고, 피부가 희고 엉덩이가 통통한 외과 레지던트다. 우리는 대학 때 처음 만나 다섯 번 정도 애널 섹스를 했다. 처음 만난 날 그는 내게 다짜고짜 중학교에 다닐 때부터 지금까지 단 한 번도 일등을 놓친 적이 없다고 말했다. 별로 대꾸할 가치를 느끼지 못해 가만히 있었는데 의사103은 그런 나를 빤히 바라보며 바이폴라의 기미가 있다고 했다.

그게 뭔데요.

조울증.

아직 예과라고 하시지 않았어요?

교양시간에 배웠어요.

묻지도 않은 얘기를 자꾸 해 사람 기분을 잡치게 하는 안 좋은 버릇이 있긴 했지만, 그래도 섹스는 잘 맞았다. 오늘 같은 날에 부르고 싶을 만큼. 나는 옷을 주워 입고 집을 나섰다.

열한시면 퇴근할 수 있다고 했던 의사103은 한시가 다 돼서야 모텔에 도착했다. 레지던트 일 년 차라 예상치 못한 야근이 많으며 전담하고 있는 환자가 곧 죽을 것 같다는 말도 했다. 나는 그런 것들이 별로 궁금하지 않았고 다만 섹스를 하고 싶었다. 의사103이 욕실로 샤워를 하러 간 사이 나는 제제가 준 모조 비아그라를 앞니로 깨 먹었다. 혀끝이 쌉쌀했다. 삼십 분 정도 기다려야 효과가 나타난다고 했다. 의사103은 아주 오랫동안 관장을 했다. 키가 커서 대장의 길이도 긴 것일까. 아니면 그런 강박적인 성향이 그를 지금의 위치에 오르게 한 것일까. 모든 일에 열심이고, 완벽하게 일을 처리하는 사람들은 어쩌면 모든 것에 심각한 수준의 강박을 갖고 있는 것 아닐까. 어쭙잖게 심리 분석까지 할 정도로 심심했다. 그래서 핸드폰으로 인터넷 방송을 보기로 결정했다.

화면에 뜬 여러 BJ들의 섬네일 사진 중 가장 인조적이고 심란하게 생긴 얼굴을 클릭했다. '트랜스젠더 BJ 뽀짜의 성전환 썰'이라는 소개글이 떠올랐다. 그것을 보기 시작했다.

쌍꺼풀 라인이 진하고 인조 속눈썹을 붙인 BJ가 간장치킨을 먹으며 성전환 수술을 했을 때의 이야기를 털어놓고 있었다. 그녀는 스물한 살 때 트랜스젠더 바에서 세 달 치 월급을 가불받아, 부산에 있는 병원에서 처음으로 성전환 수술을 했다. 첫번째 수술이 잘못돼 인공 성기 안쪽에 털이 무성히 자라 재수술을 할 수밖에 없었다. 태국으로 건너가 최신 수술법으로 재수술을 한 후에야 비로소 남들과 똑같은 성기를 갖게 됐다. 여탕에도 갈 수 있고 더이상 냄새도 나지 않는다고 했다. 웃기다기보다는 조금 슬픈 얘기인 것 같았는데, BJ는 얘기를 하는 내내 크게 웃고 있었다. 그러다 갑자기 터지듯 울기 시작했다. 치킨을 먹던 손으로 눈물을 닦아 눈가에 양념이 묻어났다. 인조 속눈썹이 떨어져 뺨에 붙을 때까지 BJ는 눈물을 그치지 않았다. 핸드폰을 껐다.

어느새 아랫도리가 묵직해져 있었다. 예열을 마친 것처럼 발갛게 달아오른 나의 성기를 움켜쥐어보았다. 평소와는 조금 달랐다. 대패삼겹살 한 장을 둘러놓은 것처럼 미묘하게 묵직해진 느낌. 준비를 마친 의사103이 밖으로 나왔다.

살이 조금 더 붙긴 했지만 여전히 크고 하얗고 매끈한, 내가 좋아하는 몸이었다.

두 번 했다. 하는 도중에 살짝 피가 배어나오긴 했지만 그만하자고 할까봐 말하지 않았다. 오늘도 역시 콘돔은 끼지 않았다. 보건과 위생을 담당하는 직업이니까 보균자일 가능성은 적지 않겠냐는 판단을 했던 건 아니고 그냥 안 끼고 하는 게 더 좋아서 그랬다.

섹스를 마친 의사103은 도망치듯 모텔을 떠났다. 나는 배에 묻은 의사103의 정액을 씻지도 않은 채 깜빡 잠이 들었다.

*

Q와 나는 놀이공원을 함께 걸었다. Q는 밤송이처럼 짧게 머리를 깎은 채 군복을 입고 있었다. 망한 놀이공원에는 사람이 하나도 없었다. 우리가 발을 내디딜 때마다 바닥에서 모래 먼지가 일었다. 매끈했던 Q의 군화가 금세 지저분해졌다. 오랜만에 같이 걸으니 꼭 대학 시절로 돌아간 것 같았다. 우리가 함께 수면제를 나눠 먹고, 모텔을 잡아 섹스를 하거나, 연탄을 피우거나, 빙초산이나 락스 같은 것을 나눠 마시며 죽음을 도모하던 시절.

갑자기 Q가 자신의 주머니에 내 손을 집어넣었다. 주머니 속에는 오래된 해피밀 장난감이 여러 개 들어 있었다. Q는 그중 이빨이 많은 파란색 괴물의 피규어를 내 손에 쥐여주었다. 나는 Q에게 이게 뭐냐고 물었다. Q가 나지막한 목소리로 내게 말했다.

아주 소중한 물건이었어. 너무 소중하게 여겨서 아무도 가져갈 수 없게 깊이 묻어버렸어. 그런데 지금은 그것을 어디 묻었는지, 그게 무엇이었는지조차 기억나지 않아.

손을 펴보니 아무것도 없었다. 그게 왠지 웃겨서 한참을 웃다가

Q에게 말했다.

이게 뭐라고 왜 이렇게 웃기냐. 우리 벌써 서른이나 됐는데.

난 아닌데.

Q는 나를 보고 빙긋 웃었다. 그의 입꼬리가 천천히 올라가는 게 보였다. 입이 건조한지 쩝쩝거리는 소리가 났다. 느긋한 성격의 Q는 표정조차도 느긋하게 지을 줄 알았다.

우리는 함께 롤러코스터를 향해 걸었다. 높이 올라가는 편이 좋을 것 같아서였다. 놀이공원은 망한 주제에 꽤나 넓어서, 아니면 너무 넓기 때문에 망한 것인지, 롤러코스터까지 가기가 너무 힘들었다. 체력이 약한 내가 힘들어하자 Q가 잠시 쉬었다 가자고 했다. 그가 달아오른 내 뺨을 어루만져주었다. 손이 차가워 기분이 좋았다.

고마워.

사람들한테는 비밀로 해줘.

뭘.

내가 죽은 거.

안 돼. 네 인생에 성공한 건 그거 하나뿐인데.

그가 미소 지으며 말했다.

약속이야. 꼭.

*

눈을 떴을 땐 아무도 없었다.

정액이 말라붙어 잘 씻겨나가지 않았다.

*

일요일, 나는 집 근처의 대형 마트를 검색했다. 제제와 나의 쉬
는 날이 일치하는 일 년에 몇 안 되는 날 중 하나였다. 우리는 함
께 마트에 가 생필품을 사기로 했다.

대형 마트에는 사람들이 아주 많았다. 제제가 신나서 카트에 물
건을 쓸어 담고 내가 필요 없는 물건을 빼는 식의 일들이 반복됐
다. 이럴 때 보면 제제는 소비를 위해 존재하는 사람 같았다.

유제품 코너에 도착했을 때 갑자기 제제가 멈춰 섰다. 제제의
시선 끝에는 체크무늬 셔츠를 입은 한 남자가 서 있었다. 남자는
어린아이를 카트에 태운 채, 눈이 착하게 생긴 아내와 함께 쇼핑
을 하고 있었다. 산양유며 아사이베리 같은, 쳐다만 봐도 건강해
질 것 같은 물건들이 그들의 카트에 가득 담겨 있었다. 남자가 우
리 쪽으로 고개를 돌리자, 제제가 갑자기 반대 방향으로 뛰기 시
작했다. 멀어지는 제제의 등에 대고 어디 가냐고 소리를 쳤지만
뒤를 돌아보지 않았다. 나는 고개를 돌려 남자를 바라보았다. 진

열대에서 물건을 고르는 남자의 모습이 어딘가 익숙하다 싶었는데, 제제가 보여줬던 사진이 불현듯 떠올랐다. 그는 바로 제제가 요즘 열을 올리고 있는 유부남 변호사였다. 나는 카트를 밀며 남자 쪽으로 가까이 다가갔다. 제제의 말에 따르면 나이에 비해 관리가 잘된 편이라고 했는데 역시나, 그냥 냄새나게 생긴 아저씨였다. 카트에 앉아 있는 아이는 정신없이 아이스크림을 먹고 있었다. 아이의 입가에 묻은 아이스크림이 몹시 지저분해 보였다. 제제에게, 네가 펑펑 써댄 돈이 지금 저 팔자 좋은 아이의 목구멍으로 흘러들어가고 있단다, 말해주고 싶다는 생각이 들었다. 변호사와 그의 아내가 물건을 집기 위해 카트에서 멀어졌다. 그 틈을 타나는 잽싸게 그들의 카트로 다가갔다. 그리고 애완견처럼 앉아 있는 아이를 어깨로 밀쳤다. 아이가 들고 있던 아이스크림이 바닥으로 떨어졌다. 나는 아무것도 모르는 척 카망베르 치즈를 집어 나의 카트에 담았다. 아이가 큰 소리로 울기 시작했다. 변호사가 달려와 우는 아이를 달랬다.

나는 마트를 한 바퀴 돌며 제제를 찾아다녔다. 제제의 핸드폰은 꺼져 있었다. 구석구석을 뒤져봐도 제제는 보이지 않았다.

제제에게 계산을 떠넘길 생각이었는데. 망했다.

마트에서 사온 것들을 봉지째 식탁 위에 올려놓았다. 텔레비전을 켜자 감정이 과잉된 발라드가 흘러나왔다. 제제를 찾느라 기력을 소진했는지 몸이 무거웠다. 나는 소파에 앉아 꾸벅꾸벅 졸았다.

전화가 걸려와 잠에서 깨어났다. 제제의 번호였다. 화를 낼 준비를 하고 전화를 받았는데 모르는 목소리였다. 마사지 숍의 매니저라고 자신을 소개한 남자가 당혹스러운 투로 말했다.

아무래도 와보셔야 할 것 같은데요.

지갑과 핸드폰만 챙겨 슬리퍼를 신고 밖으로 나왔다. 벌써 밤이 돼 있었다. 매니저가 일러준 곳은 종로의 한 가라오케였다. 잘생긴 애가 노래를 부르면 늙은 남자들이 술을 사준다는 소문이 돌아 어릴 적에 몇 번 가본 적이 있는 곳이었다.

*

마르고 못생긴 남자들이 돌아가며 무대에 섰다. 계속해서 지루한 발라드가 흘러나왔다. 더럽게도 못 부르는군, 생각하며 계속 술을 마셨다. 제제는 테이블에 엎드려 잠을 자고 있었다. 노래가 바뀔 때마다 제제를 깨워보았지만 제제는 자신이 예약한 노래가 아니라고 했다. 아무리 기다려도 제제의 순서는 돌아오지 않았다.

화장이 하얗게 뜬 알바가 이따금 우리에게 다가와 더 필요한 게 없냐고 했다. 술 번개 방장으로 추정되는 중년 남자의 나긋나긋한 말투가 우리의 테이블까지 전해졌다. 푸른 조명이 갈수록 촌스럽게만 느껴졌다. 여러모로 마음에 들지 않는 일투성이었다. 보드카 병이 바닥을 보이기 시작했다. 임재범 노래를 불렀던 노랑머리가 리모컨을 들고 김건모의 〈잘못된 만남〉을 선곡했다. 그가 우선예약 버튼을 누르는 게 보였다. 순식간에 머리가 뜨거워졌다.

정신을 차려보니 나는 무대를 향해 욕을 하며 소리를 지르고 있었다.

우선예약 하는 거 내가 봤다고.

노랑머리가 뻔뻔하게도 거짓말을 늘어놓았다.

아까 취소돼서 한 거예요.

개소리하지 마. 씨발 한 시간 기다렸다고!

나는 테이블 위의 보드카 병을 노랑머리에게 던졌다. 병이 벽에 부딪혀 산산조각 났고, 노랑머리가 비명을 질렀다. 알바가 달려와 내 양쪽 팔을 잡았다.

손님 참으세요.

나는 알바를 가볍게 뿌리친 후 노랑머리에게 다가섰다. 내가 왜 화를 내는지조차 알지 못했지만 화가 끓어오르고 있다는 사실만은 알고 있었다. 나는 노랑머리를 향해 성큼성큼 걸었다. 내가 노랑머리에게 달려든 순간 누군가 잽싸게 노랑머리를 걷어찼다. 제제였다. 노랑머리와 제제가 뒤엉켜 무대에서 굴러떨어졌다.

모든 게 순식간에 일어난 일이었다.

*

술 번개에 참석했던 사람들이 욕을 하며 하나둘 빠져나갔다. 왠지 모르게 억울한 마음이 들어 그들의 뒤통수에 대고 소리쳤다.

우선예약 하는 거 내가 봤다고. 씨발 한 시간 기다렸다고.

괜히 눈물이 핑 돌아 목소리가 점점 작아졌다. 사람들이 모두 빠져나가고 제제와 나만이 테이블에 남았다. 알바가 얼음을 띄운 믹스커피와 구운 오징어 한 마리를 들고 왔다. 손님들 서비스예요. 알바는 굳이 제제와 나 사이에 앉아 오징어를 찢으며 말했다. 아까 그 못생긴 것들 때문에 짜증나셨죠. 걔네 때문에 오늘 장사도 공친 줄 알았는데 쫓아주셔서 감사해요. 알바는 가까이서 보니 비비 크림이 하얗게 뜬데다 색이 진한 서클렌즈를 껴 외계인 같아 보였다. 오징어를 다 찢은 알바는 제제와 내 허벅지를 번갈아 쓰다듬으며 정말 감사하다고 말했다. 노래 반주가 흘러나오다 꺼지기를 반복했다. 나는 알바가 서비스로 준 믹스커피를 마셨다. 어디선가 들어봤음직한 트로트 전주가 나오기 시작했는데 그 순간 제제가 벌떡 일어났다.

내 노래야.

제제는 무대로 뛰어올라가 노래를 부르기 시작했다. 뱀이다. 뱀이다. 몸에 좋고 맛도 좋은 뱀이다. 내 옆에 앉아 있던 알바가 일어나 탬버린을 흔들었다.

*

밤이 깊어 택시가 잘 잡히지 않았다. 우리는 손을 잡은 채 큰길가를 향해 걸었다. 제제는 기분이 좋아 보였다. 잡은 손을 위아래로 흔들며 콧노래를 불렀다. 너무 크게 팔을 흔드는 통에 가방끈이 자꾸만 미끄러져 내려갔다. 내가 제제의 가방끈을 고쳐 메주었다. 큰길에 다다랐을 때 제제가 갑자기 멈춰 섰다. 그러더니 24시간 영업하는 맥도날드의 간판을 가리키며 햄버거를 먹고 가자고 했다. 내일 출근해야지. 뭔 햄버거야. 제제의 손목을 잡아끌었다. 제제는 꼼짝도 하지 않고 멈춰 서 있었다.

이제 출근할 필요 없어.

왜.

고객과의 잦은 연애를 이유로 숍에서 제명당했다고 했다. 한참을 우두커니 서 있던 제제가 주저앉아 큰 소리로 울기 시작했다.

더이상은 아무것도 할 수가 없다고.

발을 동동 구르며 우는 모습이 괜히 짠하게 느껴졌다. 술 먹은 김에 나도 따라 울어볼까 싶기도 했는데 눈물은 안 나오고 대신 오줌이 조금 마려웠다. 우는 제제를 내버려둔 채 전봇대 뒤로 달려가 지퍼를 내렸다. 보드카를 한 병이나 마셔서 그런지 오줌이 엄청나게 많이 나왔다. 자꾸만 발에 튀어서 전봇대를 빙빙 돌며 쌌다. 내가 싼 오줌은 바닥에 스며들지 않고 노란색 점자 보도블록 위를 계속 겉돌았다. 바닥에 쪼그려앉아 오줌이 흘러가는 것을 바라보았다. 보도블록이 노래서 오줌이 잘 보이질 않았다. 그게 괜히 이상하고 웃겼다. 고개를 돌렸을 때 제제는 사라지고 없었다. 나는 지퍼를 올리며 제제의 이름을 불렀다.

*

제제를 찾아 한참 동안 여기저기를 기웃대고 있는데, 누군가 내 어깨를 잡았다. 가라오케의 알바였다. 알바는 더 창백해진 얼굴로 말했다.

노래방 리모컨이 사라졌어요.

나는 알바를 따라 가라오케로 돌아갔다. CCTV를 돌려보니 제제가 자신의 백팩에 재떨이와 노래방 리모컨을 집어넣는 장면이 찍혀 있었다. 비로소 제제의 가방이 무거웠던 이유가 밝혀졌다.

나는 노래방 리모컨값을 체크카드로 결제했다.

*

    홀로 집에 도착했다. 아무리 골목을 뒤져봐도 도저히 제제를 찾을 수 없었다. 제제는 그 무거운 가방을 들고 도대체 어디로 간 것일까. 현관으로 들어오다 어딘가에 발이 걸려 넘어졌다. 제제의 리모와 캐리어가 뚜껑이 열린 채 바닥에 나뒹굴고 있었다. 나는 바닥에 주저앉아 알루미늄 캐리어를 바라보았다. 겉은 더럽고 다 찌그러져버렸는데 안감은 처음 샀을 때 그대로였다. 파랗고 깨끗하고, 튼튼한 모습. 내 몸이 이 리모와 캐리어였으면 얼마나 좋았을까. 방탄 소재로 만들어져 다칠 일도 없고, 쓸데없는 병에 걸리지도 않을 테고, 농약을 들이부어도 끄떡없을 텐데.

    나는 캐리어 쪽으로 기어가 그 속에 몸을 누였다. 목과 허리가 접히고 팔다리가 우스꽝스러운 모양으로 삐져나왔다. 그래도 바닥에 눕는 것보다는 따뜻한 감촉이라 그대로 있기로 했다.

    내일 출근하려면 어서 자야 하는데. 어쩐다. 제제가 오고 난 뒤로는 매일 웃긴 얘기를 들으며 잠들었는데. 제제가 없는 오늘은 내가 나 자신에게 웃긴 얘기를 해줘야 할 것 같다. 그런데 무슨 얘기를 하지. 그간 재밌었던 일도 많았던 것 같은데 떠오르는 거라고는 허무한 농담밖에 없었다.

    지금도 세계 어딘가에선 붕가붕가 파티가 열리고 있고 Q는 죽었고 나는 살아서 오줌을 쌌다.

또 무슨 얘기가 있더라. 그래. 짧은 농담들이 있었지.

흑인 두 명이 실종되면.

깜깜무소식.

반성문을 영어로 하면.

글로벌.

모두가 널 떠날 것이다, 를 네 글자로 하면.

올리브유.

패리스 힐튼을

찾습니다

오늘 아침 개를 잃어버렸을 때 소라가 가장 먼저 한 일은 인스타 그램에 개를 찾는 내용의 글을 올린 것이었다. 그 글은 포스팅한 지 두 시간 만에 좋아요 삼만 개를 받았고 만팔천 번 공유되었다.

나는 육 인용 좌식 테이블에 놓인 족발 뼈를 바라보았다. 그릇 위에 남아 있는 것이라고는 크고 굵은 뼈밖에 없었다. 뼈에 붙은 살점을 일일이 발라먹는 것과 족발 뼈를 통째로 입에 집어넣는 것 중 어떤 게 덜 이상해 보일까 고민했다. 나와 아무 상관 없는 사람들과 내키지 않는 술자리를 가지게 됐을 때 달리 할 수 있는 게 있을까. 젓가락으로 살점을 조금 뜯어 입안에 집어넣었다. 다 식어버린 돼지고기는 비리고 텁텁했다. 내 옆에 앉은 소라가 소주잔을 들어 반쯤 남은 소주를 입안에 털어넣었다. 나는 소라의 허벅지를 지그시 잡았다. 속도를 줄이라는 의미였다. 맞은편에 앉은 세 명의 남녀가 나를 물끄러미 바라보았다. 소라가 인스타그램에 올린 글을 보고 이 자리에 모인 사람들이었다. 개를 찾기 위해서였다. 자타 공인 애견 전문가인 그들은 논의 끝에 평소 개가 자주 산책했던 한강시민공원 반포지구를 첫번째 수색 장소로 결정했다. 한강 변을 돌아다니며 개의 이름을 불러대던 그들이 그런 방식으로는 절대 개를 찾을 수 없을 것이라는 확신을 얻게 된 건 점심때쯤이었다. 때마침 그 근처에 부드럽고 담백하기로 유명한 훈제 족발 집이 위치해 있었다. 그들은 인스타그램에서 천팔백육십 번 언급된 그곳에서 끼니를 해결하며 개를 찾을 방법을 모색하기로 합의했다. 소라가 회사에 있는 나를 호출한 것은 중짜 사이즈의 족발한 접시가 다 비어버린 뒤였다.

아무것도 하지 않는 소라가 요즘 제일 열성적으로 매달리는 것이 인스타그램이었다. 소라는 프로필난에 자신을 모델이자 영화감독, 에세이스트이자 소설가, 여행작가라고 소개해놓았다. 틀린 말은 하나도 없었다. 실제로 소라는 몇몇 소규모 인터넷 쇼핑몰에서 피팅 모델 일을 한 경험이 있었고 그것은 소라의 인생에서 거의 유일한 경제활동이었다. 또한 동남아나 유럽 등지로 여행을 떠나 그곳의 풍경을 추상적인 구절과 함께 올렸고, 감상에 젖은 글을 쓴 뒤 울기도 했으며, 종종 누구도 보지 않을 짧은 영화도 만들었다. 소라의 인스타그램 속에는 일상의 소라보다 더 울적하고,

눈이 크고, 얼굴이 작은 소라가 있었다. 나와 함께 갔던 장소와 먹었던 음식들은 인스타그램 속에서 완벽하게 다른 모습으로 포장되어 있었다. 편집의 대상에는 나 역시도 포함돼 있었다. 실수로 사진에 담긴 내 팔목이나 어깨는 어김없이 잘려나갔다. 그것만으로도 그다지 유쾌하지 않았지만 정말 참을 수 없는 건 따로 있었다. 다리가 잘리거나 이마에 구더기가 꼬인 유기견 사진이 바로 그것이었다. 인간의 잔학함을 폭로해 동물의 권리를 알리고 보호하겠다는 목적으로 제작됐다는 것은 알겠으나, 그것을 볼 때마다 오히려 내 정서가 훼손되는 느낌이 들었다. 나는 소라를 계속 사랑하기 위해 소라의 계정을 차단했다. 인스타그램 속에서 소라와 내가 만날 일은 영원히 없을 것이다.

소라씨를 안 지 삼 년이 됐는데 남자친구가 있다는 건 처음 알았어요.

타투이스트라고 자신을 소개한 남자가 술을 따르며 말했다. 나는 대답하는 대신 소라의 어깨에 팔을 감았다. 소라는 곤란한 듯한 미소를 지으며 나와 남자를 번갈아가며 쳐다보았다. 남자는 얼굴이 붉어진 채 애꿎은 맥주잔을 바라보고 있었다. 일종의 직업병인지 아니면 애초에 그렇게 생겨먹은 건지 남자의 허리는 활처럼 휘어 있었다. 남자의 깊게 팬 네크라인 안쪽에 금발의 소녀가 새겨져 있는 게 보였다. 소녀의 턱밑엔 러브 앤드 피스, 라고 쓰여 있었다. 남자는 목까지 벌게진 채 소라를 흘끔흘끔 바라보았다. 남자와 소라는 어떤 사이일까. 실제로 본 건 오늘이 처음이라고 말하긴 했지만, 글쎄. 그들은 어느 흐린 날 주량에 한참 모자라게 술을 마신 후 만취한 척하며 섹스를 한 사이일지도 모른다. 아니면 소라가 당장이라도 문신을 새길 것처럼 견적을 문의한 후 결정적인 순간에 초를 쳐 틀어져버린, 고객과 사업자의 관계일 수도 있겠다. 영속이라는 개념을 믿지 않는 제가 신체에 영원히 남는 것을 새겨버리는 건 너무 모순된 행동인 것 같아서요, 라는 식의 말도 안 되는 이유를 대며 내뺐을지도. 이 모든 것들이 어쩐지 지독히도 소라다운 행동으로 느껴져 나는 타투이스트의 가슴에 새겨진 소녀의 눈에 소라의 갈색 유두가 닿는 모습과, 남자의 얼굴을 닮아 가늘고 뾰족할 것 같은 그의 성기 모양을 동시에 떠올렸다. 그것이 목젖에 닿으면 바늘에 찔린 것처럼 아플까 상상하며 발갛게 열이 오른 소라의 옆모습을 바라보았다. 표정이 심상치 않아 보였는지 소라가 내 손을 꽉 잡았다. 어색하게 웃고 있는 소라의 얼굴은 내가 알던 평소의 그녀와는 조금 다른 모습이었다.

패리스 때문에 걱정되시겠어요.

자신을 체리라고 소개한 여자가 내게 말했다. 나는 패리스라는 이름이 내 개를 지칭하는 단어라는 사실을 뒤늦게 깨닫고 네, 라고 대답했다. 콧잔등이 빨개진 소라가 휴지를 뽑아 쿵 하고 코를 풀었다. 눈물보다 콧물이 많은 여자였다. 전 소라씨랑 같은 단체에서 활동중이에요. 체리가 나에게 명함을 내밀었다.

한국동물구호협회 Activist 체리.

나는 어정쩡한 자세로 명함을 받아넣는 척하며 구겨버렸다. 패리스보다는 체리라는 이름이 더 개 같군. 소라는 큰 목소리로 언니 너무 동안이지, 멋진 언니셔, 라고 말했다. 여자는 턱이 짧고 눈이 커다란, 동안의 조건을 갖추고 있긴 하지만 얼굴 전체에 공격적인 느낌이 서려 있어 결코 어려 보이지는 않았다. 게다가 그녀가 입고 있는 꽃무늬 원피스는 2000년대 초에나 유행하던 것이었다. 인간은 나이가 들면 들수록 자신이 가장 아름다웠던 순간의 미적 기준을 추구한다는 글을 읽은 기억이 났다. 보고 있을수록 묘하게 서글픈 기분이 드는 여자였다.

소라 남친씨, 뭐하는 분이신지 여쭤봐도 되려나.

체리가 반말도 존댓말도 아닌 투로 질문했다. 상대방이 곤란할 때까지 쓸데없는 걸 캐묻는 건 자신이 신념 있는 삶을 살고 있다고 믿는 사람들의 특징일지도 모른다. 나는 그냥 회사원이라고 대답했고 체리는 고개를 천천히 끄덕이며 말했다.

의외네. 소라씨가 이런 분이랑 만날 줄은 몰랐는데.

내가 어떤 사람인지 잘 아는 눈치였다. 더이상 나에게 대화가 집중되는 게 싫어서 쓸데없는 질문을 했다.

다들 출근은 안 하시나봐요. 한창 업무시간인데 와주시고.

소라가 입가에 난처한 웃음을 띠며 다들 프리랜서들이셔, 라고 말했다. 인스타그램 프로필 소개에 따르면 그들은 타투이스트, 카투니스트, 일러스트레이터이자 액티비스트였다. 소라는 입술을 만지작거리며 다들 예술가들이시지, 했다. 타투이스트가 과장되게 손사래 치며 말했다. 소라씨야말로 진짜 예술가죠. 저 소라씨 영화 보다가 울었잖아요. 미간이 넓은 카투니스트가 나에게 물었다.

남친분께서 제일 잘 아시겠다. 이런 크리에이티브한 여자랑 만나는 기분은 어떤가요.

소라가 만든 영화를 본 적이 있었다.

사귄 지 이 년이 된 날이었다. 우리는 언제나처럼 스타벅스의 커다란 테이블에 마주앉았다. 테이블 밑에 콘센트가 설치돼 있어 소라가 애용하는 자리였다. 평소처럼 삼십 분만 지나면 다 까먹을 만한 이야기를 나누던 중에 갑작스럽게 소라가 내 쪽으로 노트북을 돌렸다. 자신이 만든 영화를 보여준다고 했다. 나는 노트북 모니터에 떠오른 조도 낮은 화면을 바라보았다. 소라는 평소답지 않게 수줍은 표정으로 찌꺼기만 남은 커피잔을 내려다보며 말했다. 부산영화제에 출품할 거야.

글쎄요. 딱히 소라가 만든 걸 본 게 없어서. 봐도 제가 뭘 알겠습니까. 저 같은 보통 사람은 예술과는 도통 거리가 멀어서요.

내가 미소를 지어 보이며 말하자, 소라가 고개를 숙였다. 원피스 자락을 꽉 잡고 있었다. 타투이스트는 그런 소라를 바라보았으며, 액티비스트와 카투니스트도 말이 없어졌다. 어쩌면 나는 예술 종자들의 엑소시스트.

고개를 숙이고 있는 그들을 향해 바쁜 시간 내주셔서 정말 감사합니다, 라고 말했다. 타투이스트가 억양 없는 말투로 대답했다. 소라씨가 얼마나 패리스를 사랑하는지 아니까 안 나와볼 수가 없었습니다. 카투니스트는 저희 시간 많은데요 뭘, 넉살 좋게 답했다. 여자가 소라의 잔에 술을 따르며 돈과 남자 빼고는 다 많답니다, 덧붙이자 모두가 과장되게 웃었다. 나는 기계적으로 미소 지으며 테이블 아래 내 발을 바라보았다. 하루종일 구두를 신고 다녀 발냄새가 나는 것 같았다. 내 발치에는 애완견을 찾습니다, 라고 적힌 전단지 더미가 놓여 있었다. 흑백으로 인쇄된 개의 얼굴은 내가 아는 개의 얼굴과는 많이 달랐으나, 어쨌든 희고 털이 북실북실하다는 것을 드러내주고는 있었다. 게다가 급하게 전단지를 만드느라 오타가 나서 사례합니다 대신 살르례합니다, 라고 적혀 있었다. 그것을 발견했을 땐 여든 장 중 서른두 장 정도가 이미 인쇄된 상황이었으므로 나는 그냥 살르례하기로 마음먹었다. 어찌됐건 개를 찾으면 될 일 아닌가. 액티비스트 체리가 갑자기 테이블 밑으로 손을 뻗었다. 그녀의 손에 전단지가 딸려 나왔다. 전단지를 읽던 그녀의 탄력 없는 이마에 신경질적인 주름이 생겼다.

어머. 이게 뭐야.

아, 그거. 제가 급하게 뽑아오느라 오타가,

애완견이래, 세상에.

사람들이 놀란 얼굴로 나를 쳐다보았다. 소라가 체리의 손에서 전단지를 낚아채며 말했다.

오빠, 내가 몇 번이나 말했잖아.

뭘.

애완견이 아니라 반려견이라고. 우리 패리스는.

개를 개라고 하는 게 왜. 이미 서른 장도 넘게 붙였어.

애완견 숍에서 산 애완견을 애완견이라고 부르는 게 무슨 문제
가 된다는 건지. 소라는 자리에 앉아 씩씩거렸고 사람들은 아무
말도 않고 젓가락으로 반찬만 뒤적거렸다. 타투이스트가 소라에
게 바짝 다가앉아 술을 따라주며 기분 풀라고 했다. 소라가 테이
블을 쾅 내려치며 내게 말했다.

개라고 하지 마! 개가 아니라 패리스야.

왜 니 멋대로 패리스야.

원래부터 패리스였고 항상 패리스이고 영원히 패리스일 거야.
내가 지은 이름이니까.

내 갠데 왜 네 맘대로 부르고 난리야.

왜 오빠 개야? 우리 개지. 오빤 항상 그랬어. 나 같은 건 안중에
없지?

체리가 말했다. 소라씨 취했어. 그만해.

그래, 소라야. 너 취한 것 같다. 죄송합니다. 이렇게 수고해주셨
는데. 저희 때문에 괜히.

나는 자리에서 일어나 고개를 숙였다. 사람들이 어색하게 웃었

다. 나는 소라의 어깨를 붙잡으며 말했다.

소라야, 일어나. 개 찾으러 가자.

개 아니라고.

소라가 테이블 위의 굵은 족발 뼈를 잡고 내게 휘둘렀다. 짜릿하고 날카로운 통증이 이마를 스쳤다. 일단 소라의 손에서 족발 뼈를 빼앗았는데 갑자기 시야가 흐려지고 아찔한 기분이 들었다. 체리가 비명을 질렀다. 음식점에 정적이 어렸다. 사람들이 일제히 우리를 쳐다보고 있었다. 왼쪽 눈 위로 뭔가 뜨거운 기운이 느껴져 손을 대보았다. 눈썹이 찢어져 피가 흐르고 있었다. 음식점 사장이 전화기를 들고 신고하는 소리가 들렸다.

그날, 개를 사자고 한 건 소라였고 충무로의 커다란 애견센터 앞에 차를 세운 건 나였다.

소라와 만난 지 이 주년이 되는 날이었다. 소라가 좋아하는 호텔에서, 소라가 좋아하는 와인을 마시고, 하룻밤을 보냈음에도 소라는 기분이 썩 좋지 않아 보였다. 차를 타고 집으로 향하는 내내 살얼음 같은 침묵이 우리 사이에 감돌았다. 그러다 문득 소라가 내게 물었다.

나를 왜 만나?

나는 사랑하니까, 라고 짧게 말한 뒤 최대한 가벼운 목소리로 되물었다. 너는 왜 나를 만나? 소라는 한참 동안 아무 말도 하지 않은 채 창밖을 바라보았다. 그러다 다급히 차를 세우라고 외쳤다. 개를 사자고 했다.

우리는 조명이 백 개쯤 켜져 있는 듯한 애견센터에 함께 들어갔다. 넓은 가게의 벽면에 유리 상자가 층층이 쌓여 있었고 칸마다 한줌짜리 강아지들이 누워 있었다. 그것들은 너무 작아 개보다 쥐에 가까워 보였다. 가게의 다른 쪽 벽면에는 커다란 버티컬 블라인드가 쳐져 있었는데 거기에 흰 개를 안고 있는 백인 여자의 사진이 인쇄되어 있었다. 사진 하단부에 신명조체로 패리스 힐튼과 그의 애견 김치, 라고 적혀 있었다. 언젠가 패리스 힐튼이 충무로 애견 거리에서 개를 사갔다는 기사를 읽은 적이 있는 것 같기도 했다. 내가 블라인드 앞에 서 있는 동안 소라는 몇 마리의 개를 만지고 더러는 들어서 입을 맞추기도 했다. 그러다가 유달리 햄스터처럼 생긴 흰 개를 나에게 데려왔다.

얘가 내 손을 꽉 물었어. 운명인 것 같아.

방금 전 우리가 먹고 온 오일파스타 때문이 아닐까, 말하려다 말았다. 소라는 그런 식으로 사소한 일들에 의미 부여하는 것을 중요하게 여기곤 했으니까. 소라는 이미 개를 가슴에 품고 개에게 뭔가 속삭이고 있었다. 결심을 굳혔다는 의미였다.

발행 기관이 어딘지도 알 수 없는 혈통증명서 한 장 때문에 쥐처럼 생긴 개 한 마리가 백이십만원이 넘는다고 했다. 아무리 봐도 장사치처럼 생긴 남자가 뺀질거리는 말투로 이 개의 모견이 도 그 쇼에도 나가는 명품 종견이랍니다, 말했다. 턱이 삐뚤어지고 털이 푸석한 개는 명품이라기보다는 반품거리에 가까워 보였으나 소라가 선택한 개였으므로 그냥 사는 수밖에 없었다.

애초의 계획에 따르면 개는 소라가 기르는 것이었다. 그러나 소라의 다른 모든 계획들처럼 그 계획 역시 수정되어야만 했다. 소라의 어머니가 한 번도 앓아본 적이 없는 기관지염을 이유로 개를 들이는 것을 허락하지 않았기 때문이었다. 소라는 애견센터 이름이 적힌 갈색 운송 박스를 내 집 식탁에 올려놓은 채 말했다.

그 늙은이들 때문에 내 정서가 메마른 게 분명해.

어릴 적부터 엄마가 반려동물을 못 기르게 한 것만 봐도 자신이 얼마나 정서적으로 학대받으며 자랐는지 알 수 있다고 했다. 소라가 말하는 정서의 의미는 무엇일까. 정서가 메마른 사람이 그토록 자주 울 수 있는 것일까 궁금했다. 계속해서 소라는 자신이 평생 동안 얼마나 많은 규율과 억압 속에서 살아야 했는지 말하기 시작했다. 네가 대학과 전공을 세 번이나 바꿔 다니며 나이 서른이 되도록 돈을 벌지 않고 이렇게 내 집에 와 푸념을 늘어놓을 수 있는 것도 다 그들의 그런 결벽에 가까운 보수성과 그에 기초한 근면한 삶 덕분이 아닐까, 말하고 싶었지만 하지 않았다. 나는 대신 소라를 감싸안았다. 내 품이 충분히 넓고 따뜻하다고 느끼길 바라며.

파출소로 들어서자 소라의 뒷모습이 보였다. 그녀는 울고 있었다. 경찰이 내게 소라 옆에 앉으라고 했다. 조서를 작성하고 있는 것 같았다. 나는 별일이 아니며 단순히 술주정에 불과하다고 말했다. 경찰은 내 이마를 슬쩍 보더니 일단 사건이 접수된 이상 조서는 꾸며야 한다고 했다. 나는 고개를 끄덕이며 소라 옆자리에 앉았다. 눈썹 부근이 뭉근하게 쑤셨다. 마취가 풀리는 것 같았다. 근처의 대학병원 응급실에서 간단하게 처치를 받았다. 고작 몇 땀 꿰맨 건데 십만원이 넘는 돈이 나왔다. 실비 보험 청구가 될까 사력을 다해 고민하는데, 소라가 큰 소리로 울기 시작했다. 경찰이 짜증스러운 목소리로 되물었다.

두 분이 어떤 관계시냐고요.

한때는 사랑하는 사이였지만, 이젠 아니에요!

소라가 벌떡 일어나며 소리쳤다. 기개 넘치는 목소리와는 달리 벌겋게 상기된 두 눈에서는 눈물이 떨어지고 있었다. 소라는 울 때 제일 예쁘다. 소라가 예뻐 보일 때마다 나는 비로소 그녀의 나쁜 점들을 견뎌왔던 이유를 깨닫고는 했다. 소라를 꽉 안았다. 어깨 너머로 경찰들이 웃음을 참고 있는 게 보였다. 그녀가 안긴 채 주먹으로 내 가슴팍을 때렸다. 나는 소라를 더욱 세게 안았고 소라가 울먹이며 말했다. 오빠는 나를 왜 만나. 나는 내가 낼 수 있는 가장 사랑스러운 목소리로 사랑하니까, 라고 대답했고 소라는 고개를 저었다. 오빠는 날 사랑하지 않고, 나는 내가 왜 오빠를 만나는지 모르겠어. 정말 지겨워. 나는 소라의 귀에 대고 정말 사랑한다고 거듭 말했다. 소라는 오빠가 내 마음을 알아주지 않으면 도대체 누가 내 마음을 알아줄 것이며 나에게 이 일이 얼마나 중요한지 알지 않느냐, 말했다. 나는 있는 힘을 다해 고개를 끄덕이고 다 알고 있다고 말했다. 소라는 한참 동안 서럽게 울다 자리에 앉아 눈물을 닦았다. 내가 소라를 대신해 소라 몫까지 조서를 작성했다. 경찰들은 고개를 숙인 채 계속 웃고 있었다.

조서를 다 작성한 후 소라의 팔목을 잡고 밖으로 나가자고 했다. 소라가 안 나가겠다고 버텼다. 나는 소라에게 맥도날드에 가자고 했다. 맥도날드에 가서 빅맥 세트를 먹어치우는 게 소라의 주사 중 하나였다. 잦은 다이어트 때문에 생긴 술버릇이었다. 빅맥 세트라는 말이 나오자마자 소라의 표정이 조금 바뀌었다.

맥도날드 있어?

응. 맥도날드 데려다줄게.

잠시 생각하는 척하던 소라가 순순히 나에게 몸을 맡겼다. 소라가 작은 입으로 햄버거를 베어먹는 모습을 보면 모든 게 다 괜찮아질 것 같았다. 탄산음료를 마시지 않는 소라 대신 내가 콜라를 마시고, 배불리 먹고 잠든 소라를 업고 집으로 향하면 그렇게 하루가 끝날 것이다. 오늘도, 앞으로도 그런 방식으로 살아가는 것도 나쁘지 않겠지. 파출소에서 멀지 않은 거리에 족발집이 있고 그곳 주차장에 내 차가 있었다. 나는 소라의 팔목을 잡고 파출소 밖으로 나갔다. 비틀거리는 소라의 팔을 내 어깨에 감고 부축하며 천천히 앞으로 걸었다. 일단 차에 태워야겠다는 생각으로 발걸음을 옮겼다. 겉보기에는 가볍기 짝이 없는 소라는, 그러나 결코 부축하기 쉬운 사람이 아니었다. 나는 무거운 짐을 운반하는 기분으로 소라를 끌고 갔다. 구두굽이 바닥에 끌리는 소리가 들렸다. 소라의 원피스 자락이 위로 말려 올라갔다. 눈을 반쯤 감고 있던 소라가 갑자기 눈을 뜨더니 내 가슴팍을 확 밀쳤다. 그 바람에 우리 둘 다 균형을 잃고 넘어졌다. 소라가 소리를 질렀다.

팬티 보인단 말야!

나는 자리에서 일어나 손을 털었다. 손바닥에 작은 돌이 박혀 있어 그것을 빼냈다. 눈썹이 찢어진 자리와 가슴팍이 동시에 쑤셔왔다. 소라는 쪼그려앉은 채 계속 씩씩대고 있었다. 속에서 뜨거운 게 치밀어올라왔다. 나는 소라를 향해 소리쳤다.

걱정 마. 아무도 널 안 보고 아무도 너한테 관심 없어.

소라에게 손을 뻗었다. 소라가 내 손을 쳤다.

오빠 거짓말한 거지. 맥도날드 없지.

있어. 계속 가면 나와.

소라는 눈물이 그렁그렁한 채 내 손을 잡았다. 화가 조금 누그러졌는지 맥도날드에 가자고 했다. 소라의 손은 어린아이의 것처럼 끈적끈적했다. 나는 소라를 끌고 가며 개에 대해 생각했다. 개를 찾아야 할 텐데. 아무도 개를 찾지 않고, 찾을 생각조차 않고 있으니 나라도 찾아야 할 텐데. 반려견이나 패리스가 아닌 나의 개를. 시간은 벌써 오후를 지나 저녁으로 흘러가고 있었다. 회사에 있는 내게 전화를 걸어 실종 후 다섯 시간이 지나면 찾을 확률이 십분의 일로 줄어든다고 외쳤던 건 소라였다. 다섯 시간은 이미 예전에 지났다. 나는 아주 높은 확률로 영원히 개를 잃게 되는 것일까. 족발집에 가까워지고 있었다. 식사시간이 아닌데도 넓은 주차장에 차가 빼곡히 주차되어 있었다. 이 모든 게 인스타를 통해 유명세를 얻은 탓이라니, 과연 인스타의 힘은 놀라웠다. 우리는 나란히 손을 잡고 주차장 쪽으로 걸어갔다. 어디선가 부스럭거리는 소리가 들렸다. 음식점 뒤쪽, 쓰레기봉투를 모아놓은 곳에 털빛이 하얀 개가 봉투를 뒤지고 있는 게 보였다. 짧은 다리나 윤기 없이 축 처진 긴 털이 과연 내 개의 뒷모습과 비슷했다. 소라가 소리쳤다.

패리스!

나는 쓰레기봉투 가까이 달려갔다. 개가 봉투의 터진 부분에 얼굴을 처박고 족발 뼈를 물어뜯고 있었다. 나는 평소에 부르는 것처럼 야 이 개새끼야, 하고 소리쳤다. 개가 고개를 돌렸는데, 주둥이가 길고 꾀죄죄했다. 길에서 사는 똥개였다. 겁에 질린 개는 물고 있던 뼈를 떨어뜨리고 도망쳤다. 나는 작은 족발 뼈를 집어들었다. 아직 살점이 붙어 있는 관절 부위였다. 어쩌면 개를 유인하는 데 쓸 수 있을지도 모르겠다 생각하며 주머니에 집어넣었다. 소라가 도망가는 개를 뒤쫓으며 패리스! 하고 소리를 질러댔다.

나는 경중대며 뛰는 소라를 붙잡았다. 소라가 내 손을 뿌리쳤다. 그리고 차분한 목소리로 말했다.

나 다 알아. 오빠가 거짓말한 거.

저기 맥도날드 있다니까. 같이 가자고.

맥도날드는 없어. 그리고 오빠는 몰라.

뭐를.

내가 다 알고 있다는 걸.

소라가 도로 쪽으로 빠르게 걸었다. 나는 한숨을 쉬며 뒤를 따랐다. 소라가 길가에 서서 택시를 잡기 시작했다. 나는 소라의 어깨를 잡았다. 소라야, 우리 개 찾아야지.

소라가 악을 쓰며 소리쳤다.

오늘 아침 내가 오빠 집 문을 열자마자 패리스가 뛰쳐나갔어. 그 짧은 다리로 계단을 내려가서는 뒤도 돌아보지 않고 도망쳤단 말이야. 나는 그게 무슨 의미인지 알아. 나는 알아. 안다고!

도대체 뭘 그렇게 다 아는데.

우리는 영원히 패리스를 찾을 수 없을 거야.

소라의 눈에 다시 눈물이 고였다. 나는 소라의 손을 잡고 내가 다 미안하다고 말했다. 소라가 내 팔을 뿌리치다 넘어졌다. 꽤 큰 소리가 났는데 무릎이 깨진 것 같았다. 소라가 어린아이처럼 발을 동동 구르며 소리 내 울기 시작했다. 소라를 일으키려고 하는데 우리 앞에 택시가 섰다. 소라가 무릎으로 기어가 택시 문을 잡고 일어섰다. 깨진 무릎에서 피가 흐르고 있었다. 택시 안으로 들어간 소라는 아무 일도 없다는 듯 교양 있고 차분한 어조로 말했다.

기사님, 잠실역으로 가주세요.

문이 닫혔고 소라를 태운 택시가 강변으로 미끄러져갔다.

나는 멀어져가는 택시의 뒷모습과 곧 그 안에서 잠들 소라에 대해 생각했다. 택시 기사가 실신한 그녀를 보고 다른 마음을 품게 될 수도 있다. 소라는 기사에게 강도를 당하거나 성폭행을 당하거나 살해를 당해 사지가 찢긴 채 암매장당하거나 아무튼 인간이 당할 수 있는 모든 일들을 당할 수도 있다. 그렇다면 그녀 혹은 내 인생에 또하나의 사연이 추가된다. 나는 상상할 수 있는 모든 최악의 시나리오들을 상상하며 그 모든 것들이 너무나도 진부하다는 사실에 웃었다.

소라가 그토록 잘 알고 있다는 나의 비밀은 도대체 무엇일까.

개를 산 날 이후 표면적으로 우리의 관계는 달라진 게 없었다. 손바닥보다 작은 개 한 마리가 생겼을 뿐이었다. 그러나 아주 조금씩, 천천히 뭔가가 바뀌어버렸다. 소라는 이전보다 더욱 인스타그램에 집착했다. 그녀에게 인스타그램은 유일한 자아실현의 장이자 인생의 진열대인 것 같았다.

나도 나 나름대로 인스타를 사용하는 방식이 있었다. 이를테면 섹스. 방법은 쉬웠다. 검색창에 몇 가지 섹스 태그를 집어넣으면, 성기를 담은 사진들이 잔뜩 떠오른다. 그들 중 조건과 타이밍이 맞는 사람에게 쪽지를 보내면 된다. 인스타그램 관리자측에서 섹스 태그를 알아내는 즉시 해당 단어가 차단되므로, 갱신된 태그를 알아내기 위해 분주히 움직여야 한다. 변화에 기민하게 대처하며, 눈치껏 기회를 잡는 것. 지난 십여 년간의 회사생활과도 같았기 때문에 어렵지 않았다. 우리는 서로에게 가장 적합한 삶의 방식을 찾아왔고 찾아갈 것이다. 적어도 나는 그렇게 믿는다.

부슬비가 안개처럼 반포지구를 감싸안고 있었다. 개새끼야, 이름을 부르며 비 오는 한강을 걸었다. 금방 어깨가 축축하게 젖어버렸다. 비가 오는데도 꽤 많은 사람들이 한강 변을 달리고 있었다. 언젠가 소라와 함께 이곳에서 개를 산책시키기도 했었다. 개는 언제나 질주하고 싶어했다. 소라가 목줄을 풀어주면 개는 다시 돌아오지 않을 것처럼 맹렬히 달렸다. 그러다 소라가 패리스, 라고 이름을 부르면 다시 고무줄처럼 제자리로 빠르게 돌아오곤 했다. 그때 우리가 나눴던 얘기가 무엇이었는지는 기억나지 않는다. 소라가 몸에 붙는 연보라색 트레이닝복을 입고 있었으며, 내 운동화의 뒤축이 조금 휘어 발뒤꿈치가 따끔거렸던 것만 생각난다.
그런 때도 있었는데.

소라는 지금 어디에 있을까. 아마도 지금쯤 자신의 방에 도착했을 것이다. 흰색 구스다운 이불이 덮인 침대에 누워 스타킹을 반쯤 내린 채 입을 벌리고 자고 있을 것이다. 벽면 하나를 가득 채운 책꽂이에는 외국인들이 쓴 책들이 마구잡이로 꽂혀 있겠지.

주머니에서 진동이 느껴졌다. 개를 찾았다는 전화일지도 모른다는 생각에 재빨리 핸드폰을 꺼냈는데 진동이 멎었다. 소라로부터 부재중 전화가 다섯 통이나 와 있었다. 문자 메시지도 한 통 와 있었다. 액정에 떨어진 빗방울 때문에 문자 메시지가 잘 보이지 않았다. 소매로 닦아내다 핸드폰을 떨어뜨렸다. 액정이 산산조각 났다. 눈을 가늘게 뜨고 액정의 균열 너머로 메시지를 확인했다.

—이제 행보ㄱ해질ㄹ 시간ㅇ다

전화를 걸어보았지만 소라의 핸드폰은 꺼져 있었다. 부모님이 미국으로 여행을 떠나 집에 혼자 남게 됐다는 소라의 말이 문득 떠올랐다. 뭔가 조짐이 좋지 않았다. 나는 주차장으로 달려갔다.

떨리는 손으로 소라의 집 비밀번호를 눌렀다. 부모님이 비밀번호를 잘 기억하지 못해 모든 비밀번호를 전화번호 뒷자리로 해놨다고 했었다. 집안에 들어서자 아무 소리도 들리지 않았다. 집은 넓고 좋았고, 넓고 좋은 집이라고 하면 바로 떠오르는 그런 모습을 하고 있었다. 발바닥에 느껴지는 대리석의 감촉이 차가워 몸이 딱딱하게 굳었다. 나는 숨죽인 채 유일하게 문이 닫혀 있는 방을 향해 걸었다. 노크를 했는데 아무런 대답이 없었다. 천천히 방문을 열고 안으로 들어갔다.

방안에는 술냄새가 진동하고 있었다. 붙박이장이 활짝 열려 있었고 소라가 그 앞에 대자로 누워 있었다. 목에 반쯤 찢어진 팬티 스타킹이 감긴 채였다. 그 옆에 뚜껑 열린 보드카 병이 굴러다니고 있었다. 무엇엔가 쓸렸는지 소라의 목 주위가 빨갰다. 가까이가 코에 손가락을 대보니 호흡이 느껴졌다. 자고 있는 거였다. 다리에 힘이 풀려 그대로 자리에 주저앉았다. 곧 정신을 차리고 소라의 목에 감긴 스타킹을 풀어보려 했으나, 여러 번 감겨 잘 풀리지 않았다. 나는 소라를 들어 침대 위에 눕혔다. 목에 감겨 있지 않은, 스타킹의 다리 한쪽이 펄럭거렸다. 소라의 곁에 바짝 누워 나머지 한쪽을 내 목에 감아보았다. 길이가 짧아 잘 묶이지 않았다. 한참을 끙끙대다 그만뒀다. 옆에서 난리를 치고 있는데도 소라는 미동조차 없었다. 깊이 잠든 것 같았다. 나는 그녀를 등지고 누웠다. 고급스러운 원목 책상 아래에 노트가 떨어져 있는 게 보였다. 평소에 소라가 들고 다니던 두꺼운 대학노트였다. 그것을 주워서 펼쳐보았다.

첫번째 페이지에는 별자리별 성격이 도표로 정리되어 있었다. 소라는 자신의 별자리인 처녀자리의 기질에 형광펜을 칠해놓았다. 예민하고 사려 깊음. 학문이나 예술 계통에 적합. 신경질적이고 히스테릭하다는 부분에는 줄이 쳐져 있지 않았다. 두번째 페이지는 주역, 그다음은 에니어그램과 정신분석 연구가 적혀 있었다. 그리고 몇 페이지를 더 넘기자 영화 이론을 두서없이 필기해놓은 게 있었다. 육 개월짜리 아카데미를 신청했다가 두 달 만에 때려치운 흔적이었다. 그 뒤로는 수필인지 일기인지 계통 없이 마구잡이로 써놓은 글들이 몇십 장 정도 이어졌다. 대충 훑어보니 억압받는 환경에서 자라온 여자가 강간이나 사고를 당해 평생 동안 트라우마에 시달리다 동성애에 빠지거나, 누군가를 이유 없이 죽이거나, 섹스에 탐닉하거나 종국엔 자살하는 등의 비슷비슷한 내용들이 변주됐다. 어떤 페이지를 읽어도 작가가 열여섯 살 이하라는 확신만 줄 뿐인, 그조차도 완결된 건 하나도 없고 대개는 쓰다가 만 반쪽짜리 글들이었다. 곧 글을 써놓은 페이지가 동났고 백지가 계속 이어지다 거의 마지막쯤에 다섯 줄 남짓 휘갈겨 써놓은 페이지가 나왔다. 줄을 하나도 지키지 않아 얼핏 낙서처럼 보이기도 했는데 내용을 보니 유서인 것 같았다.

개가 개를 낳고 개가 개를 기르네.

개가 되어 개를 패네.

왜 날 봐주지 않았니. 이제 내가 보이니.

진부하고 지루한 삶을 지나 이제 나 행복해지러 간단다.

유서를 쓰다 눈물을 흘렸는지 간단다, 라는 글씨가 번져 있었다. 소라가 취했을 때의 말투와 너무나도 흡사해 괜히 웃음이 나왔다. 소라를 깨우지 않기 위해 입을 막고 웃음을 참는데 이상하게 눈물이 났다. 나조차도 왜 우는지 알 수 없는, 실로 당혹스러운 눈물이었다. 나는 내가 울고 있다는 사실이 웃겨 웃다가, 웃음을 참으며 울기를 얼마간 반복했다. 한참 뒤 유서를 찢어내 주머니에 넣었다. 노트는 제자리에 되돌려놓았다. 발소리를 죽여 밖으로 나오며 다음번에는 기필코 사연이 없는 사람을 만나리라 다짐했다.

소라의 집에서 나와 다시 한강으로 향했다. 이게 무슨 똥개 훈련인가 싶은 생각이 들었지만, 아무도 개를 찾지 않으니, 나라도 찾아 나서야만 했다. 유리창에 닿는 빗줄기가 점점 더 굵어지기 시작했다. 나는 한 치 앞도 보이지 않는 올림픽대로를 달리며 아무것도 이루지 못한 작년의 소라에 대해 생각했다.

작년에 소라가 부산국제영화제에 출품한 단편영화는 모두가 예상했듯 단박에 떨어졌다. 그날, 스타벅스에서 소라가 보여줬던 영화의 내용이 어땠는지는 잘 기억나지 않는다. 소라의 일기와 비슷했던 것 같다. 소라를 닮았지만 조금 덜 예쁜 배우가 소라의 말투로 이야기하며 계속 슬퍼하지만 왜 슬퍼하는지 도통 알 수 없는 그런 영화. 그야말로 소라를 위한 소라만의 영화였다.

소라는 가지 못했던 부산영화제를 나는 갔었다. 순전히 우연이 겹쳐서 생긴 일이었다. 우리 부서에서 새롭게 시작한 해양 발전 사업의 관리자로서 부산과 김해에 보름 동안 파견을 나가 있었고, 영화제 기간 동안 내가 묵었던 숙소가 해운대 근처였다. 멀쩡하게 돌아가는 현장을 간단히 체크하고 보고하기만 하면 되는 일이었다. 감시하는 상사도 없겠다, 시간도 남아도는 김에 나는 해운대 근처를 쏘다니며 구경을 했다. 우연히 들어간 극장에서 영화제 공식 상영작들을 상영하고 있었다. 그것들 중 하나를 봤다. 예술 영화답게 지루했고 소라가 찍은 영화와도 큰 차이가 없는 것 같았 다. 쏟아지는 졸음을 참느라 곤혹스러웠다. 영화를 보고 나와서는 해운대의 스타벅스에 앉아 있었다. 뜨거운 아메리카노를 시킨 후 창가 너머로 쏟아지는 사람들을 관찰하고 있으니 내가 꼭 소라가 된 것 같았다. 사람들이 저마다 다르게, 다채롭게도 못생겼다는 생각이 들었다. 각자 다른 방식으로 못생긴 사람들이 하나도 즐 거울 게 없는 표정으로 거리를 걸어 다니고 영화를 보고 백사장 을 걷는 게 축제, 인가. 소라는 고작 이 축제의 일부로 포함되지 못해 그토록 슬퍼했던 걸까. 평생 동안 가치 있는 일이라고는 한 번도 해본 적 없는 것 같은 얼굴을 하고 있는 그들을 보니 가뜩이 나 지루했던 인생이 더욱 지루한 방향으로 미끄러져가는 기분이 들었다.

한강에 도착하자마자 축축해진 전단지를 겨드랑이에 끼고 밖으 로 나섰다. 무작정 걸으며 계속해서 개의 이름을 불렀다. 빗줄기 가 거세져 눈을 뜨기 힘들었다. 전단지도 금세 다 젖어버렸다. 개 는 도대체 어디로 간 건지 몇 시간이나 돌아다녔지만 코빼기도 보 이지 않았다. 설마 강을 건넌 것일까. 그 짧은 다리로?

내 집에 오게 된 후 개는 더디게 자랐다. 치아의 교합이 맞지 않아 잘 먹지 못했기 때문이었다. 개는 종종 오줌을 지렸고 자주 밥 그릇을 물어뜯었으며, 울타리 너머로 탈출해 집안을 헤집어놓았다. 그럴 때마다 나는 개를 발로 차곤 했었다. 겁에 질려 구석에 웅크려 있는 개의 주둥이는 언제나 비뚤어져 있었다. 비싼 값을 주고 산 개인 만큼 종견의 혈통을 잇기 위해 같은 종의 암컷과 합사를 시킨 적이 있었다. 개는 자신보다 큰 암컷에게 몇 번 물리기만 할 뿐, 제대로 교미하지 못했다. 중성화를 시키지 않은 개는 자주 발정이 나곤 했는데 언젠가 내 손에다 흘레질을 해서 발로 찬 적이 있었다. 거품을 문 채 눈을 뒤집고 있던 개의 주둥이는 어김없이 비뚤어져 있었다. 그때 죽은 줄로만 알았는데 얼마 지나지 않아 다시 깨어나 이전처럼 나를 보고 두려움에 떨며, 그러면서도 내가 준 밥을 먹고, 싸서는 안 될 곳에 똥을 싸고, 해서는 안 될 곳에서 섹스를 하곤 했었다. 어쩌면 당연한 일이었다.

개니까.

따지고 보면 이 모든 것은 다 소라 탓이었다. 환기를 하겠답시고 현관문을 열어놓은 채 오줌을 싸러 가지만 않았더라도 개를 잃어버리는 일은 없었을 것이다. 피팅 모델 일이 끊긴 지 육 개월이 넘었는데도 소라는 하루에 한 번 이상 이뇨 성분이 포함된 다이어트 약을 먹었다. 그 약을 먹으면 십오 분마다 오줌을 싸러 화장실에 달려가야 했다. 기를 수도 없는 주제에 개를 사자고 조르고, 갯값 한푼 내지 않고 소유권을 주장하는 것도 모자라 그 개에게 패리스 힐튼이라는 이름을 지어 붙이고, 잃어버리기까지 한 소라. 이 모든 게 소라의 집착과 허영 탓이라고 하면 소라는 아니다, 오빠가 개에게 악마같이 대했기 때문이라고 항변할 테지.

흠뻑 젖어버린 전단지를 바닥에 던지고 벤치에 앉았다. 도대체 난 왜 이 배은망덕한 개새끼를 찾고 있는 것일까. 우리 사이에 뭐 대단한 정이 있는 것도 아니었다. 개는 낑낑댄다 싶으면 밥을 주고, 냄새가 난다 싶으면 배설물을 치워줘야 하며 말썽을 피우면 두들겨 패줘야 하는 존재일 뿐이었다. 그러나 개를 찾다보니 어느새 나는 나 자신이 개를 찾기 위해 존재하는 사람인 것처럼 느끼게 되어버렸다. 그것은 소라와 헤어지기로 마음먹었으면서도 우는 소라에게 사랑한다고 말하는 것과 비슷한 마음인 걸까. 잘 모르겠다.

정말 소라의 말대로 개는 내게서 벗어나고 싶었던 걸까. 관절염에 걸린 다리로 단숨에 뛰쳐나가 아직까지도 나타나지 않는 걸 보면 정말 그런 것일지도. 지금까지 들인 돈과 치운 똥을 생각하면 열받는 일이 아닐 수 없지만 그래, 이해한다. 기왕에 도망치고 싶었다면 가능한 한 멀리 도망쳐라. 다시는 내 손에 잡히지 않게. 주머니에 손을 넣으니 족발 뼈와 구겨진 종이가 잡혔다. 그것들을 차례대로 강에 던졌다. 빗방울이 떨어지는 검은 강이 뼈와 종잇조각을 삼켰다. 물위로 아무것도 떠오르지 않았다.

부산국제영화제

태혁과 함께 부산국제영화제에 가기로 했다.

누나 편하게 오시라고 KTX 표도 사놨어요.

전화를 받고는 잠시 멍해졌다. 그러고 보니 언젠가 함께 영화제에 놀러가자고 했던 것도 같았다. 출품했던 영화가 떨어진 후, 진탕 취해서 한 말이었을 텐데 태혁은 퍽 진지하게 받아들였는지, 영화제 기간에 맞춰 휴가를 썼다고 했다. 일주일이나 되는 긴 시간이었다. 당황한 것을 숨기기 위해 바다가 잘 보이는 호텔을 잡아놓겠다고, 얼른 대답했다. 나, 박소라, 취했을 때나 아닐 때나 안 해도 될 말을 하는 것은 똑같았다.

태혁의 전화를 받았을 때 나는 김의 집에 있었다. 정확히는 욕실. 소리 죽여 통화를 마치고 안방으로 들어가자 김이 핸드폰 게임을 하고 있는 게 보였다.

누구야?

예전에 함께 일했던 연출팀 스태프인데, 좀 도와달라고 하네. 다음달 중순에 지방에 내려가봐야 할지도 모르겠어. 김은 아무 대답도 하지 않고 계속 핸드폰 액정에 코를 박고 있었다. 괜히 머쓱해져 입을 닫았다.

해운대에 있는 파라다이스호텔을 예약했다. 영화제 기간이라 평소보다 훨씬 비싼 가격이었지만 역시 부산 하면 파라다이스지, 하는 근거 없는 믿음에 저지른 짓이었다. 사시사철 운영하는 노천온천이 있다고 하니, 사진을 찍어 올리기는 좋겠다고 생각하며 쓰린 속을 달랬다. 베를린 영화제에서 상을 받았다는 영화를 예매하려 했는데, 예매 창이 열리자마자 죄다 매진되어버렸다. 결국 내가 출품했다 떨어진 단편 쇼케이스 부문의 티켓만 예매할 수 있었다. 남은 시간엔 부산 구경이나 하면 될 것이었다.

#스타벅스 #갤러리아팰리스점

김이 외근 나오는 길에 우리 동네에 들르겠다고 문자를 보내왔다. 괜찮다고 하는데도 굳이 서울역까지 태워준다고 했다. 처음 만났을 무렵엔 김의 이런 행동을 무뚝뚝한 배려라고 여겼었다. 삼 년이 지난 지금은 그저 자신이 내킬 때 호의를 베푸는 것을 즐기는 기분파의 인간이라는 것을 너무 잘 알게 되었다. 아파트 단지 상가에 입점해 있는 스타벅스에 앉아 김을 기다리며 인스타그램에 사진을 업로드했다.

스폰서 업체의 텀블러에 녹차라테를 담아놓고 블루베리 치즈케이크를 곁들여 셀카를 찍었다. 내 창백한 피부 톤과 투명한 텀블러에 담긴 녹차라테의 초록빛이 썩 잘 어울렸다. 테이블 옆에 세워둔 은색 리모와 캐리어에 새로 산 보스턴백을 올려두고 찍은 사진도 함께 업로드했다. 부산, 여행과 스타벅스, 부산국제영화제, 데일리, 같은 의미 없는 단어를 해시태그로 달아두었다. 치솟는 하트 수가 꼭 내 맥박처럼 느껴지던 때가 있었다. 이제는 그조차 무감각해져버렸다. 김이 도착해 내 맞은편에 앉았다. 김은 내게 요즘 들어 살이 더 빠진 것 같다고 했다. 나는 핸드폰 액정을 응시한 채 고개를 끄덕였다. 김은 내가 매일 집 근처의 요가원에 다니는 걸로 알고 있다. 그 시간에 요양 병원에 들러 말기 암을 앓고 있는 엄마의 수발을 든다는 것은 상상조차 하지 못하겠지. 김에게도 태혁에게도 엄마의 병에 대해서는 말하지 않았다. 일부러 그러려 했던 것은 아니었는데, 어쩌다보니 그렇게 되었다. 김과 만나기 시작할 무렵에 엄마의 암이 발견되었다. 갑자기 그런 얘기를 꺼내기에는 조금 어색한 사이라 말하기 좋은 때를 기다렸는데, 그런 말을 하기 좋은 때 같은 건 없었다. 태혁의 경우는 군 휴가를 나왔을 때마다 잠깐 만나는 남자에 불과했고, 짧은 휴가 기간 동안 알뜰히 술을 마시고 섹스를 하느라 바빠서 그런 얘기를 할 틈이 없었다. 화면 속 하트가 천 개까지 올라가는 것을 보다가 핸드폰을 내려놓았다. 김은 두툼한 배를 만지며, 야근이 많아 운동할 짬이 나지 않는다고 했다. 그리고 한숨을 쉬며 덧붙였다. 너처럼 시간이 많으면 얼마나 좋을까. 매일 죽어가는 사람의 똥오줌과 감정 수발까지 드느라 밥 먹을 시간조차 없다, 는 말이 목구멍까지 올라왔지만 그냥 입을 꽉 다물었다. 편모 가정에서 자라나 암에 걸린 엄마의 수발까지 드는 불쌍한 여자가 될 바엔 차라리 부모 돈을 흥청망청 쓰며 생각 없이 사는 여자로 여겨지는 편이 나았으니까. 김은 내 시큰둥한 반응 따위는 신경도 쓰지 않고 회사 동료들을 흉보기 시작했다. 지난 삼 년 동안 김은 대리에서 차장으로 진급을 했고 입술과 얼굴빛이 검어졌으며, 없던 발기부전이 생겼다. 나는 이십대의 끝자락에서 삼십대가 됐으며, 영화 스태프와 피팅 모델 등의 잡스러운 일을 하며 벌어놨던 돈을 모조리 피부과에 쏟아부었다. 지금부터는 방어전이다. 더 나빠지지만 않으면 되는 거야.

오늘 어디로 간다고 했지? 강원도였나?

도대체 몇 번을 말해, 부산, 부산이라고! 소리치고 싶었지만 참았다. 이런 방식의 감정 표현이 어떤 파국을 불러오는지 잘 알고 있었다. 우리가 서로의 말을 듣지 않게 된 건 언제부터였을까. 나는 화를 꾹꾹 누르며 담담하게 말했다.

저번에 말했잖아. 부산이라고. 감독 고향이 부산이래.

김은 고개를 짧게 끄덕였다. 블루베리 치즈케이크를 한 점 더 먹으려다, 아침에 식욕억제제를 깜빡한 게 떠올랐다. 나는 케이크 대신 백에서 약 케이스를 꺼내 커피랑 약을 함께 마셨다. 치즈케이크와 녹차라테가 담긴 텀블러를 남겨둔 채 자리에서 일어났다. 스폰이나 협찬을 받은 상품은 두 번 다시 손이 가지 않았다.

김의 차를 타고 역으로 향했다. 김이 조수석으로 손을 뻗어 내 뒤통수를 쓰다듬었다. 이럴 때면 김이 꼭 내 부모나 반려인 같았다. 김이 친절할 때마다, 몸에 잘 맞는 옷처럼 내 마음이 접히는 곳을 알아차릴 때마다 마음이 영 불편했다. 김에게 엄마의 병을 알리지 않은 것도 그런 이유인지도 몰랐다. 그가 내 고통이나 힘든 부분까지 다 알아버리고 나면 정말로, 가족 같은 게 되어버릴 것만 같아서. 떼어낼 수 없는 가족은 하나로 족했다. 김이 습관적으로 내 손을 잡았다. 언젠가 이 뜨거운 손이 당장이라도 날아갈 것 같은 내 마음을 단단히 붙들어준다고 믿었던 때가 있었지. 그 믿음이 마치 종교나 신화처럼 아득하게만 느껴졌다. 슬그머니 손을 빼서 치마에 닦았다. 땀이 나는 것 같았다.

#부산역
기다란 에스컬레이터를 타고 내려오자, 역 앞에 태혁이 서 있는 게 보였다. 두 달 만인가. 상병을 달았다고 하더니 머리가 조금 더 길어졌고, 목덜미가 더 까맣게 타 있었다. 백탁이 심한 선크림을 발랐는지 얼굴이 허옇게 떠 있는 게 귀엽게 느껴졌다. 미어캣처럼 사방을 두리번대는 태혁의 이름을 불렀다. 태혁이 내 쪽으로 다가와 나를 꽉 안았다. 그리고 리모와 캐리어를 빼앗아 끌기 시작했다. 괜찮다고 해도 막무가내로 택시 정류장 쪽으로 향했다. 부대에서 운동밖에 할 게 없다더니, 어깨가 좀더 넓어진 것 같았다. 텁텁했던 입안에 물기가 감돌았다. 체온이 조금 올라간 것 같은 기분이 들었다. 나는 태혁의 뒤를 종종걸음으로 쫓았다. 그렇게 몇 걸음 걷다보니 주인을 뒤따라 걷는 다리 짧은 포메라니안이 된 것 같은 기분이었다. 괜히 가슴이 저릿해져 아랫입술을 깨물었다. 아무때나 터져나오는 눈물은 유전인 걸까. 시도 때도 없이 우는 여자라니 정말 최악이네, 생각하며 택시를 탔다. 오늘따라 기분이 왜 이렇게 오락가락하는 걸까. 들떴다, 가라앉았다, 달아올랐다, 식었다, 난리도 아니네.

꼬박 삼 년 만의 휴가이자 여행이기는 했다. 엄마가 암에 걸리고 나서는 먼 곳으로 가는 여행은 상상조차 하지 못했다. 두 번의 수술과 끝없이 이어지는 항암 치료는 엄마를 완전히 어린애로 만들어버렸다. 평생 가장으로서 대차게 사회생활을 해왔던 모습은 온데간데없고, 유약하고 의존적인 사람으로 변해버렸다. 엄마는 모든 것을 나와 함께하고 싶어했다. 언제든 도망치고 싶은 마음이 절실했지만, 언제라도 나빠질 수 있는 그녀를 두고 갈 수는 없었다. 혹시 마지막일지도 모른다는 초조한 마음이 어느덧 마지막을 기다리는 마음으로 변해가는 것을 보며, 지난 삼 년간 나는 부쩍 나이들어버렸다.

맞아. 나에게 이 여행은 너무 절실했어. 그러니 이런 감정 기복쯤은 괜찮아.

#해운대파라다이스호텔

호텔에 도착하자마자 체크인을 하고 곧바로 신관 건물로 향했다. 로비의 대리석 바닥은 미끄러질 것처럼 깨끗했다. 방에 들어서자 태혁이 나를 안았다. 나도 태혁을 안았다. 우리는 누가 먼저랄 것도 없이 급하게 옷을 벗었다.

입술이며 팔꿈치며 귀두며 몸 구석구석이 거뭇거뭇해져버린 김과는 달리 태혁의 모든 부분은 막 뽑아져 나온 프로즌 요구르트처럼 매끈했다. #프로즌요구르트 #만족스러운섹스 #군인 #휴가. 이 와중에도 해시태그로 정리하기 좋은 키워드를 상상하는 것이 참으로 나답다는 생각을 했다. 네크라인 모양으로 까맣게 타 있는 태혁의 목 부분을 손가락으로 훑었다. 태혁이 나를 그러안았다. 태혁과 내 몸이 포개졌다. 침대 시트가 건조해 사각거리는 느낌이 들었다. 한참을 안고 있다 일어났다. 캐리어에서 미리 사다둔 로제 샴페인을 꺼냈다. 탄산이 많고 단맛이 강해 내가 좋아하는 주종은 아니었지만 사진이 예쁘게 나와 챙겨온 것이었다. 프런트에 전화해 아이스 버킷과 잔을 받아, 해운대 바다를 배경 삼아 샴페인 사진을 찍었다. 태혁의 손이나 머리카락 같은 게 담긴 사진을 솎아내고, 샴페인의 핑크빛이 잘 표현돼 있는 것을 골라 인스타그램에 올렸다. 태혁의 핸드폰에 @artist_ssora_park님이 새로운 사진을 업로드했다는 알림 창이 떠올랐다. 태혁은 싱글벙글 웃으며 하트를 눌렀다. 바보가 아닌 이상 인스타그램 속 내가 자신의 존재를 완벽히 삭제해버렸다는 사실을 알 것이다.

가끔 태혁을 만나고 있으면 반려견을 훈련시키는 것 같은 기분이 들 때가 있었다. 내가 읽으라는 책을 읽고 내가 보라는 영화를 보고 먹으라는 음식을 먹었으며 (자신의 흔적을 찾아볼 수조차 없는) 내 인스타그램 속 모든 사진에 하트를 눌렀다. 내가 앉으라면 앉고, 서라면 서고, 가능하다면 내가 원하는 방향으로 생각까지 할 것 같은 애였다. 태혁은.

기분이 좋아진 나는 샴페인 몇 잔을 비웠다. 태혁은 몇 모금을 홀짝이다 말았다. 몸이 더워져 함께 샤워를 한 후 준비해온 비키니를 입었다. 태혁에게는 내가 가져온 선수용 스피도를 입혔다. 김과 함께 수영장에 다니기 위해 백화점에서 산 물건이었는데, 김이 번번이 게으름을 피워 포장조차 뜯지 못했다. 태혁은 수영복에 붙은 가격 태그를 떼며 항상 받기만 해서 어떡해요 누나, 라고 말했다. 검은 스피도는 군살이 없고 매끈한 태혁의 몸과 썩 잘 어울렸다. 우리는 나란히 샤워 가운을 걸치고 아래층으로 내려갔다. 해운대 바다와 마주한 노천온천이 있다는 것이 이 호텔을 선택한 이유 중 하나였다. 평일 이른 시간이기 때문인지 온천 풀에는 사람이 별로 없었다. 태혁은 어린아이처럼 신난 표정으로 샤워 가운을 벗더니 얼른 따뜻한 풀에 들어갔다. 내게도 들어오라고 손짓했다. 나는 고개를 저었다. 조금 물장구를 치다 금방 나온 태혁이 따뜻한 선베드에 누워 있는 나를 안았다. 태혁의 턱에서 흘러내린 물줄기가 내 어깨를 타고 흘렀다. 작게 소름이 돋았다. 잘 여미지 않은 샤워 가운 틈으로 그의 팔이 들어왔다. 내 살결에 태혁의 체온이 전해졌다. 잔바람이 불 때마다 파도가 일렁였고, 내 가슴에 맞닿은 태혁의 심장이 점점 더 빨리 뛰는 게 느껴졌다. 자꾸만 태혁에게 내가 느끼는 모든 것들을 구구절절 털어놓고 싶다는 생각이 들었다. 안 좋은 조짐이었다. 나는 자리에서 일어나 핸드폰을 들었다. 가을의 해운대를 배경으로 몇 장의 사진과 동영상을 찍었다. 태혁이 인피니트 풀에 기대 포즈를 잡고 있는 나를 찍어주었다. 사진은 실망스러웠다. 배에 힘을 잔뜩 주고 있었는데도 탄력이 없어 보이게 나왔다. (즉, 너무 현실적이었다.) 나는 사진 보정 앱을 켜서 몸의 주름지고 튀어나온 부분을 열심히 문질렀다. 태혁의 얼굴이 갑자기 내 어깨 뒤에서 쑥 들어왔다. 깜짝 놀라 핸드폰을 놓쳐버렸고, 떨어진 핸드폰이 돌바닥을 두어 번 굴렀다. 핸드폰을 집어올리자 액정에 잔뜩 금이 가 있었다. 태혁은 어쩔 줄 몰라하는 표정이었다.

죄송해요, 누나. 다 제 탓이에요. 제가 수리해드릴게요.

꼭 네 탓만은 아냐. 너랑 연락하는 걸 들킬까봐 언제나 핸드폰을 숨기곤 했던 나의 버릇 때문에 발생한 일이란다. 말할까 하다가 그냥 바에서 술이나 시켜달라고 했다.

또? 누나는 술이 그렇게 맛있어요?

넌 숨을 맛있어서 쉬니?

아뇨.

똑같아.

뭐래.

태혁이 덩치에 어울리지 않게 손으로 입을 가리고 웃었다.

전 누나가 세상에서 제일 웃겨요.

태혁의 가는 눈이 더 가늘고 길어져버렸다. 태혁과 함께 있을 때면 그가 온전히 나를 바라보고 있는 게 느껴졌다. 검은자가 크고 속눈썹이 길어 괜히 사연이 있어 보이는 그 눈이, 나는 좋았다. 곧 직원이 와인 한 병을 들고 왔다. 나는 깨진 액정에 손가락을 베이지 않기 위해 조심하며 보정한 사진을 업로드했다. 태혁이 내 옆에 달라붙어 걱정스러운 목소리로 말했다.

누나 정말 핸드폰 안 고쳐도 돼요?

응. 네가 더 말하지만 않으면 정말 괜찮을 것 같아.

죄송해요.

농담이야.

와인 두 병을 비울 때쯤 태혁의 뺨이 발갛게 달아올라 있는 게 보였다. 내 얼굴도 저렇게 빨개져 있을까. 붉게 탄 뺨을 쓰다듬으며 태혁의 눈을 바라보았다. 깊고 커다란 검은자에 내 얼굴이 비쳤다. 처음 본 순간부터 내가 가장 좋아했던 것. 내가 무슨 짓을 해도 언제까지라도 나를 졸졸 따라다닐 것 같은, 비 맞은 유기견 같은 그 얼굴. 누가 봐도 군인인 태혁과 내가 이모 조카 사이 같아 보이면 어떡하지, 하는 생각이 들어서 얼른 태혁에게 입을 맞춰버렸다.

누나, 사람들이 봐요.

보라고 하는 건데.

누나답지 않게 왜 이러세요.

너무 나다운데.

누나 취했어요.

네가 더 취했는데.

그후로는 별수없이 신나게 부어라 마셔라 해버렸다. 술을 마시다보면 중요했던 것들이 하나도 안 중요하게 느껴졌고, 그게 좋아서 도무지 끊을 수 없었다. 태혁은 내가 주는 술을 몇 잔 받아 마시다 얼굴이 타는 것처럼 빨개져버렸다. 고거 참 귀엽네, 생각을 하는데 순식간에 태혁의 얼굴이 흐려졌다. 태혁을 안아야지, 태혁의 작은 입술을 만져봐야지, 그러다 슬쩍 체중을 실어 안겨봐야지, 생각했는데 갑자기 몸의 균형이 잡히지 않았다. 이제는 정말 술을 끊어야 할 텐데, 라는 생각을 했을 땐 이미 넘어져버린 뒤였다.

태혁을 처음 만난 것은 일 년 전 학과 송년회 자리였다.

대학을 졸업한 뒤로는 한 번도 나가지 않았던 술자리였으나 그날은 이유 없이 참석하게 되었다. 사실 이유가 전혀 없었던 것은 아니고 그즈음 김의 외도 사실을 눈치채기는 했었다. 나를 대하는 김의 태도가 눈에 띄게 변했다. 뜬금없이 선물을 사오지 않나, 유달리 살갑게 대하다 갑자기 연락이 끊어지는 등 노골적인 이상 징후가 보였다. 아무래도 안 되겠다 싶어서 김이 잠들었을 때 그의 엄지손가락 지문으로 몰래 핸드폰을 열어보았다(이전에도 종종 써먹어본 방법이었다). 문자도 메신저도 별게 없길래, 또 헛다리를 짚었나 싶었는데 업무 폴더 속에 인스타그램 앱이 숨겨져 있는 게 보였다. 앱을 켜서 다이렉트 메시지 함을 들여다봤더니 가관이었다. 언제 찍은 것인지도 모를 복근 사진을 올려놓고는, 인스타의 온갖 여자들에게 찝쩍대고 있었다. 그중 몇몇과는 집주소까지 주고받았다. 집에 끌어들여 섹스를 한 게 틀림없었다.

꼴에, 라는 생각이 들었다.

발기도 잘 안 되는 게. 다 선 것도 목도장만한 주제에. 간신히 세워놔도 십 분도 못 가는 게. 말이나 잘 들을까 싶어서 만나줬더니.

꼴에, 바람이라니.

화가 치밀어올랐지만 추궁하거나 싸울 의지조차 들지 않았다. 너 왜 내 핸드폰 뒤졌냐, 너도 나랑 사귀는 거 숨기지 않냐, 네 잘

난 인스타 친구들은 내 존재를 알기나 하냐, 우리는 무슨 사이냐. 연애 기간 내내 반복됐던 전쟁이 또 벌어질 터였다. 죽을 만큼 싸우겠지. 운이 좋다면 누군가 정말 죽을지도 모르지. 나는 선택의 기로에 놓였다. 이 모든 것을 묵과하고 계속 만나거나, 시원하게 헤어지거나. 선택의 영역에서 나는 언제나 주저하고 주저하다, 그냥 주저앉아버리는 버릇이 있다. 상자를 닫아놓기로 했다. 그러다 보면 알아서 곪거나 썩거나 터져버리거나 하겠지. 미래의 나에게 이 모든 고민을 떠넘기리라.

그맘때 대학 동기들의 단체 채팅 창이 열렸다. 철학과의 송년회 날짜가 정해졌다고 했다. 진로가 결정되지 않은 절반 정도는 묵묵부답이었으나 나머지 절반은 다들 얼굴이나 한번 보자고 난리였다. 보나마나 회사나 상사를 들먹이며, 욕을 빙자한 자기 자랑을 한바탕 늘어놓을 게 뻔하지(라고 생각하는 것은 내가 인생의 진로가 결정되지 않은 한심한 반수에 속하기 때문이겠지). 그런 피곤한 자리는 애초에 갈 생각조차 없었는데, 김 때문인지 뭔지 충동적으로 송년회 자리에 참석하게 된 것이었다.

그렇게 가게 된 술자리가 좋게 끝날 리 없었다. 너무 재미가 없어서 대충 인사를 하고 나오려고 했는데 누군가 번번이 나를 잡았고, 그렇게 앉아 담배 냄새 나는 남자 선배들이 경력 자랑 돈 자랑 하는 얘기를 들으며 술을 들이켜다보니 어느덧 누구보다도 자발적으로 술을 마시게 되어버렸고, 나의 주도하에 술자리는 2차,

3차로 이어졌으며, 정신을 차려보니 다음날 출근을 하지 않는 학부생이며 (나 같은) 백수들만 남아 있었다. 나는 잔뜩 취한 채, 신입생들을 향해 젊고 잘생긴 애를 데려오면 술을 쏘겠다고 외쳤다 (고 전해진다). 세대가 바뀌어도 그저 공짜라면 마다않는 족속들이 여전히 존재하는 것인지 신입생의 친구들 몇 명이 불려와 함께 술을 먹기 시작했다. 태혁은 후배의 친구 중 하나였으며, 군 입대를 앞두고 있는 새파란 꼬맹이였다. 그는 우연히 내 옆자리에 앉게 된 죄로, 처음 보는 삼십대 여자의 술주정에 시달려야만 했다.

있잖아 누나는, 사는 게 진짜 슬프다?

드문드문 기억나는 일은 손목의 흉터를 보여주며 울었던 것, 술을 더 사주겠다고 태혁의 팔을 끌고 밖으로 나온 것. 태혁에게 담배를 사오라고 심부름을 시킨 것. 멘톨 담배를 사오지 않은 태혁을 타박한 것. 태혁은 순순히, 정말 유기견 같은 모습으로 나를 따라 나왔고, 술 취한 내 짜증을 다 받아주고, 토하는 내 등을 두드려준 것도 모자라 나를 따라 순순히 모텔까지 와주었고, 너무 취해 지갑에서 카드를 꺼내지 못하는 나 대신 자신의 돈으로 계산까지 해주었다. 스무 살짜리 알바생인 주제에. 낯선 모텔에서 깨어난 나는 또 사고를 쳐버렸다는 생각에 괴로워하며 태혁에게 말했다.

계좌번호 불러봐. 돈 부쳐줄게.

괜찮아요. 얼마 안 돼요.

너 돈 많니?

그런 건 아니지만.

난 돈 많아.

하하. 진짜 괜찮아요. 근데 누나 너무 조용히 주무셔서 죽은 줄 알았어요.

차라리 죽어버렸으면 좋았을 텐데.

왜 그런 무서운 말씀을 하세요.

우리 섹스도 했니?

그럴 리가요. 구두랑 양말만 벗겨드렸어요. 저 그런 사람 아니에요, 누나.

난 그런 사람인데.

예쁜 줄만 알았는데 웃기시기까지 하시네요, 누나.

근데 왜 존댓말 써. 그냥 반말해.

전 이게 편한데. 많이 불편하세요, 누나?

몰라. 맘대로 해.

왜 자꾸 극존대에, 말끝마다 누나라고 부르고 난리일까. 나이 들어 보이게. 하긴 다시 볼 사이도 아닌데 무슨 상관이야. 나는 협탁 위에 잘 개켜져 있는 카디건을 걸쳤다. 벌써 가세요? 얘기라도 더 하고 가시지. 태혁이 눈꼬리를 잔뜩 내린 채 실망한 표정을 짓는데, 귀엽다는 생각이 들었다. 턱을 만져주면 꼬리를 치며 기뻐할 것 같은 그런 얼굴. 나도 모르게 손이 가서 태혁의 머리를 만졌는데 살짝 젖어 있는 머리카락의 감촉이 느껴졌다. 아무래도 술이 덜 깬 것 같았고 뭔가, 이대로 떠나서는 안 될 것 같은 기분에 사로잡혀버렸다. 그래서 그냥 이렇게 말해버렸다.

근데 너 바지 안 불편하니?

대답을 듣기도 전에 태혁의 바지를 벗겼다.

아, 누나, 아, 저 이건 좀. 이러려고 한 건 아닌데.

난 이러려고 했는데.

살면서 그러려고 해서 그래지는 일은 별로 없는데 태혁의 경우는 처음부터 그러려고 했었다. 아무렇게나 만나고 버려야지. 다음 달에 군대에 간다잖아. 저도 나도 나쁠 건 없는 일이니까. 그렇게 만족스러운 하룻밤을 보내고 난 후 그는 이제 내 인생에서 영영 안녕이라고 생각했다.

얼마 뒤 모르는 번호로 전화가 와서 받아보니 또 태혁이었다. 자대 배치를 받았다고 했다. 휴가 나가면 꼭 만나자고 난리를 쳐서 그래 언제 시간 맞춰 보자고, 대충 둘러댄 뒤 모르는 번호로 오는 전화를 아예 받지 않았더니 어디서 알아냈는지 내 인스타그램이며 페이스북 계정으로 자꾸만 메시지를 보내왔다. 요즘은 군대가 좋아져서 생활관 내에서 인터넷도 전화도 자유롭게 쓸 수 있다고 했다.

누나, 이런 감정은 처음이에요. 그만두려고 해도 자꾸만 누나 생각이 나서 견딜 수가 없어요.

첫 휴가를 나오기 무섭게 찾아와 사귀자고 애걸하는 태혁에게 만나는 남자가 있다고 고백했던 것은 아빠의 바람기 때문에 고생한 엄마 밑에서 자랐기 때문은 아니었고, 단순히 귀찮아서였다. 거짓말도 노동인데 내 노동량은 인스타에 실물보다 더 예쁘게 보정된 사진을 올리며 온갖 유치 발랄한 글을 써대는 것만으로도 충분했다. 그렇게 완벽히 태혁을 떼어냈나 싶었는데, 그는 생각보다 지구력이 있는 편이었다. 그후에도 계속 전화를 해왔다. 다른 남자를 만나는 것도 상관없고, 자신을 좋아하지 않아도 괜찮으니까 그냥 잠깐이라도 보게 해달라며 빌었다. 등신아, 넌 자존심도 없니? 다신 연락할 생각도 하지 마! 소리를 지르며 전화를 끊었다. 잠깐 동안은 속이 후련했는데, 그게 다가 아니었다. 이제 정말 태혁을 다시 볼 수 없을지도 모른다는 생각을 하니 긴 속눈썹이며 두툼한 콧날, 단단한 목덜미, 커야 할 것들이 적당히 큰, 모든 게 정답 같은 태혁의 몸이 떠오르기 시작했다. 그리고 마치 태혁이 내 옆에 있는 것처럼 그 모든 것들이 점점 더 구체화되었다. 게다가 취할 때면, 그 유기견 같은 눈빛이 자꾸만 떠올라 어느새 마음이 애틋해져버리기까지 하는 것이었다. 김과 죽도록 싸우면서도 헤어지지 못한 것도 결국 이런 감정 때문 아니었을까. 달뜨고 흥분된 상태에 빠져들기 위해 내 머리가 만들어낸 작위적인 사랑. 혹은, 육욕.

얼마 뒤 태혁이 정기 휴가를 나왔다고 문자를 보내왔을 때 못 이기는 척 답장을 보내며, 나는 이 모든 일들에 대해 주색에 약한 부계 유전자 탓을 하기로 마음먹었다.

뭔가 차가운 것이 얼굴에 닿는 게 느껴졌다. 눈을 떠보니 태혁의 손이 내 뺨을 어루만지고 있었다. 샤워 가운을 입은 채 침대에 누워 있는 나. 간밤에 취해 쓰러진 나를 옮긴 것은 아마 태혁이었겠지. 요즘 부쩍 살이 올라 들기가 만만찮았을 텐데, 상상을 초월하는 무게감에 정이 떨어지지나 않았을지 걱정이었다. 태혁은 아침부터 어디를 나갔다 왔는지 코트를 입고 있었다. 자세히 보니 태혁의 손에 뭔가가 들려 있었다.

전에 누나가 보고 싶다고 했던 그 영화예요.

베를린 영화제에 진출했다는 벨기에 감독의 영화 티켓이었다. 워낙에 화제작이라 예매에 실패한 뒤 아예 마음을 접고 있었다. 태혁과 통화를 하던 도중 지나가듯 그 사실을 말했는데, 그걸 어떻게 또 기억하고 새벽같이 나가 영화관에서 현장 예매 티켓을 받아온 것이었다.

나는 태혁을 꽉 안았다. 이렇게 태혁을 꽉 붙잡고 있으면 이곳이 아닌 다른 곳으로 끌려 올라갈 수 있을 것만 같았다. 눈앞에 그와의 미래가 펼쳐지기 시작했다. 언젠가 김과도 이런 식으로 껴안고 이런 식의 감정을 느꼈던 적이 있었다. 그 역시 내가 있는 곳이면 어디든 나를 찾아오고, 내가 보자는 것들을 보고 내가 먹자는 것을 먹고 내가 하는 일에 무조건적인 지지를 해주었다. 그 시절 우리는 같은 내장 기관을 공유하는 것처럼 서로의 모든 것들을 속속들이 알고 있다고 믿었었다. 심지어는 함께 반려견까지 입양했었다.

내가 지어준 이름은 패리스 힐튼. 김이 불렀던 이름은 개.

김의 집에서 김이 키운 것이나 다름없으니 개, 라고 부르는 게 더 적절할지도. 김과 나와 패리스가 세상의 전부였던 시절이 있었다. 아무것도 몰랐기 때문에 가질 수 있었던 투명하고 순진한 믿음. 믿음이 깨지는 건 언제나 순식간이었다. 정신 차리자, 박소라. 왠지 눈물이 날 것 같아서 얼른 핸드폰을 켰다. 벌써 오전 열시였다. 간밤에 문자가 몇 개 와 있었다.

—소라야, 오빠는 김해 공장에 내려왔다. 첫날부터 밤샘 촬영은 아니지? 잘 자라.

—딸, 어디니. 전화 안 받네. 엄마가 꿈이 안 좋다. 그래서 전화했어. 몸은 괜찮니. 일은?

엄마가 문자를 보내온 시간은 새벽 두시. 보나마나 아홉시쯤 막장 드라마를 보다가 곯아떨어져서는 새벽에 일어나 꿈 타령을 하고 있는 거였다. 그래. 이래야 우리 엄마지.

꼭 일 년 전 요맘때에도 엄마는 꿈에 외할머니가 나왔다며, 상치를 준비를 하라고 호들갑을 떨었다. 소라야, 엄마가 부모가 돼서는 이혼이나 해버리고, 미안하다. 그때 내가 너를 위해서, 더 참았어야 했는데. 정말 미안…… 또 눈물을 한바탕 쏟아낼 기세라

얼른 이렇게 말해버렸다.

나 만나는 사람 있어. 결혼하려고.

엄마의 초췌한 얼굴에 화색이 감돌았다. 당시에도 김과 나 사이에 문제가 없었던 것은 아니지만, 매일 엄마와 함께하는 산책길에 김과 패리스 힐튼이 추가되어도 그림이 이상하지 않겠다는 생각을 할 정도의 믿음이 있기는 했다. 정말 일이 그렇게 흘러갔으면 또 어떻게 됐을지 모르겠으나, 언제나처럼 인생은 계획한 대로 흘러가지 않았다. 엄마의 꿈은 꽤 용한 구석이 있어, 그후로 정말 상태가 급격히 나빠졌고, 중환자실과 수술실을 오가느라 김을 만날 틈이 없었다.

그리고, 패리스 힐튼이 사라졌다. 나는 꽤 많은 날 동안 패리스를 찾아다녔고, 그보다 더 오랜 날들을 그리워하고, 절망했다. 그렇게 시간을 보내다보니 어느 순간부터 나는 김과 엄마와 함께 산책하는 상상을 하지 않게 되었다.

지금 우는 거예요? 설마 감동한 거예요?

태혁이 특유의 슬픈 표정으로 말했다. 태혁의 큰 눈에 내 얼굴이 비쳤다. 그 얼굴이 늙고 흉측하게 느껴졌다. 태혁과 함께 있을 때 자꾸만 다른 사람을 떠올리는 습관은 나쁘다. 눈물나게 아름다운 지금 같은 때에는 지금 이 순간을 생각하는 편이 낫겠지. 나는 태혁에게 물었다.

너는 도대체 왜 나를 좋아하니.

뭐야. 왜 맨날 그런 거 물어봐요. 이유가 어딨어. 그냥 좋아하는 거죠.

나는 태혁을 더 세게 안았다.

#CGV센텀시티

평일 오후인데도 영화관 안은 사람들로 몹시 붐볐다. 영화제 기간 내내 부산의 거의 모든 영화관들이 꽉 찬다는 것을 인스타에서 본 게 생각났다. 태혁은 다소 풀이 죽은 얼굴이었다. 팝콘을 먹을까요, 했을 때 너무 대차게 거절을 해서 그런가. 영화관까지 와서 쩝쩝거리며 뭔가를 먹는 사람들은 정말 최악이란 말이야. 괜히 억울했지만 비 맞은 유기견 같은 얼굴을 보니 또 미안한 마음이 들어 태혁의 손을 땀이 날 때까지 꽉 잡고 있었다. 자리가 벽에 바짝 붙어 있어 왼쪽 귀로만 모든 대사를 들어서 그런지, 〈완벽한 사랑의 미래〉는 기대에 비해 다소 맥빠지는 치정극이었다. 배우자의 외도에 상처받은 여성이 또다른 남자를 만나 상처를 해소한다는 구도가 너무 진부했고, 그마저도 알레고리에 의해 소비되는 느낌이었다. 게다가 전체적으로 디테일이 엉성해 인물들이 모조리 종이 인형 같았다. 제목에 관념어만 들어가면 다 되는 줄 아는 모자란 인간들이 종종 있지, 파리 7대학에서 철학을 전공한 감독다운, 먹물 내 나는 짓거리군, 생각하다 나 역시 대학에서 철학을 전공했으며 작년에 출품했던 내 영화의 제목에도 사랑이라는 단어가

들어간다는 게 떠올라 다소 숙연한 마음이 들었다. 그런데 석양이 지는 해변을 걷는 연인이 나오자마자 갑자기 눈물이 쏟아졌다. 정확히 말하자면 눈물을 가장한 콧물이었다(언제부터인가 눈물보다 콧물이 많아지기 시작했는데, 이것도 노화의 징후인가). 그런데 이딴 영화를 보고 울 일이야? 몸 어딘가 호르몬 조절 기관 같은 게 고장난 게 틀림없었다. 황급히 백에서 휴지를 찾아 코를 풀었다. 약간 부끄러운 기분이 들어 슬쩍 태혁 쪽을 바라보았다. 태혁은 고개를 푹 숙인 채 자고 있었다. 그러고 보니 태혁과 함께 영화관에 와본 것은 처음이었다. 영화라고 해봤자 기껏해야 모텔 대실 시간이 남아 VOD를 돌려 본 게 고작이었다.

너무 푹 자서 그런지, 영화가 끝나고 밖으로 나왔을 때 태혁의 얼굴은 푸석해 보였다. 왠지 내 얼굴도 비슷할 것 같아서 그늘 쪽으로 걸었다. 팩트를 꺼내 거울을 봤는데 내 얼굴에 자꾸만 아픈 엄마의 얼굴이 겹쳐져 기분이 뒤숭숭해졌다. 엘리베이터를 향해 가는데 누군가 나를 불렀다.

소라씨. 여긴 어쩐 일이야.

체리 언니?

아직도 체리라고 하네. 문경이라고 불러.

체리, 아니 문경 언니와 나는 이십대 중반, 치유의 글쓰기 수업에서 처음 만나 친해진 사이였다. 치유의 글쓰기 수업은 프라이버시를 보호하는 의미에서 서로의 별명을 지어 부르는 방식으로 진행되었다. 나는 딱히 쓸 만한 이름이 없어서 본명인 소라, 를 사용했고, 언니는 동물구호협회의 활동명인 체리, 를 그대로 사용했다. 수업의 특성상 사적인 얘기를 많이 나누게 되었는데 우리는 외도한 부모(언니의 경우 어머니, 나의 경우 아버지)에 의해 가정이 깨진 전력을 가지고 있고, 동물을 좋아하며 예술에 관심이 많다는 공통점으로 다섯 살이라는 나이 차를 뛰어넘어 급격히 가까워졌다. 치유의 글쓰기 수업이 끝난 후로도 나는 언니와 함께 영화 시나리오 입문반과 별자리 수업을 함께 수강했으며, 언니가 소속돼 있는 동물구호협회와 생협의 조합원으로도 가입해 함께 활동했다. 매출 부진으로 문을 닫을 때까지 언니가 운영하는 쇼핑몰에서 피팅 모델 일을 하기까지 했으니, 거의 운명 공동체에 가까운 사이였다고 봐도 좋을 것이다. 엄마의 발병 사실을 알린 것도 언니가 거의 유일했다. 죽고 못 사는 사이였던 언니와 멀어지게 된 것은 한순간이었다. 김과 사귀기 시작했을 때, 언니에게 곧잘 연애 상담을 했었다. 그녀의 결론은 언제나 하나였다. 그 남자 조짐이 안 좋다. 헤어져. 나와는 달리 별자리 수업을 고급반까지 이수했기 때문인지 확실히 사람 보는 눈이 있기는 했는데, 당시의 나는 언니가 나의 감정까지 통제하려 든다는 느낌을 받았다. 패리스를 잃어버렸을 때에도 언니는 내게 같은 말을 했다. 그럴 줄 알았어. 조짐이 좋지 않다고 했잖아. 개의 가출까지도 예견하는, 모든 걸 꿰뚫고 있는 듯한 무당 같은 태도가 견디기 힘들어 연락을 뜸하게 하기 시작했는데, 얼마 뒤 언니가 인스타그램을 포함한 모든 SNS에서 나를 차단한 것을 발견했다. 또 이렇게 됐네. 목숨이라도 빼줄 것처럼 굴다 일순간에 나를 잘라낸 사람들의 이름을 오천 명쯤은 댈 수 있으니까 괜찮았다. 그렇게 멀어졌던 문경 언니의 소식을 들은 건 올봄이었다. 언니와 함께 들었던 시나리오 수업의 공식 카페에 청첩장이 올라온 것이었다. 언니는 함께 수업을 들었던 종철씨와 결혼한 뒤, 종철씨의 고향인 부산으로 내려갔다고 했다. 진행 속도가 급하다 싶었는데, 아니나 다를까 결혼한 지육 개월이 채 지나지 않았음에도 문경 언니의 배는 잔뜩 불러 있었다.

예정일은 다다음 달이야.

내 시선을 눈치챈 문경 언니가 묻지도 않은 말을 했다. 우리는 마치 지난주까지 연락을 주고받았던 것처럼 가벼운 말투로 서로의 근황을 나누었다. (요즘 뭐해? 놀아.) 그리고 나니 전혀 할말이 없었다. 엘리베이터는 지구상에 존재하는 모든 층에 다 서는 것처럼 더디게 내려왔다. 나는 태혁의 옆에 어정쩡하게 서 있다, 괜히 쑥스러운 기분이 들어서 이렇게 말해버렸다.

여긴 내 사촌동생. 해운대 살아.

문경 언니는 고개를 까딱하더니, 태혁에게 눈길도 주지 않고 또 자기 얘기를 늘어놓기 시작했다.

종철씨 병원 휴무일이라 함께 영화 보러 나왔어. 나 이 감독 좋

아하는 거 자기도 알잖아. 이번 영화는 좀 실망이지만. (알 게 뭐
람.) 그러고 보니 이 영화, 소라씨 작품이랑도 좀 비슷하다.

난 잘 모르겠는데. 어떤 게 비슷하다는 거예요?

그냥. 뭐, 남들은 말 못하는 감정 섬세하게 잘 그리고, 그런 거.
근데 자기 아직도 영화 해?

불현듯 문경 언니가 예전에 내가 쓴 시나리오를 보고 했던 말이
떠올랐다.

자기는 부모님 일 겪고도 비윤리적인 사람들에 대해 별생각이
없나봐? 바람피우는 사람들한테 엄청 감정 이입해서 쓰네.

그때의 싸늘했던 기분이 다시금 떠올랐다. 대충 둘러대고 엘리
베이터를 타려고 하는데, 종철씨가 특유의 능글맞은 말투로 덧붙
였다. 소라씨, 우리 이렇게 만난 것도 인연인데 오랜만에 식사나
같이합시다. 아무리 불편한 상황에서도 절대 거절을 하지 못하는
것은 내 고질병 중 하나였다.

문경 부부와 우리는 센텀시티 근처의 조개국숫집에서 함께 식
사를 했다. 나와 태혁은 커다란 대접에 고개를 처박은 채, 국물이
시원하네, 그러게 진국이다, 와 같은 하나마나 한 소리를 하며 땀
을 닦았고 주로 문경 부부가 대화를 주도했다. 그들의 삶은 동화
에 나오는 부부처럼 진부하게 아름다웠다. 언니가 쇼핑몰을 운영
하느라 진 그 많던 빚을 종철씨가 신도시 아파트의 분양권을 팔
아 갚아줬다고 했다. 지금은 센텀시티에 위치한 신축 아파트에 살

고 있다며, 빚 갚다가 인생이 다 끝날 것 같다고 앓는 소리를 해댔다. 우리 사는 동네가 신흥 개발 지역이라 육아 시설이 부족하잖아. 정말 큰일이야…… 관심도 없는 얘기는 도대체 언제 끝나는 걸까. 입만 열면 바젤이며 암스테르담, 파리와 같은 유럽의 도시를 고향처럼 줄줄 늘어놓으며 서구의 우수한 예술과 개인주의 문화를 찬양했던 문경 언니였다. 언니는 일 년 만에 부동산 투기를 통해 경제적 위기를 극복하고 자녀 교육에 투신하려는, 누구보다도 한국적인 예비 부모로 거듭나 있었다. 그녀는 굳어가는 우리의 표정 따위는 신경쓰지 않고, O형에 처녀자리인 자신과 A형에 천칭자리인 종철씨가 왜 궁합이 잘 맞는지에 대해서 신나게 설명했고 나는 먼지처럼 사라져버리고 싶은 기분이 들었다. 태혁은 평소와 같이 정물처럼 앉아서 기계적으로 고개를 끄덕이고 있었다.

소라씨. 아직도 그렇게 술 마셔?

똑같지, 언니. 나 은근히 일관성 있잖아.

아직 젊어서 그런가. 왜 그리 술을 마신대.

술 마시면 빨리 시간이 가버려서? 나 백수니까. 낭비할 수 있는 게 시간뿐이잖아.

부럽다. 나도 소라씨처럼 좀 살아봤으면 좋겠어. 시간 많아, 돈 많아, 젊고. 하고 싶은 일 다 할 수 있잖아. 나는 미혼 때랑은 비교가 안 되게 바빠서 내 시간이 별로 없어. 결혼하고 임신하니 이렇게 영화 볼 시간도 내기 힘들다? 소라씨는 복 받은 줄 알아. 혼자니까 그러고 살지.

맞다, 이런 사람이었지. 언제나 자신이 제일 힘들고, 다른 사람의 사정은 별것도 아니라고 생각해버리는 종류의 인간. 불과 일 년 전만 해도 자신도 나와 다를 바 없는 (불평 많은) 미혼이었다는 사실을 잊은 걸까. 게다가 내가 삼 년째 엄마 병수발을 들고 있다는 걸 뻔히 알면서도 어떻게 저런 소리를 하지. 나는 대답을 하는 둥 마는 둥 하며 간신히 밥을 다 먹었다. 한 시간도 되지 않아 식사 자리가 끝났다. 내가 계산서를 들었더니 문경 언니가 그것을 확 낚아챘다.

이건 우리가 살게.

그럴 필요가 없다고 해도 막무가내였다. 뭔가 진 것 같은 기분이 들었다. 문경 언니네가 계산대로 향하는데 갑자기 오줌이 죽을 듯이 마려웠다. 나는 현관문 옆, 화장실로 달려가 다급히 문을 잠갔다. 오줌을 싸기 시작하자 폭포수처럼 쏟아졌다. 식욕억제제를 먹은 보람도 없이 국수 한 그릇을 다 비워버렸네. 그래도 공짜로 얻어먹었다는 것으로 위안을 삼아야겠다는 생각을 했다. 화장실에서 손을 씻는데 현관 쪽에서 누군가 말하는 게 들렸다. 날카로운 목소리의 여자가 말했다.

쟤 원래 저래. 남자에 죽고 못 살잖아.

남자가 작은 목소리로 그렇긴 하지, 라고 대답했다. 더럽게도 방음이 안 되는 화장실이로군. 남자에 죽고 못 사는 여자가 누군지 왠지 알 것만 같았다. 대차게 문을 열고 나가 그 여자가 누구냐고 물어봐야 하나, 아니면 눈물이라도 찍어 삼켜야 하나, 어쩔까 고민하다가 속으로 삼십 초를 세고 화장실 문을 열었다. 식당 입구에는 아무도 없었다.

소라야. 너 그거 피해 의식이야. 사람들은 너한테 아무 관심이 없어.

김이 나에게 자주 하는 말이었다. 사람들이 아니라 오빠가 나한테 전혀 관심이 없는 거겠지. 그렇게 시작된 싸움은 언제나 큰일을 내고서야 끝났다.

식당 밖으로 나가자 문경 부부와 태혁의 뒷모습이 보였다. 멀뚱히 서 있는 태혁의 뒤에서 슬그머니 팔짱을 꼈다. 넓은 태혁의 어깨에 기대고 싶다는 생각이 들었다. 그래. 알 게 뭐야. 추울 때 남자만한 건 없지. '남자에 죽고 못 사는 여자, 박소라'라니. 꽤 그럴듯한 로그라인인데? 다음 영화에 써먹어야겠어. 자꾸만 웃음이 나왔다.

자고 일어났더니 태혁이 내 얼굴을 빤히 보고 있었다. 나 코 많이 골았니. 아니요. 근데 왜 쳐다봐. 예뻐서요. 그만해. 뭐 이런 쓸데기없는 대화를 나누다 씻고 밖으로 나왔다. 간밤에 새로 처방받은 수면제를 먹었더니 오랜만에 푹 잘 수 있었다. 바꾼 약이 효과가 있는 것 같았다.

택시를 타고 남포동에 가 시장을 돌았다. BIFF 광장에서 씨앗 호떡 두 개를 사서 태혁과 나눠 먹었다. 정말 호떡 안에 씨앗이 잔 뜩 박혀 있었고, 꽤나 고소했다. 아침에 식욕억제제 먹는 것을 빼먹 은 탓인지 곧잘 넘어갔다. 약간의 죄책감이 느껴졌지만 견과류가 많이 함유되어 있어서 괜찮을 것이라는 합리화를 하며 마음을 달 랬다. 태혁이 호떡 먹는 내 모습을 찍어주었는데 턱이 두 개로 나와 다시 찍으라고 명령했다. 그래도 예뻐요, 라고 하는 태혁의 목소리 가 담겨 소리를 지우고 동영상을 업로드했다. #남포동 #씨앗호떡.

부산타워에도 올라갔다. 남산타워와 비슷한데 크기가 훨씬 작 았고, 바다가 보이는 아름다운 풍경을 기대했는데 미세먼지만 자 욱했다. 괜히 눈이며 목 같은 데가 따가워지는 기분이라 얼른 내 려와버렸다.

다시 해운대의 극장으로 돌아왔을 땐 점심때가 다 된 시간이었 다. 어제 팝콘을 사먹지 않아 침울해했던 태혁의 표정이 떠올라 색깔이 요란한 팝콘과 음료수 세트를 시켰다. 벤치에 팝콘과 음료 수를 올려놓고 사진을 찍었다. #메가박스해운대 #단편쇼케이스섹션.

오물오물 팝콘을 집어먹는 태혁. 얼마나 잘 먹는지 영화를 보기 도 전에 팝콘 상자의 바닥이 보였다. 진작에 사줄 걸 그랬어. 먹성 이 좋은 아이를 기르는 부모의 마음이 이러려나. 상영시간이 임박 해 인파를 뚫고 상영관으로 들어갔다.

단편 경쟁 부문에 진출한 영화들은 별로 특별하지 않았다. 교과서적 상징과 전통적 미장센에 너무 충실한 나머지 하품이 나오게 지루하거나, 수준 미달을 개성이라 주장하는 작품이 대부분이었다. 역시나 태혁은 아예 고개를 숙인 채 졸고 있었다. 요따위 영화들도 상을 받는데 왜 난 상은커녕 영화제 근처도 갈 수 없는 거지? 문득 작년, 김에게 나의 첫번째 단편영화를 보여주었던 때가 떠올랐다.

노트북 화면을 바라보던 김의 얼굴이 도통 이해할 수 없다는 듯한 표정으로 차츰 구겨져갔다. 나는 김의 얼굴 대신 텅 빈 커피잔을 바라보았다. 영화를 다 보고 난 뒤 김이 남긴 말은 하나였다. 애썼네. 그날 밤, 나는 술에 취해 김의 집에 찾아갔다. 컴퓨터 게임을 하고 있는 김을 향해 나의 노트북을 집어던졌다. 발정난 개만도 못한 새끼야. 노트북이 의자에 부딪혀 산산조각 났다. 김도 질 수는 없었는지 내게 소리를 지르며 재떨이로 쓰던 페트병이며 그릇 같은 것을 손에 잡히는 대로 집어던졌다. 깨진 컵 조각이 김의 발등에 박혔다. 김에게서 흘러나온 피며 담뱃재, 우리가 내지르는 소음 같은 것으로 김의 집이 엉망이 되었다. 주민의 신고를 받고 경찰이 찾아왔다. 우리는 엉망이 된 얼굴로 문 앞에 서서, 별일이 아니라고 말했다. 거짓말은 아니었다. 별일은 아니지. 언젠간 일어날 일이고, 언제든지 일어날 수 있는 일이고, 자주 일어났던 일이니까.

함께 놀러와서도 자꾸 다른 남자 생각을 하는 게 좀 걸려서, 괜히 태혁의 손을 잡았다. 그의 손은 얼음장처럼 차가웠다. 몸살 기운이 도나, 속이 안 좋은가, 싶었는데 갑자기 태혁이 내 손을 뿌리치고 영화관 밖으로 황급히 뛰어내려갔다. 많이 급했나보네. 그러게 콜라며 팝콘을 너무 많이 먹더라. 나는 다시 영화에 집중했다. 영화가 끝나도, 뿔테안경을 쓴 멸치같이 생긴 남자들이 나와 GV 행사를 진행할 때까지도 태혁은 돌아오지 않았다. 하나마나 한 말을 늘어놓는 남자들을 뒤로한 채 영화관 밖으로 나왔다.

핸드폰을 켜자 문자가 몇 개 와 있었다.

—소라야. 촬영은 잘돼가? 서울은 비가 온다. 부산은 어떠려나. 비 오니 생각나는 게 많네⋯⋯

—죄송해요, 누나. 저 몸이 조금 안 좋아서 영화 끝날 때까지 못 기다릴 거 같아요. 숙소에 먼저 가 있을게요.

이게 무슨 말이지. 태혁에게 전화를 걸어보니, 핸드폰이 꺼져 있다는 안내 메시지가 들렸다. 태혁이 전화를 꺼놓은 것은 처음이었다. 휴가를 나올 때마다 마치 탯줄이 달린 것처럼 끊임없이 내게 연락을 했던 태혁이었는데. 화가 난 건가? 혹시 내가 인스타그램에 자신의 목소리며 손가락 같은 흔적을 샅샅이 지워버려서 섭섭했던 걸까? 설마, 지금껏 계속 그래왔는데? 역시 그냥 몸이 안 좋은 거겠지? 아니 근데 왜 내 돈 쓰고 놀러와 애 눈치를 보고 휘둘려야 하는 거야? 고작 스물두 살짜리 군인 때문에 이 소중한 시간을 낭비하고 있다니. 갑자기 성질이 나기 시작했다. 얼굴이 뜨거워지는 것 같았고 뭔가 시원한 게 당겼다. 나는 소중한 휴가의 단 한순간도 허비할 수 없다는 사명감에 젖었다.

백화점 푸드 플로어로 올라갔더니 온갖 힙스러운 식당이 즐비했다. 그중 가장 깔끔해 보이는 일본식 경양식집에 들어가 앉았다. 채소 튀김과 산토리 하이볼 한 잔을 시켰다. 인스타그램에 감성적인 필터를 입혀 사진을 업로드한 뒤, 튀김을 한입 베어 무는데 식욕억제제를 깜빡한 게 떠올랐다. 백에서 약을 꺼내 시원한 술과 함께 넘겼다. 기분이 들뜨기 시작했다. 혼자 있을 때 술이 더 맛있다. 이럴 때 보면 나는 정말 술을 사랑하는 것 같다. 술이 아니라 술자리를 즐긴다는 개소리를 하는 족속들이 없어져야 세상이 더욱 아름다워질 텐데. 하이볼을 추가해 깻잎튀김 한 장을 안주 삼아 마셨다.

몇 잔이나 마셨을까, 핸드폰이 울렸다. 태혁이었다. 숙소에서 핸드폰을 꺼놓은 채 잠이 들었다고 했다. 누나 전화하셨네요. 몸이 좀 안 좋아서 먼저 들어왔어요. 저는 신경쓰지 말고 밖에서 재밌게 놀다 들어오세요. 태혁의 힘없는 목소리가 괜히 밝혔다. 이렇게 체력이 약한 애였나. 하긴 내가 태혁에 대해 뭘 알겠어. 지난 일 년 동안 몸을 맞대고 나눴던 대화보다, 이번 여행 기간 동안 알게 된 사실이 더 많은 것 같았다. 혹시 얘, 이박 삼일 동안 함께 먹고 자며 나란 여자를 겪고 나니 드디어 정신을 차리게 된 것일까?

그럴지도. 그래도 오래 버텼네. 이참에 깨끗이 정리해버리는 게 태혁에게도 내게도 좋은 일이지. 근데 왜 자꾸만 기분이 가라앉는 걸까. 결국 술을 남기고 자리에서 일어났다. 내게는 좀체 없는 일이었다. 가방을 들고 한 발짝 내디디는데 균형이 잡히지 않더니 그만 자리에 주저앉아버렸다. 종업원이 달려와 나를 일으켜세웠다. 나는 괜찮다고 말하며 한 걸음 한 걸음 조심스럽게 걸었다.

백화점 밖으로 나가 택시를 잡았다. 생각보다 시간이 많이 흐르지는 않았는지 막 해가 지고 있었다.

기사님. 파라다이스호텔로 가주세요.

제일 막히는 일곱시에, 걸어서 가도 될 거리를.

기사가 사투리 심한 억양으로 중얼댔다. 그냥 혼잣말인지 나에게 화를 내는 것인지, 아니면 내리라는 것인지 잘 구별되지 않았다. 공짜로 가자고 했나. 내 돈 내고 내가 가겠다는데 왜 난리야. 기분이 확 나빠졌다. 아무 대꾸도 하지 않고 핸드폰을 들어 인스타그램의 댓글을 확인했다. 언니 어쩜 이렇게 예뻐요? 소라님 술 너무 맛있게 드신다. 소통하고 지내요, 언니 사진 보니 부산 넘 가고 싶네요. 2018년 업계 최우수 출.장.마.사.지 업.소로 선정, ⑤◆ 최고의 배당률 다양한 스포츠 경기 업데이트, 찬사 일색인 댓글을 보니 기분이 좀 환기되는 것 같았다. 퇴근시간이라 그런지 차가 몹시 막혔다. 무심코 택시의 창에 입김을 불어봤는데 술냄새가 확 풍겼다. 생각보다 많이 마셨네. 창에 김이 서려 그 위에 강아지를 한 마리 그렸다. 이상하게 눈물이 날 것 같았다. 나는 언제나 택시에 약했다. 패리스를 잃어버리고 난 후에 한창 더 그랬었다. 멀쩡하게 잘 놀다가도 집에 가는 택시만 타면 자꾸 눈물이 쏟아지곤 했다. 친구들은 이런 내 악습을 두고 '우는 손님은 처음인가요 병'이라고 명명했다. 창문에 그려놨던 강아지가 한순간에 사라졌다.

아무리 최선을 다해 이름을 불러도 정신없이 도망치던 패리스. 짧은 다리로 엉덩이를 뒤뚱거리며, 정말 최선을 다해 뛰어가던 그 뒷모습. 혼자 남을 때면 언제나 패리스의 마지막 모습이 떠올랐다.

패리스를 처음 만난 건 김과의 이 주년 기념일이었다.

당시 엄마는 항암 치료를 받느라 몸무게가 사십삼 킬로까지 빠져버린 상태였고, 순환기에 문제가 생겨 투석실과 일반 병실을 왔다갔다하고 있었다. 나는 새벽같이 일어나 엄마를 먹이고 씻기고 산책시키고, 그녀의 짜증을 받아내고, 저녁이면 병원 밖으로 도망쳐 나와 돈이 되지 않는 것들을 배우고, 비싼 술을 마시며 그녀가 평생 동안 벌어놓은 돈을 펑펑 써댔다. 막 승진을 한 김은 정신없이 바빴고, 일주일에 얼굴 한 번 보기 힘들었다. 막상 얼굴을 볼 때면 죽일 듯이 싸우곤 했다. 함께 잠들지 않는 날들이 길어져갔다. 그렇게 맞이한 이 주년 기념일. 마침 김의 회사에서 제휴 호텔의 바우처가 나왔다고 했다. 야근을 하느라 늦은 덕분에 자정이다 돼서야 힐튼호텔 객실에서 만난 우리는 함께 케이크를 먹고 와인을 마셨다. 섹스는 또 실패로 끝났다. 나는 먼저 곯아떨어진 김의 핸드폰을 습관처럼 열어보았다. 인스타 속 김은 여전히 왕성한 성욕을 자랑하고 있었다. 김의 계정으로 내 아이디를 검색해 들어가보았다. 김이 내 계정을 차단해놓은 게 보였다. 차단 해제 버튼을 누르자 화면에 내 얼굴이 반짝 떠올랐다. 피부가 깨끗하고 언제나 새 옷을 입고 꼿꼿이며 필라테스 같은 것을 배우러 다니는 인스타그램 속의 나는 작은 불행의 기미조차 찾아볼 수 없을 만큼 맑고 행복해 보였다. 생글생글 웃고 있는 그녀를 다시 차단했다. 잠을 한숨도 자지 못했다.

　다음날 함께 충무로를 지날 때, 나는 무작정 차를 세웠다. 애견 센터에 들어가자고 했다. 개를 사고파는 건 평소의 내 신념에 완벽히 반하는 행동이었지만 상관없었다. 유리 진열장 속에 전시되어 있는 개들 중에, 절대로 뒤를 돌아보지 않고 웅크려 있는 강아지가 한 마리 있었다. 솜뭉치 같은 흰색 포메라니안이었다. 손을 뻗었는데 개가 내 손가락을 콱 깨물었다. 절대 곁을 주지 않을 것이라는 결연한 의지처럼 느껴졌다. 개에게 패리스 힐튼, 이라는 이름을 지어주었다. 우리 엄마는 기관지가 안 좋으니까, 오빠네 집에서 기르면 되겠다. 모든 게 다 순식간에 벌어진 일이었다. 인생의 중요한 결정들을 충동에 이끌려 해버리는 것, 성급히 저지른 짓에 대한 책임을 타인에게 떠넘겨버리는 것, 사소한 데 의미를 부여하는 습관들. 김이 질색하는 행동들을 보란듯이 더 하고 싶었다. 이래도, 이렇게까지 해도 날 버텨낼 수 있겠어?

그런 마음으로 다른 생명을 들여서는 안 되는 거였다.

지금쯤 패리스는 어디를 걷고 있을까. 관절염에 걸린 그 짧은 다리로. 다시 돌아올 수 없을 정도로 멀리 가버린 걸까.

깊게 한숨을 내쉬었다.

기사는 룸 미러로 내 얼굴을 흘끔 보며 땅 꺼지겠소, 라고 말했다. 저 기사라는 새끼는 왜 자꾸 반말을 하고 지랄이실까. 기분이 슬슬 나빠지는데 룸 미러로 기사가 내 온몸을 구석구석 훑으며 물었다. 서울 분이신가? 나는 치마를 끌어내리며 아무 대꾸도 하지 않았다. 기사는 사투리가 강한 어조로 중얼댔다.

지금 이 시간에 완전 술 쩌리가 호텔 가는 여자면 뻐언하지.

네? 지금 뭐라고 하셨어요?

그건 또 들리나보네.

나는 주먹을 꽉 쥐었다. 가죽가방에 네일이 긁히는 소리가 들렸다. 지금 이 시간에 술 취해 호텔 가는 여자가 뭐? 뭐가 뻔해? 내가 술이 취하긴 했지만 뻔한 여자는 아니지. 맨정신이면 아무 말 못했겠지만 난 술도 마셨어. 이럴 때 가만히 있으면 박소라가 아니지. 우리 엄마는 날 그런 뻔한 여자로 키우지 않았어.

아저씨, 다시 말해보세요. 호텔 가는 여자가 뭐라고요?

거 참말로 시끄럽다.

당신 지금 나한테 반말했어?

이런 미친 기……

뭐? 미친 뭐? 미친년? 당장 차 세워. 차 세우라고 이 개새끼야.

가을 저녁의 파출소는 한산했다. 소파에 기대앉아 있는데 자꾸만 취기가 가시는 것 같아서 짜증이 났다. 기껏 돈 들여 마신 술인데. 처음 경찰을 부른 건 나였으나, 결과적으로 피의자로서 조서를 꾸미게 된 것도 나였다. 사유는 무임승차와 폭행. 기사의 관자놀이에 남은 손톱만한 구두굽 자국이 폭행의 근거였다. 경찰은 허공에 흩어 없어지는 내 모욕감 같은 것은 안중에 없는 게 분명했다. 어쨌든 경찰의 간곡한 회유로 기사에게 치료비에다 택시비를 세 배로 지급하는 선에서 합의를 마쳤다. 파출소에 있는 두 명의 경찰 중 나이가 많은 쪽이 내게 달래듯 말했다. 이 정도로 끝난 게 다행입니다. 뭐가 다행이라는 건지. 시시비비를 가리려 해도 대충 눙쳐버리는 게 경찰의 기본 태도인 것 같았다. 작년에 처음으로 파출소에 방문했을 때도 마찬가지였다. 집 나간 패리스를 찾는데 김이 자꾸만 등신 같은 소리를 해서 내 속을 긁었다. 취한 김에 먹고 있던 족발 뼈로 김을 때려버렸다. 운 나쁘게 김의 이마가 조금 찢어져버렸고, 그것을 보고 놀란 누군가가 경찰에 신고를 했다. 그럴 일은 아니었고, 그러려고 했던 일도 아니었는데 역시나 술이 문제였다. 술이 문제인 것을 알면서도 술을 끊지 못하는 걸 보면 역시나 내가 문제인 거겠지. 예전에 별자리 수업의 강사가 내 점을 봐주며 했던 말이 떠올랐다. 소라씨가 태어난 날이 명왕성과 겹쳐 있어요. 평생 죽음과 색을 탐하고 범죄의 경계선을 넘나들 운명입니다. 듣자 하니 스물몇 살짜리 여자애에게 할 소리는 아니다 싶었는데 살수록 틀린 말은 아니었다. 그후로 사고를 칠 때마다 모두 운명의 탓으로 돌려버릴 수 있어서 수강료가 아깝지는 않았다. 그나저나 여긴 무슨 초가을부터 난방을 트는지 더워 죽겠네. 세금이 남아도나, 뭐 이런 생각을 하는데 갑자기 등으로 찬바람이 확 끼쳤다. 고개를 돌리자 태혁이 파출소의 문을 열고 들어오는 게 보였다. 경찰이 그에게 물었다.

박소라씨 보호자 되십니까?

아, 그게. 저…… 제가 보호자는 아닌데……

태혁은 평소처럼 어눌한 말투로 제대로 대답조차 하지 못했다. 경찰이 다소 짜증 섞인 어조로 되물었다.

두 분 어떤 관계이십니까.

나는 최대한 맨정신인 것처럼 보이려 노력하면서 또박또박 말했다.

제 사촌동생이에요.

경찰이 수첩에 태혁의 전화번호를 적었다. 태혁이 허리를 감아 나를 일으켜세웠다. 나는 순순히 태혁에게 기대, 파출소 밖으로 나갔다. 몸을 기댄 채 걷는 우리의 모습은 아무리 좋게 봐도 사촌처럼 보이지는 않을 것이다. 이모와 조카 같아 보이지 않으면 다행이려나. 이런 내 모습을 보면 김은 또 자의식 과잉이라고 욕을 할 테지. 소라야. 사람들은 네가 누구랑 있든 아무 신경도 안 써.

핸드폰 진동이 울렸다. 김의 문자였다. 역시 양반은 못 됐다.

—난 플랜트 관련 미팅이 있어서 울진에 왔어. 저녁 먹고 커피 한잔 하는 중. 바쁘지?

—응. 오빠. 촬영 일정이 정신없네. 연락 못해서 미안해.

—바빠서 그런 건데 뭐. 힘내 소라야. 보고 싶네.

—오빠도 힘내. 나도 보고 싶어.

문자만 보면 우리는 서로를 몹시 사랑하는, 평범하고 정상적인 커플처럼 보인다. 서로에게 물건을 집어던지고, 소리를 지르고, 피 튀기게 싸우다 신고를 당하고, 서로를 제외한 다른 많은 사람들과 섹스를 하고, 함께 기르던 반려견을 잃어버린 존재처럼 보이지는 않는다. 우리는 그 많은 추잡한 일들을 공유하면서도 정작 자신의 가장 내밀한 부분에 대해서는 절대로 말하지 않는다. 하긴 상대방에게 진실을 숨긴 채 다른 것들을 욕망하며 사는 우리의 관계야말로 지극히 일반적이고도 정상적인 커플의 모습일지도 모르겠다.

객실에 돌아와 힐을 벗어던졌다. 외투를 벗을 힘도 없어 그대로 침대에 누워버렸다. 태혁도 코트를 벗고 내 옆에 모로 누웠다.

누나. 저 궁금한 게 있어요.

응. 뭔데?

제가 사촌동생이에요?

아, 그건…… 미안해. 내가, 사정이 좀 그렇잖아.

어제 그분들은 누구였어요? 친한 사이?

한때는 친했지만 이제는 그렇지 않은 사이.

무슨 이유 때문에 그렇게 됐는지 물어봐도 돼요?

그냥, 뭐. 어쩌다보니 그렇게 됐어. 아무튼 누나가 여러모로 너한테 미안한 게 많다, 태혁아.

계속 사촌동생이라고 한 거요?

응. 그것도 그렇고. 내가 인스타에서 너랑 같이 있는 거 티 안 내려고 하잖아.

그게 왜요?

사진이나 동영상에서 네 얼굴이나 목소리 다 지워버리는 거, 나라면 섭섭할 거 같아서.

그건 괜찮아요. 사람들이 누나를 보고 싶어서 팔로하는 거지 절 보려고 하는 건 아니잖아요.

정말 괜찮아? 널 아예 없는 사람 취급하는데?

진짜 상관없어요. 인스타 속 사람들은 그냥 누나 껍데기만 보는 거잖아요. 여기 이렇게 진짜 누나가 같이 있는데 다른 게 무슨 상관이에요. 저는 그거면 돼요.

얘는 어디서 연애를 배워왔길래 이런 말을 표정 하나 안 변하고 하는 걸까. 미안하지만, 지금 네 옆에 누워 있는 게 껍데기야. 진짜 나는 인스타그램 속에 있단다. 흥청망청 부모 돈을 쓰며 매일 웃고 떠들고 피부 관리를 받고 술을 마시는 그런 여자가, 식욕억제제와 술, 온갖 시술에 의지해 사는 것이 전부인 여자가, 나를 좋아해주는 남자라면 누구와도 만날 수 있는 그런 여자가 나야. 남들은 십 초 만에 눈치채는 걸 넌 왜 모르니. 그러니까 이렇게 실컷 이용만 당하지. 이런 말을 다 할 수가 없어서 대신 조심스럽게 물었다.

너, 설마 내가 첫번째 여자니?

그럴 리가요. 고등학교 때부터 몇 명 만났어요. 군대 가기 직전까지 사귀던 사람도 있었고요.

어떤 애였는데.

다른 여자 얘기 해도 상관없어요?

너 웃긴다. 당연하지. 그 여자 사진 보여줘봐.

태혁의 핸드폰에 여자와 함께 찍은 사진들이 있었다. 여자는 인스타그램 속 나와 비슷한 모습이었다. 그러니까 눈코입이 지나치게 크고 과도하게 지방을 주입해 입에 뭔가를 물고 있는 것 같은 얼굴이었다. 뭐하는 여자냐고 물어보니 쇼핑몰을 운영하고 있다고 했다. 그래, 그래야 말이 되지. 태혁은 전 여친을 사려 깊지만 예민했던 사람으로 기억하고 있었다. 사업이 잘 안 돼서 고민이 많았어요. 옆에 있는 저도 덩달아 좀 영향을 받았고요. 회사가 많이 힘들다고 해서 저도 투자를 좀 했어요. 결국 부도가 나서 지방으로 내려가버렸지만.

빚 못 갚아서 도망간 거 아냐? 얼마나 빌려줬는데.

알바하며 모은 돈, 오백 정도.

미쳤니 너? 그 귀한 돈을 몽땅? 사기당한 거야 너.

에이, 그런 사람 아니에요. 네이버에 검색하면 이름도 나오는데요.

야, 조희팔도 검색하면 나와. 사기꾼 얼굴에 사기꾼이라고 써 있겠니?

좋은 사람이에요. 지금도 가끔 연락하고 지내는걸요. 전역하면 갚는다고 했어요. 괜찮을 거예요.

괜찮다고 말은 하지만 영 확신이 없는 표정이었다. 범죄 경력이 있는 여자만 골라서 만나는 재주가 있는 태혁이었다. 향후 그의 연애사가 결코 평탄하지는 않을 것 같은 예감이 들었다. 풀죽은 표정을 보니 괜히 말을 꺼냈나 싶어 태혁의 손을 가만히 잡아주었다. 태혁이 빙긋이 웃으며 말했다.

누나는 좋은 사람이에요.

얘는 좋은나라운동본부에서 나왔나, 다 좋은 사람이래.

아까 영화관에서 먼저 일찍 나온 거는요, 누나 때문이 아니에요.

그럼? 장염 걸렸니?

그런 건 아니고요. 다른 거.

태혁은 사람이 많은 곳이나 어두운 곳을 잘 견디지 못하는 증상이 있다고 했다.

누나, 제가요. 많이 불안해요. 가끔은 죽은 것처럼 세상이 깜깜해질 때가 있어요. 그럴 때면 손도 떨리고, 귀에서 소리도 나고 그래요. 훈련소에서도 그것 때문에 힘들었어요. 한 달 동안 잠을 못자서 계속 쓰러지고 그랬어요.

아, 그랬구나.

누나. 있잖아요, 군대는요. 혼자만 있을 시간이 정말 일 초도 없거든요. 그래서 정말 그게 제일 힘들어요. 근데 누나랑 같이 있으면 괜찮아요. 누나랑 함께 있을 때면 세상에 우리 둘만 남아 있는 것 같아서 그게 좋아요.

남들이 볼까봐 언제나 모텔에서만 만나니까 그렇지, 라는 생각이 들었지만 말하지는 않았다.

불안하고 무서운 날이 많아서, 그래서 누나처럼 절 잡아줄 사람이 필요한 것 같아요.

그거 공황장애 증상 같은데? 약 먹으면 나아. 넌 내가 필요한 게 아니라 치료가 필요한 거야.

역시. 누나는 모르는 게 없네요.

내가 여기저기 자주 아프니까 그런 거지 뭘.

있잖아요, 누나. 한 번쯤은 누나 얘기도 좀 해주세요. 궁금해요.

너도 알잖아. 별거 없어. 대학 졸업하고, 하던 일들 다 망하고 지금은 그냥, 노는 여자.

그런 거 말고요. 누구랑 친하고, 어떤 사람이 싫고, 뭐 할 때 기쁘고, 지금까지 누구를 만나왔고, 지금 만나는 분과는 어떻게……

태혁아. 내가 먹는 약이 있어. 먹으면 마음도 편해지고 잠자는 걸 도와줄 거야.

나는 얼른 태혁의 말을 가로막았다. 그리고 가방에서 수면제를 꺼내 태혁에게 건네주었다. 태혁은 내가 준 약을 넙죽넙죽 잘 받아먹었다. 독이면 어쩌려고. 약을 삼킨 태혁은 또 슬픈 개 같은 눈빛으로 나를 바라보았다. 나는 애써 태혁의 얼굴을 외면하며 캐리어에서 와인 한 병을 꺼냈다. 오프너로 와인을 따고 미니바에서 글라스를 챙겼다. 태혁아. 누나는 욕조에 좀 들어가 있어야겠다. 대답은 듣지 않고 얼른 욕실로 들어가 문을 잠갔다.

바닥에 잔과 와인을 내려놓고 문에 기대앉았다. 길게 한숨을 내쉬었다. 태혁은 꼭 예전의 나 같았다. 상대방에게 내 가장 약한 부분을 드러내고, 상대의 아픈 부분을 알게 되는 것이 서로를 온전히 이해하는 과정이라고 믿는 것. 일종의 신앙과도 같은 믿음. 그 순진한 믿음이 거울을 보는 것처럼 소름 끼치게 싫었다. 미안하지만 더이상 아무것도 말하지 마. 묻지도 말아줘. 넌 그냥 어깨가 넓고 키가 크고 커야 할 모든 것들이 적당히 큰 군인에 불과해. 세상의 다른 모든 남자와 다르지 않은 한 명의 남자일 뿐이라고. 그러니까 내가 감당할 수 없는 진실을 말하지 마. 나의 아픈 부분까지 알아내려고 하지 마. 특별해지려고도 하지 마. 그냥 심심하면 만나 섹스를 하고 쓸데없는 얘기나 하는 남자로 남아 있어줘. 부탁이야.

문 너머로 태혁의 목소리가 들려왔다. 문에 바짝 다가서 있는지 귀에 대고 얘기하는 것처럼 또렷하게 들렸다.

누나. 또 울어요?

아니.

근데 왜 조용해요. 물 받는 소리도 안 나고.

술 한잔 마시고 있어. 다 마시고 욕조에 들어가려고.

아, 진짜, 술이 그렇게 좋아요?

태혁아. 있잖아, 나는 정말 좋은 사람이 아니야.

누나가 생각하는 것보다 누나는 훨씬 더 좋은 사람이에요.

아니야. 나는 네가 아는 그런 사람이 아니야.

왜 그렇게도 비밀이 많으세요? 저한테는 정말 다 말씀하셔도 돼요.

그래? 그럼 하나만 얘기해볼게.

작년에 내가 반려견을 잃어버렸어. 이름은 패리스 힐튼. 종은 포메라니안. 문경 언니한테는 친구네 집에서 얻어왔다고 말했지만 실은 애견숍에서 샀어. 언니랑 나, 둘 다 동물구호협회 소속이고 애니멀 숍 반대 서명도 하고 그랬는데, 돈 주고 개를 샀다고 하기가 뭣했거든. 그래서 거짓말을 했어. 내 남자친구 돈으로 사서 그 사람 집에서 길렀으니까, 사실 내 개도 아니지 뭐.

아, 누나……

애견숍에서 태어난 개들이 엄청 약하거든. 환경도 안 좋고, 근친교배도 많고. 우리 패리스도 슬개골이 약해서 수술도 하고 그랬어. 남자친구네 집 청소를 하느라 현관문을 열어놨는데 패리스가 문밖으로 뛰쳐나갔을 때도 잡지 않았던 건 그 때문이었어. 다리가 아파 계단을 내려가지 못할 게 뻔했거든. 근데 아니었어. 아픈 다리를 하고서도 죽을힘을 다해 달리더라고. 절대로 주저하거나 단 한 번도 뒤를 돌아보지 않고. 순식간에 사라져버렸지. 그후로 난리가 났어. 회사에 있던 남자친구도 달려오고, 문경 언니랑 친구들도 다 와서 개를 찾으러 다녔다? 처음에는 다들 자기 일처럼 전단지를 뿌려주고 열심히 개를 찾아다녔어. 그런데 온 동네를 다 찾고 돌아다녀도 개는 온데간데없더라. 일주일이, 열흘이 지나도 연락은 오지 않았어. 다른 사람들은, 심지어 남자친구조차도 다 포기해버리고, 문경 언니와 나만 남았어. 장마철이라 계속 비는 오고 감기도 걸려버렸는데 정말 죽을 거 같았어. 그래서 관두자고 했어.

언니. 이제 그만 포기하자. 없어. 다 끝났어.

너는 어쩜 그렇게 쉽게 포기라는 말을 하니. 그 쓰레기 같은 남자친구는 몇 년 동안 잘만 끌고 다니면서, 어떻게 너 하나만 믿고 사는 생명을 그렇게 쉽게 포기하니. 패리스도 그냥 네 액세서리에 불과했던 거니? 네 잘난 꿈이나, 돈 잘 버는 남친처럼?

그래서 이렇게 대답해버렸어.

언니. 그만 좀 해. 이건 집착이야. 한번 떠난 건 절대로 돌아오지 않아. 개도. 사람도!

그 언니네 엄마가 바람나서 가족 다 버리고 도망쳤거든. 아직도 소식을 모른대. 아무한테도 말하지 못하던 걸 나한테만 얘기해준 건데, 내 개를 찾아주려고 온 사람한테 내가 그런 말을 한 거야. 떠난 자는 그 누구도 다시 돌아오지 않는다고. 이제 제발 다 집어 치우라고.

아, 누나. 그건……

알겠지, 태혁아. 나 정말 알수록 최악인 여자야. 그러니까 이제 그만해.

나는 욕조에 입욕제를 따라 넣고, 수도꼭지를 돌렸다. 태혁 이 문을 두드리며 뭔가를 얘기했지만 물소리에 가려 잘 들리 지 않았다. 곧 욕조에 거품이 피어올랐다. 욕조 선반에 와인병 과 와인 잔을 올려놓고 사진을 찍었다. #파라다이스호텔 #포르투산 #whitewine과 같은 해시태그를 달고 사진을 업로드했다. 그 와중 에도 검은 대리석이며 풍성한 거품 같은 게 잘 나온 사진을 골라 올리는 게 참으로 나다웠다. 나조차도 이런 내가 역겹지만 어쩔 수 없었다. 숨쉬는 것을 멈출 수는 없잖아. 하트 숫자가 올라가는 것을 지켜보다 갑자기 부아가 치밀어올랐다. 핸드폰을 던졌다. 핸 드폰이 욕조 끄트머리에 부딪혀 거품 속으로 가라앉았다. 정신을 차리고 다시 욕조 바닥에서 핸드폰을 주워 올렸으나 거품을 뒤집 어쓴 핸드폰 액정은 검게 죽어 있었다. 핸드폰이 꺼지자, 내 인생도 함께 꺼져버린 기분이었다. 빈껍데기만 남아 물에 동동 떠 있는 느낌.

이젠 정말 다 끝내버릴 때가 온 거겠지. 내 손으로 모든 걸 끝장내버리기 전까지는 아무것도 끝나지 않는다는 것을 알고 있다. 언제나 지금이 아닌 다른 순간, 이곳이 아닌 다른 곳을 꿈꾸는 나. 엄마를 간호할 때면 김을, 김을 만날 때면 태혁을 생각한다. 태혁과 함께 있을 때면 잃어버린 개를 떠올린다. 문경 언니의 말처럼 나는 내 주변의 모든 것들을 그저 나를 위한 장식품처럼 여겨왔던 것일지도 모르겠다. 지겹다. 다른 사람과의 관계를 망쳐버렸을 땐 상대방 탓을 하며 도망쳐버리면 그만이었는데, 내가 나에게서 도망칠 수는 없었다. 그것만큼 절망적인 일은 없다.

정신을 차렸을 때 나는 목에 샤워 가운의 허리띠를 묶고 있었다. 허리띠의 반대편 끝자락을 손에 쥐고, 욕조 위로 올라섰다. 넘어지지 않기 위해 균형을 잡으며 타월 수납장 위에 허리띠를 묶으려 시도했다. 여러 번 방향을 바꿔가며 걸어봐도 제대로 매듭이 지어지지 않았다. 한참을 낑낑대다 기운이 빠져 욕실 바닥에 주저앉아버렸다. 눈물 대신 콧물부터 쏟아지기 시작했다. 입으로 숨을 쉬며 한참을 울었다.

눈이며 콧잔등이 벌게진 채로 욕실 밖으로 나오니 태혁은 코를 골며 자고 있었다. 샤워 가운을 입고 태혁의 옆에 앉았다. 약발이 잘 듣는 체질인가보네. 훌륭한 약물의존 환자로 자라날 조짐이 보이는군. 입을 벌리고 자고 있는 태혁의 순진한 얼굴을 보며 생각했다. 역시나 이번 여행이 마지막이겠지. 이런 짓을 저지르는 여자를 견딜 만한 남자는 많지 않으니까. 그나저나 새로 바꾼 수면제와 술을 함께 먹으면 꼭 사달이 나네. 그래도 한참을 울고 나왔더니 술기운이 조금 가시는 것 같았다. 그런데 술이 깨기 무섭게 또 왜 배는 고프고 난리일까. 불현듯 내 머릿속에 한 단어가 스쳤다.

맥도날드.

술을 먹으면 꼭 맥도날드가 당겼다. 아무래도 맥도날드에 가야겠어. 걸칠 옷을 찾는데 죄다 치마며 원피스며 얇은 트렌치코트 같은 것들밖에 없었다. 신발도 굽이 높은 힐뿐이었다. 누가 보면 레드 카펫이라도 걷는 줄 알겠네. 그냥 군인이랑 섹스하러 온 거면서. 결국 가져온 원피스 중 그나마 제일 편해 보이는 것을 입었다. 아무래도 추울 것 같아 샤워 가운을 걸치고 그 위에 태혁의 검은 코트까지 입었다. 코트가 바닥에 질질 끌려서 굽이 가장 높은 힐을 신었다. 오래 걷게 되면 어쩌지? 아냐, 괜찮아. 맥도날드가 없는 곳은 없으니, 금방 찾을 수 있을 거야. 일단 맥도날드에 도착하면 모든 게 괜찮아질 것 같은 기분이 들었다.

정신을 차렸을 때 나는 왜인지 모래사장 위에 서 있었다. 걷는데 자꾸만 발이 빠져 구두를 벗어버렸다. 스타킹 엄지발가락 부분에 커다랗게 구멍이 뚫려 있는 게 보였다. 발을 내디딜 때마다 코트 자락이 자꾸 바닥에 쓸렸다. 스타킹 사이로 모래가 새어들어왔다. 구두를 내려놓고 주머니를 뒤졌다. 핸드폰 두 개가 나왔다. 하나는 액정이 산산조각 난 채 꺼져 있는 나의 폰, 다른 하나는 태혁의 구형 핸드폰이었다. 그나마 고장나지 않은 태혁의 핸드폰 역시 배터리가 없어 죽어 있었다. 성치 못하고 쓸데없는 것들만 주렁주렁 달고 다니는 게 꼭 내 인생 같네. 고작 핸드폰이 꺼진 것 갖고 인생씩이나 들먹이는 건 역시 철학과를 나온 탓이겠지. 탓할 게 많은 인생이란 참으로 좋은 것이다. 나는 자리에 주저앉아버렸다. 어두운 밤에 커다란 코트를 이불처럼 덮은 채 혼자 바다를 바라보는 일도 나쁘지만은 않네. 발가락이 시렸지만, 날씨가 많이 춥지는 않아 견딜 만했다. 게다가 샤워 가운의 보온성이 생각보다 뛰어났다. 박소라, 잘했어. 먼발치로 사람들이 불꽃놀이를 하는 게 보였다. 요란한 소리를 내며 하늘로 불꽃을 쏘아올리는 아이들. 웃는 가족들. 팝콘처럼 터져나가는 불꽃을 피우는 연인들. 저 사람들은 자기가 누구인지, 어떤 사람을 사랑하고 있는지 확실히 알고 있는 것만 같았다. 그러니까 저런 표정을 지을 수 있는 거겠지. 지금 내 얼굴은 어떤 모습이려나. 웃고 있을까, 울 것 같은 얼굴일까. 보나마나 엉망진창이겠지 뭐.

어쩐지 핸드폰이 켜져 있기만 하다면 내 처지에 대해 맑고 투명하게, 할 수 있는 한 가장 거짓 없이 담백하게 업로드할 수 있을 것만 같은 기분이 들었다.

나 #박소라.

전직 #피팅모델이자 #사회운동가, 그리고 #영화감독.

이제는 #서른둘의 #파혼녀.

네 시간 전까지 있던 곳은 #부산국제영화제.

몸이 좋고 커야 할 것이 적당히 큰 군인의 #물주이자 #자살연습생. 말기 암에 걸린 엄마를 돌보는 #암수발녀. 조만간 #상주가 될 예정. 한때는 충실한 #약혼녀이자 #패리스힐튼의 #반려인이었으나 지금은,

#

알려지지 않은
예술가의 눈물과
자이툰 파스타

오늘도 나의 일상은 평소와 다름없이 고요하고 지루하게 흘러 가고 있었다. 나는 종로의 다 쓰러져가는 퀴어 영화 전문 제작사 사무실에 앉아 인터넷 파일 공유 사이트를 돌아다니며 검색창에 잠든 근육청년 탐하기, 를 쳐넣었다.

귀사의 701045번 게시 글이 저희 제작사의 작품 〈잠든 근육청 년 탐하기〉의 저작권을 침해하고 있어 삭제 요청드립니다.

해당 영화는 요즘 내가 담당하고 있는 작품이며 실은 작품이라 고 부르기도 힘든 정도의, 제목 그대로 훈훈하게 생긴 청년이 섹 스를 하는 것이 전부인 동영상이다. 제작 단계에서부터 사용되었 던 '잠든 근육청년 따먹기'라는 주제의식을 명확히 내포한 제목은 영상물등급위원회의 심의 반려로 인해 '잠든 근육청년 탐하기'로 수정되었고, 옆집 남자 같은 주연배우의 수수한 외모 덕분인지 게이들을 타깃으로 하는 불법 파일 공유 사이트에서 큰 인기를 얻고 있다. 종로의 사무실에 앉아 곰팡내를 맡으며 저작권을 침해한 파일을 적발해내는 일이 내 오후 일과가 되어버린 지 오래였다. 내가 이러려고 죽도록 공부하고 돈 벌어 영화과를 나왔나, 자괴감이 들었던 시절은 옛적에 지나가버렸고, 제때 월급이 나오는 것만으로도 감사한 경지에 이르게 되었을 땐 내 나이 서른을 훌쩍 넘겨버린 뒤였다.

오후 세시, 뜻밖의 전화가 걸려왔다.

박미자 과장.

미자는 목소리가 크고 직설적인 성격 탓에 (비슷한 성정을 가진) 나와 대학생활 내내 싸웠고, 그러다 친해져 내 졸업 작품이자 첫번째 장편영화의 프로듀서를 맡기까지 했다. 그녀는 그 작품이 완성될 때쯤 "정말 더럽고 치사해. 너랑은 더이상 못해먹겠다"고 선언하며 기세 좋게 나를 버리고 대기업 멀티플렉스 체인에 입사했다. 불도저 같은 성격 덕분인지 그후로 고속 승진을 거듭해 다양성 영화 사업부의 최연소 과장이 되었다. 내게는 몇 남지 않은 영화계 인맥이자 술친구이기도 했다. 핸드폰 너머의 박미자는 특유의 빠르고 부정확한 말투로 자신의 용건을 늘어놓았다.

관객 수가 적어 골칫거리로 전락한 신도시 P의 지점을 살리기 위한 부흥책으로 영화감독 K의 20주기 회고전이 열린다. 생전에 크게 주목받지 못했던 K는 시대를 앞서간 촬영 기법과 모던한 인물 묘사로 최근 영화평론가들 사이에서 재평가받고 있다. 오늘은 K감독의 대표작 〈연인〉을 상영한 후 GV 행사가 예정되어 있다. 메인 게스트는 힙스터 영화감독 다니엘 오. 모더레이터로 섭외해 두었던 영화평론가가 행사 다섯 시간 전 급체를 핑계로 펑크를 내버리자 박미자는 자신의 가장 만만한 친구이자 예술계 종사자이기도 한 나를 떠올렸다고 했다.

사람 살리는 셈 치고 제발 와주라.

싫어. 내가 뭐라고 거기에 나가.

너? 영화감독. 영화제 본선에도 진출한.

육 년 전 처음이자 마지막 장편영화를 끝으로 영화계에서 완벽히 묻혀버린 내가 영화감독이라고? 우리 미자가 많이 급했구나.

헛소리하지 마. 안 돼. 나 K감독 영화 한 번도 본 적 없단 말이야.

영화야 와서 보면 되지. 질문지는 내가 대충 만들어놓을게. 너는 그냥 평소처럼 아무 말이나 떠들면 돼.

너 내가 오감독 얼마나 싫어하는지 알잖아. 나 못 가.

알아. 당연히 알지. 그러니까 이렇게 부탁하는 거야. 제발.

내 영화를 찍을 때, 서류를 꾸며 영진위의 지원금을 받을 수 있게 해준 것도, 전국 각지의 온갖 독립영화제에 내 작품을 출품해준 것도 모두 미자였다. 주저하는 기미를 눈치챈 미자가 외쳤다.

공짜 관람권 줄게. 스무 장.

서른 장.

그래. 공짜 표 서른 장에, 뒤풀이까지 책임질게. 부탁이야.

알았어. 언제까지 가면 돼.

일곱시에 상영 시작이니까 조금만 일찍 와. 올 때 친구들 좀 데려오고. 자리 텅텅 비어서 행사 망하게 생겼어.

*

신도시 P는 다른 많은 계획도시들처럼 깨끗하고 사람이 없었다. 반듯반듯한 도로를 지나 멀티플렉스 P지점의 건물 앞에 서자 왕샤가 손을 흔드는 모습이 보였다. 그는 언제나처럼 딱 붙는 트레이닝복 바지에 민소매의 머슬 티셔츠 차림이었다. 아마도 필라테스를 하다 온 것 같았다. 내 갑작스런 영화 초대에 응해준 친구는 왕샤뿐이었다. 일 년 전, 갑자기 항공사 승무원이 되겠다고 잘 다니던 농협을 때려치운 뒤로는 쭉 놀고 있는 그였다. 승무원 아카데미와 외국어 학원을 전전하며 외항사 입사를 준비했으나 삼십대 중반의 나이 때문인지 번번이 미끄러졌고, 최근에는 중독에 가까울 정도로 필라테스에 빠져들어 하루종일 필라테스 센터에서 살았다. 왕샤가 다니는 센터가 P시와 멀지 않은 게 다행이었다. 안 보던 사이 왕샤의 얼굴은 많이 수척해져 있었다. 면도를 하지 않았는지 덥수룩하게 수염까지 나 있었다. 언제나 깔끔했던 모습과는 사뭇 달랐다.

와줘서 고마워. 근데 너 왜 이렇게 얼굴이 내렸냐.

응. 요즘 카타르 항공 준비하느라 살 빼고 있어. 거긴 좀 샤프한 걸 선호한대.

왕샤가 시계를 보더니 내 손을 잡았다. 늦었다. 우리는 상영관을 향해 달렸다.

박미자의 우려와는 달리 영화관은 만석이었다. 힙스터 오감독과 염문설이 있었던 남성 아이돌의 팬들이 상영 직전에 단체로 표를 구매한 것 같다고, 미자가 귀띔해주었다. 상영관 앞으로 가자 오늘 GV 행사의 주인공인 오감독이 서 있었다. 육 년 전 인권영화제 때 이후로 처음 보는 것이었다. 당시 최종까지 경합을 벌였던 내 작품을 제치고 오감독의 영화가 작품상을 수상했었다. 그의 수상작은 대형 배급사를 통해 정식 개봉했으며 평단의 소소한 주목을 받았다. 이후로 그는 사회적 약자를 대상화하는 최루성 상업 장편영화를 한 편 더 찍어 보기 좋게 망했다. 그대로 묻혀버리는 것 같았던 그는 최근 다니엘 오라는 정체불명의 이름으로 개명한 뒤 SNS에 온갖 잡스러운 구절과 감성적인 사진들을 올리며 힙스터 예술가의 이미지를 구축해 재기를 노리고 있었다. 깔끔하고 매끈하던 SNS 속 사진과는 달리 육 년 만에 본 오감독의 실물은 수척하고 나이들어 있었다. 나와 다섯 살 차이가 나는 중년의 나이인 걸 생각해보면 그에 걸맞은 모습이기는 했다. 오감독이 고개를 까딱하며 인사를 건넸다.

오랜만이네요. 박감독.

그러게요. 진짜 오랜만이네. 전 다니엘이라고 해서 아이돌 이름인 줄 알았잖아요. 오감독님이신 줄은 몰랐네. (실은 알고 있었지만.) 가명이신 거죠? 예명이라고 해야 하나.

사주를 봤는데 이름이 대성할 기운을 막는다고 해서요. 기운이 좋은 이름으로 바꿨어.

점쟁이가 지어준 이름이 다니엘이라고? 미국 출신 도사인가. 죽도록 촌스러운 본명을 콤플렉스로 여겨왔다는 것을 영화판 모두가 알고 있는데. 여차하면 아무 말이나 막 가져다 붙이는 성격은 여전한 것 같았다. 미자가 상영시간이 임박했다고 우리의 등을 떠밀었다. 오감독은 사람들의 시선을 의식하며 좌석 맨 앞줄 중앙석에 앉아 다리를 꼬았다. 왕샤와 나는 도망치듯 맨 뒷줄로 뛰어가 구석자리에 앉았다. 내가 왕샤의 귀에 대고 말했다. 저 감독이라는 놈이 저번에 내가 말했던 그 가짜 게이 새끼야.

왕샤의 눈이 커졌다. 영화가 시작됐다.

조도가 낮은 흑백의 화면에 언뜻언뜻 배우의 얼굴이 비쳤다. 영화가 시작된 지 삼십 분이 지났음에도 별다른 사건은 일어나지 않았고, 무의미한 대사가 계속 이어졌다. 이것이 영화평론가들이 말하는 모던한 지점인가. 더럽게도 지루하군. 도대체 이 영화에서 어떤 대단한 질문을 짜내야 할지 전혀 감이 오지 않았다. 차라리 야근을 하는 편이 낫겠어. 후회를 해보았지만 이미 늦은 일이었다. 내 옆에 앉은 왕샤는 고개를 앞으로 쭉 뺀 채 완벽히 영화에 몰입한 모습이었다. 언제나 바른 자세를 유지하던 왕샤가 흐트러진 모습을 보인 것은 오랜만이었다. 나는 병든 닭처럼 꾸벅꾸벅 졸다 깨기를 반복했다. 왕샤가 팔꿈치로 내 옆구리를 쿡쿡 찔렀다.

너 코 골아.

나는 아예 왕샤의 어깨에 머리를 기댔다. 왕샤가 한숨을 쉬더니 어깨를 뒤로 젖혀 내가 편하게 기댈 수 있게 해주었다. 불면증 때문에 자주 잠을 설치곤 했던 나에게 자신의 어깨와 허벅지를 내어준 왕샤였다. 왕샤의 목덜미에서 블루 드 샤넬의 향이 풍겼다. 왕샤가 요즘 가장 애용한다던 향수였다. 자이툰 부대의 막사에서 함께 지낼 때도 언제나 샤넬 향수를 뿌려대, 왕샤넬이란 별명을 붙여준 나였다. 그게 벌써 십 년 전의 일이라니. 그때의 우리는 삼십대의 우리가 이런 모습으로 살 것이라고는 상상조차 하지 못했다. 게다가 우리가 이런 관계로 남게 될 것이라고는 더더욱 생각지 못했고. 화면 속 주인공들은 어두운 다락방에서 몸을 포개고 있었다. 조악한 목조 지붕 틈으로 한줄기 빛이 새어들어왔다. 여자 배우가 손으로 한쪽 눈을 가렸다. 그녀의 손톱 끝에 빛이 맺혔다. 나는 화면 쪽으로 손을 뻗어 내 짧은 손톱을 바라보았다. 왕샤가 손을 들어 내 손을 꽉 잡았다.

이 모습, 이 감촉은 내가 너무나도 잘 알고 있는 장면이었다.

*

그날, 우리는 자이툰 부대의 컨테이너 막사에 함께 누웠다.

같은 조가 되어 밤새 경계 근무를 서고, 아침에 막사로 돌아와 몰래 숨겨온 술을 나눠 마신 상태였다. 둘만 남은 막사에서 누가 먼저랄 것도 없이 서로를 안았다. 키스를 했고, 침대에 누웠으며 깍지를 꼈다. 선풍기가 돌아갈 때마다 창문에 붙은 검은 종이가 작게 펄럭였고, 그 틈 사이로 작은 빛이 새어들어왔다. 그 빛을 통해 축축하게 젖은 왕샤의 입술과 가쁜 숨을 내뱉는 곧은 코, 속눈썹에 맺힌 땀, 반쯤 뜬 눈에 비친 내 얼굴이 언뜻 보였다. 그 어느 때보다도 고요했던 사막의 아침, 우리의 숨소리가 컨테이너를 가득 채웠다. 우리는 가늘게 눈을 뜨고 서로의 얼굴을 바라보다 동시에 사정을 했다. 숨을 몰아쉬며 좁다란 침대에 몸을 포개고 누웠다. 창문 틈으로 비치는 작은 빛줄기 때문에 눈이 부셨다. 나는 손을 들어 그 빛을 가렸다. 왕샤가 내 손을 잡았다. 우리는 한동안 그렇게 손을 맞잡은 채 누워 있었다.

먼저 손을 놓은 것은 왕샤였다.

이러려고 했던 건 아니었는데.

그의 말을 듣고 나서야 나는 비로소 내가 이 순간을 아주 바라왔다는 사실을 알게 되었다. 나는 이러고 싶었어. 이러려고 했던 일이었고 이러기를 간절히 바라왔던 일이었어. 처음부터 지금까지, 쭉.

*

자이툰 부대에 간 것은 순전히, 세상에 없는 퀴어 영화를 만들기 위해서였다.

내가 대학을 다니던 때에 한국의 독립영화 신에서 소소하게 퀴어 영화 붐이 일기 시작했다. 나는 퀴어 된 도리를 다하기 위해, 한국에서 개봉하는 거의 모든 퀴어 영화를 챙겨 봤으나 번번이 큰 실망에 사로잡혔다. 퀴어 영화들은 하나같이 과잉된 감정에 사로잡힌 신파이거나 투명할 정도로 정치적인 목적을 드러내고 있었고, 남성 동성애자의(즉, 나의) 현실과는 거리가 멀었다. 영화를 보다 없던 혐오감이 생겨날 지경이었다.

나는 혐오를 창작의 동력으로 삼아 태초의 무언가가 되기로 마음먹었다. 동성애를 훈장처럼 전시하지도, 대상화해 신파로 소모해버리지도 않는 순도 백 퍼센트의 퀴어 영화를 만들리라. 나의 치기 어린 결심에 불을 지핀 것은 스페인 출신의 신예 감독 EL이었다. EL은 열아홉 살에 난생처음 장편 시나리오를 썼고 스물셋에 장편영화를 완성했으며, 이듬해 칸영화제의 주역으로 화려하게 데뷔했다. 당시 스물몇 살의 학부생이었던 나는 그 마술 같은 설화에 홀려 세상을 뒤흔들 만한 영화를 찍어 동양의 EL이 될 것이라 마음먹었다. 그러나 아무리 용을 써도 세상을 뒤집을 만한 시나리오는 써지지 않았고, 내 속만 뒤집어졌다. 결국 나는 다른 많은 실패한 영화학도들처럼 군대로 도피하며, 언젠가 칸의 총아로 핫하게 데뷔하게 될 날을 기약했다.

일병 말엽, 생활관 게시판에 자이툰 부대의 파병 인원을 모집한다는 공고가 붙었을 때 두 번 생각하지도 않고 지원했던 것은 순전히 돈 때문이었다. 육 개월 파견시 천이백만원이 넘는 돈을 받게 된다고 했다. 그 정도면 단편영화 두어 편 정도는 너끈히 찍을 수 있을 것 같았고, 무리하게 돈을 끌어모으면 장편까지도 제작할 수 있을지 모른다는 생각이 들었다. 희망에 눈이 멀어버린 나는 행여 누가 재라도 뿌릴까 싶어 아무에게도 알리지 않은 채 이라크의 자이툰 부대에 지원해 선발됐다.

파병 직전에 경기도 광주에서 한 달간의 교육이 이뤄졌다. 자이툰은 아랍어로 올리브를 뜻하며, 평화와 재생을 상징한다. 자이툰 부대원들은 그곳에서 주둔지를 건설하거나 마을 재건 작업에 투입되어 평화와 재생에 앞장서게 된다. 말이 좋아 평화와 재생이지 무한 노가다의 장이 될 것 같다는 불길한 예감이 들었다. 내 예감이 적중하는 데는 오랜 시간이 걸리지 않았다.

자이툰 부대에서 내가 배치된 곳은 벽화 제작 특수 분대였다.

군대 내 다른 모든 일들이 그렇듯, 발단은 간부의 한마디였다. 주둔지를 둘러싸고 있는 커다란 방공호 외벽을 본 연대장이 "어째 방호벽이 좀 썰렁한 것 같은데" 지나가듯 한마디를 던지고 간 후 부대는 비상사태에 돌입했다. 소대장은 미대생들을 모아 벽화를 그리라는 지시를 내렸고, 신규 파병 인원 중 미대생 색출 작전이 시작되었다. 이백 명이 넘는 사병을 모두 뒤져봐도 정식 미술 전공자는 세 명에 불과했고, 커다란 방호벽을 가득 채우기는 역부족이었다. 때문에 미술이 아닌 범예술 전공자들로 범위를 넓혀 총 다섯 명으로 벽화 제작 특수 분대가 급조되었다. 나는 영화를 전공했다는 이유로 그곳에 차출되었다.

분대의 첫번째 프로젝트에는 총 나흘이 소요되었다. 말이 좋아 프로젝트지, 부대 내에 있는 다섯 색깔의 페인트를 던져준 뒤 "일주일 안에 방호벽을 가득 채울 만한 그림을 그려내라" 명령한 것에 불과했다. 미술 전공자 셋이 모여 토의한 결과 연대장의 연령대에 맞춰 꼰대풍의 풍경화를 그리는 게 좋을 것 같다는 결론이 삼십 초 만에 내려졌다. 밑그림을 구상한 것은 서양화 전공의 C였고, 산업디자인 전공의 A가 색 지정을 했으며 애니메이션학과생인 B가 채색 작업을 맡았다. 키가 크고 나이가 많은 분대원과 내가 다섯 개의 페인트를 섞어 새로운 색깔을 만드는 역할을 맡았다. 그때 우리는 다섯 가지의 색깔로 세상의 거의 모든 색을 만들어낼 수 있다는 것을 배웠다. 속전속결로 완성된 우리 분대의 첫번째 작품은 누가 봐도 어설픈 밥 로스풍의 풍경화였다. 그러나 꼰대 감성을 저격하고자 했던 기획 의도가 적중했는지 연대장은 매우 만족한 눈치였다. 지나가는 말을 찰떡같이 알아듣고 연대장의 취향을 저격하는 그림을 얻게 된 참모진은 이내 우리 벽화 제작 분대를 정식 분대로 출범시키기로 결정했다. 자이툰 부대의 주된 목적은 전쟁으로 인해 파괴된 이라크를 재건하는 것이었고, 벽화야말로 그런 재건 사업의 본질을 보여주기에 너무 좋은 수단이었던 것이다. 그렇게 경비대 소속의 벽화 제작 분대가 정식으로 출범되었다.

벽화 제작 분대는 모두가 일병이었고, 단 한 명을 제외하고는 모두 스물셋 동갑이라는 공통점이 있었다. 미대생 분대원들은 다른 거의 모든 스물세 살의 이성애자 남자들처럼 별 대단할 것도 없는 자신의 인생을 잘도 늘어놓았다. 나는 당연히 그들이 떠들어대는 신입생 시절의 무용담이나 여자 얘기 같은 것에 별로 흥미가 없었다. 그러나 어찌됐건 그들과 동고동락해야 하는 처지였고, 그래서 입대 전에 짧고 굵게 겪었던 단발성의 만남들을 상대방의 성별만 바꾼 채 떠들어댔다. 그렇게 우리가 가상의 연대감을 만들어가는 동안에도 단 한 명, 키가 크고 나이가 많은 분대원은 입을 꾹다물고 있었다. 그는 어깨가 넓고 몸이 탄탄한데다 눈썹 뼈가 튀어나온 매서운 인상이라 예대생이라기보다는 체대생이나 무도인에 가까워 보였다. 게다가 나이까지 많으니 다들 그를 조심스러워

했다. 그는 왕, 이라는 꽤 특이한 성姓을 가지고 있었다. 궁금한 걸 속에 잘 못 담고 있는 나로서는 이렇게 물을 수밖에 없었다.

거기 왕형은 혹시 중국인이신가요?

응. 화교야.

진짜로?

아니. 중국인이 여기에 어떻게 와.

개그 감각이 독특하다는 것 말고도 왕에게는 몇 가지 특이한 점이 있었는데 가장 이상한 건 향, 이었다. 그에겐 일종의 결벽이랄까 청결에 대한 과도한 집착 같은 게 있어, 일과를 마치고 와서는 단 일 초도 지체하지 않고 샤워를 했으며, 매번 보디 클렌저로 속옷까지 함께 빨았다. 그것도 모자라 맨몸에 디오드런트와 독한 향수까지 꼼꼼히 뿌려대는 그의 모습을 보면서 나는 제를 관장하는 제사장의 경건함이랄까 신성의 기운까지 느낄 수 있었다. 나는 왕이 건조기에 빨래를 돌리러 나간 사이 수통처럼 생긴 금속성의 향수병을 슬쩍 훔쳐보았다. 샤넬 알뤼르 옴므 스포츠. 샤넬에서 남자 물건도 나오는 줄은 몰랐네. 디오드런트까지 샤넬 것인 걸로 봐서는 대단한 샤넬 마니아인 것 같았다. 나는 그에게 왕샤넬이라는 별명을 붙여 대중에 공표했다.

처음에 나는 왕샤와 가까워질 것이라고는 상상조차 하지 못했다. 표면적으로는 그의 큰 키와 넓은 어깨, 비정상적으로 긴 팔다리 탓에 옆에 서면 위축되는 기분이 들기 때문이었고, 실은 그에게 성적인 끌림을 느꼈기 때문이었다. 성적 긴장이라는 것은 티 내지 않으려 해도 익어가는 밥통처럼 냄새를 풍기기 마련이었다. 나는 안간힘을 다해 바짝 긴장하고 그와 거리를 유지하려 노력했다. 그러나 나도 모르게 그를 빤히 쳐다보고 있는 경우가 많았고, 더러는 눈이 마주쳐 황급히 시선을 피하는 경우도 있었다. 왕샤도 묘하게 쌀쌀맞고 경계하는 듯한 태도로 나를 대했다. 하긴 그 무렵의 왕샤는 나뿐만 아니라 모두에게 거리를 둔 채 극도로 말을 아끼기는 했다.

우리의 주된 업무는 주둔지인 아르빌 근교의 재건된 학교를 돌며 담벼락에 벽화를 그리는 것이었다. 그곳의 주민들에게 자이툰 부대의 이미지는 아주 좋은 편이었다. 우리는 마치 한국전쟁에 파병됐던 미군들처럼 보급 물자를 들고 가 그곳의 아이들에게 나누어주었다. 아이들은 우리가 차를 세우기도 전에 이미 담장 밖으로 뛰어나왔다. 벽화 제작 병사들을 보호하기 위해 열다섯 명이 넘는 특전사 경호병들이 투입되었다. 현지 아이들과의 접촉은 비교적 느슨하게 금지되었다. 경호병들이 완전무장을 한 채 우리 곁을 둘러싸고 있었기 때문에 우리는 주둔지에서 가지고 온 과자들을 던지듯 나눠줄 수밖에 없었다. 우리 앞에서는 언제나 무표정했던 왕샤는 아이들 앞에서만큼은 날것의 미소를 보여주었다. 나는 치아가 삼십 개쯤 드러나는 그 환한 미소를 먼발치에서 멍하니 바라보곤 했다. 왕샤는 아이들에게 쓸데없이 영어로 말을 걸고 이름을 물었으며, 경호가 느슨해진 틈을 타서 손을 잡거나 머리를 쓰다듬기까지 했다. 나는 속으로 어디다 애를 떼놓고 왔나, 생각했다. 아이들도 그런 호의적인 기색을 바로 눈치채고는 유독 왕샤를 따르는 모습이었다. 왕샤는 그런 아이들에게 한국 가요를 가르치곤 했다. 그가 가져온 MP3 플레이어에서 듀스와 터보, 소찬휘와 채정안의 노래가 줄줄 흘러나왔다. 건조하고 황량한 사막에 왕샤와 이라크 아이들의 노랫소리가 울려 퍼졌다. 그러다 신이 날 때면 왕샤는 노래에 맞춰 춤까지 췄다. 걸어 다니는 가요 사전처럼 그는 거의 모든 노래의 가사와 안무를 외우고 있었다. 아이들과 함께 어울려 노래를 부르고 춤을 추는 왕샤는 누구보다도 행복해 보였다. 나는 내 인생에서 왕샤처럼 진심을 다해 음악과 춤을 즐기는 사람을 본 적이 없고, 앞으로도 볼 수 있으리란 자신이 없다. 공자의 말처럼 즐길 줄 아는 자가 진짜 성공을 하는 것이라면, 왕샤는 스타가 됐어야 했다. 즐기는 사람은 그저 즐길 줄 아는 사람일 뿐이고 잘하는 사람은 그저 잘할 뿐이며, 정작 잘되는 사람은 따로 있다는 것을 그때는 알지 못했다. 왕샤가 아이들과 노는 사이 나머지 분대원들은 페인트가 마르길 기다리며 저마다 시답잖은 대화를 나누곤 했다. 주로 전역하고 난 후의 포부에 대한 이야기였다. 서양화 전공의 C는 한국으로 돌아가면 미대를 때려치우고 파스타 가게를 차릴 예정이라고 했다. 가게를 키워 프랜차이즈 브랜드를 론칭해 부자가 될 것이라는 허황된 포부까지 밝혔다. B는 미국으로 유학을 가 픽사의 애니메이터가 될 것이라고 했다. 나는 퀴어 영화를 찍어 칸영화제에 진출할 것이라는 꿈을 고백할 만큼 미치지는 않아서, 파병 수당을 대학등록금으로 쓸 것이라고 둘러 댔다.

아르빌 시내에 벽화 제작 분대에 대한 소문이 난 건 순식간이었다. 생각보다 많은 학교에서 벽화 제작을 의뢰해왔고, 기껏해야 일주일에 이틀 정도였던 벽화 제작 빈도가 점점 늘어나기 시작했다. 애초에 우리의 보직인 경비병으로서의 의무를 다해야 했기에 우리는 매일 삼교대로 경계 근무를 섰고, 남는 시간에 시내로 건너가 벽화 작업을 했다. 분대원들 모두가 하루에 네 시간 이상을 자지 못하는 강행군이 계속됐다. 게다가 한 학교당 길어야 나흘 정도의 시간이 주어졌기 때문에 매번 새로운 그림을 그리는 건 거의 불가능했다. 결국 우리는 비슷한 캐릭터 도안을 몇 개 만들어, 누가 어느 곳에 배치돼도 쉽고 빠르게 그림을 그릴 수 있는 방식으로 바꾸기로 합의를 보았다. 그러나 결정적으로 도안을 선택하는 과정에서 분란이 일어났다. 애니메이션 전공의 B가 그려온 포켓몬 도안 때문이었다. 왕샤는 B의 도안이 그저 카피에 불과하며, 차라리 한국적인 캐릭터를 새로 만드는 편이 낫다고 주장했다. 서양화 전공의 C도 왕샤의 의견에 동조했다. 나와 B는 포켓몬은 캐릭터 도안을 찾기도 쉽고, 현지 아이들에게도 친근하게 다가갈 수 있어 문제될 게 없다고 주장했다. 왕샤는 우리만의 오리지널리티를 발휘하지 않을 거면 도대체 이 고생을 하며 벽화를 그리는 게 무슨 의미가 있냐고 했다. 나는 혼잣말처럼 중얼거렸다.

오리지널리티가 왜 나와. 여기까지 와서 예술하게 생겼나.

예술이 뭐 따로 있어? 나는 이것도 이라크 아이들과 교감하는 일종의 예술 작업이라고 생각하는데? 네가 순수예술을 한 게 아니라 그런지 잘 모르는 거 같긴 하다만.

뭐라고? 그러는 당신은 얼마나 순수하고 고매한 예술을 해오셨길래.

현대무용.

현대무용? 그거 바닥 기어다니면서 내가 개다 우기고, 검은 옷 입고 내가 점입니다 우기는 거 아냐? 그런 것만 소통이고 진짜 예술이라 이건가?

왕샤가 내 얼굴에 주먹을 날렸다. 나는 왕샤의 멱살을 잡아 밀쳤고 우리는 하나로 뒤엉켜 넘어졌다. 분대원들이 우리를 뜯어말렸다. 육탄전을 포함한 갈등 끝에 한국적인 요소가 담긴 창작 캐릭터와 포켓몬을 조합해 벽화를 그리는 쪽으로, 그러니까 양쪽 모두가 만족하지 못하는 구질구질한 결론이 났다.

며칠 후 새로운 근무 일정이 나왔고 왕샤와 내가 같은 조의 불침번으로 배정되었다. 밤새 완전무장을 한 채 구 킬로미터가 넘는 거리를 서로 의지해 걸어야 한다는 의미였다. 딱히 앙금이나 불만이 남아 있는 것은 아니었지만 어색한 기운을 어떻게 견딜지 막막

한 기분이 들었다.

그날 밤 나와 왕샤는 군장을 한 채 묵묵히 방호벽을 따라 걸었다. 유령과 동행해도 이것보다는 덜 어색했을 것 같다는 생각을 하는데 어디선가 묘한 향이 나기 시작했다. 진한 시트러스의 향이었다. 사막에서는 낮밤을 가리지 않고 모래 폭풍부터 작은 토네이도까지 몰려오는지라 마스크를 눈 밑까지 올려 쓰고 그 위에 보급용 손수건을 복면처럼 두르고 다녔다. 그런 이중의 무장을 뚫는 향이라니. 도대체 얼마나 향수를 들이부어야 복면과 마스크 너머까지 향수 냄새가 전해질까. 거의 생화학 무기급의 파급력이었다. 나는 조용히 아, 향수 냄새, 라고 중얼거렸다. 딱히 왕샤를 향해 한 말은 아니었는데 왕샤가 마스크를 내리고 대답했다.

미안. 몸에서 계속 냄새가 나는 거 같아서.

나는 그에게 세상에서 가장 냄새와 거리가 먼 사람인 것 같다고 말했다. 왕샤는 고맙다고 대답했다. 딱히 칭찬은 아니었는데.

근데 왜 샤넬 향수만 뿌려? 거기서 남자 향수 나오는지도 몰랐네. 샤넬이 뭐 대단한 게 있나?

샤넬이니까. 나는 그런 게 좋아. 그냥 이름만 들어도 알 수 있는 거. 다른 걸로 대체될 수 없는 것들.

샤넬을 뿌린다고 네가 샤넬이 되는 건 아니지 않니, 말하려다 말았다. 뭔가, 촉이 왔다. 왕샤가 우리 쪽 사람 같다는 생각이 퍼뜩 들었다. 향수에 집착하는 헤테로섹슈얼이야 많고 많지만, 그의 포인트가 묘하게 게이스럽게 느껴졌다. 게다가 무용학과라잖아. 내가 편견에 입각한 게이 판타지에 젖어 정신을 못 차리고 있을 때, 거센 모래바람이 불어오기 시작했다. 바람의 반대 방향으로 고개를 돌린 채 눈을 감았다. 이내 바람이 잠잠해졌다. 총을 내려놓고 두르고 있던 손수건을 풀어 두어 번 흔들었더니 모래가 후두두 떨어져내렸다. 왕샤가 바닥에 모래 섞인 침을 뱉었다. 그리고 내게 말했다.

근데 웃긴 거 말해줄까.

안 웃기면 어쩌려고. 뭔데?

나 정말로 점이라는 주제로 공연한 적 있다? 베를린 탄츠 올림픽 나갔을 때.

그래. 그래야 네가 한국인이지.

죽고 싶냐. 근데 너 왜 나한테 반말해? 나이도 어린 게.

당신보다 보름 선임이라서?

미친놈.

원하면 형이라고 불러드릴게.

됐어. 그냥 부르던 대로 불러.

그럼 샤넬 추종자 왕샤넬이라고 계속 부르겠습니다.

왕샤는 실없이 웃었다. 웃을 때면 툭 튀어나온 광대뼈가 곧 터질 것처럼 부풀어올랐고, 그게 꽤 귀여웠다. 왕샤에게 왜 다 늙어 자이툰 부대에 지원했냐고 물었더니 새로운 경험을 해보기 위해

오게 됐다고 했다. 군대에 입대하기 바로 전까지 하루에 열네 시간씩 무용 연습을 하고 전 세계 거의 모든 콩쿠르에 출전하느라 아무것도 해본 게 없다고 했다. 나는 그가 보통의 가난하고 별 볼일 없는 이십대들보다 열 배는 더 많은 경험을 한 것 같다는 생각을 했지만, 굳이 그 말을 하지는 않았다. 대신 다른 것을 물었다.

근데 왜 하필 현대무용을 한 거야? 흔한 장르는 아니잖아.

왕샤가 예술을 하게 된 것은 아버지의 뜻이었다. 그의 아버지는 가난한 집에서 고급 예술에 대한 동경을 가진 채 자란 전형적인 자수성가형 인간이었다. 그는 결혼한 지 칠 년 만에 얻은 귀한 외아들이 일상의 대부분을 성공에 저당잡혀버린 자신과는 다른 인생을 살기를 바랐다. 그 때문에 왕샤는 학교에 다니기 전부터 음악과 미술, 골프와 승마 등 각종 예체능 영재교육을 받으며 자랐으나, 결과는 모두 신통찮았다. 그런데 중학생 때 우연히 감상하게 된 현대무용 공연에서 신이 내린 듯한 계시를 받았다고 했다. 아버지를 졸라 뒤늦게 시작한 현대무용은 왕샤에게 새로운 길을 열어주었다. 가늘고 길쭉한 사지와 뛰어난 리듬감이 현대무용을 하기에 제격이었던 것이다. 그는 동양의 찰스 와이드먼이 되겠다는 포부로 하루에 열네 시간씩 연습을 했다. 과연 소질이 있기는 했는지 단기간에 입시를 준비한 것치고는 운이 좋게 서울에 있는 예고에 합격할 수 있었다. 불행은 그때부터 시작되었다. 가늘고 길쭉한 사지를 가진 정도로는 범상한 수준을 뛰어넘기 힘들었고,

노력만으로 얻을 수 없는 예술적 재능이 필요하다는 것을 깨닫게 되었을 땐 이미 늦어버린 상태였다. 부족한 것은 재능뿐만이 아니었다. 부친이 대기업의 임원까지 지낸 터라 평생 부족함을 느끼지 못하며 자랐던 왕샤는, 천문학적인 레슨비를 통해 자본주의의 무서움을 배웠다. 그는 예고와 예대의 남자 선배들이 그랬던 것처럼 (병역면제 특전이 있는) 대회 입상만을 바라보며 전력을 다했다. 고등학교 때부터 지구상의 거의 모든 국제 무용 콩쿠르에 출전했고 번번이 예선에서 탈락했다. 향수를 모으기 시작한 것은 그 무렵부터라고 했다. 언제부터인가 몸에서 냄새가 나는 것 같다는 강박에 시달리게 됐고, 사람들의 눈을 쳐다보며 말하기가 힘들어졌다. 대회 출전을 위해 출국할 때마다 면세점에서 향수를 사 모으기 시작했고, 향수를 강박적으로 뿌리고 잇몸에서 피가 날 때까지 양치질을 하는 습관이 생겼다. 체중 조절을 하다 경미한 거식증을 앓기도 했다. 그런 방식으로 수년 동안 대회를 준비하고 출전해오다보니 어느덧 방에 향수를 두는 진열장이 따로 생겼을 정도라고 했다. 그리고 입대하기 직전, 비로소 그리스와 독일의 저명한 현대무용 콩쿠르의 본선에 진출하는 데 성공했다. 그토록 바랐던 고지를 눈앞에 둔 왕샤는 자신의 특장점인 성실성을 최대한 발휘해보기로 마음먹었다. 잠을 줄여가며 연습을 했고, 더 지독하게 살을 뺐다. 그러나 혼신의 힘을 다해 준비한 작품 〈나는 세상의 아주 작은 점이다〉는 결국 입상에 실패했다. 그렇게 돈은 돈대로 다 쓰고, 다 늦은 나이에 군대에 끌려오게 된 것이었다.

재능이 없는 건 알고 있었어. 여기까지 끌고 온 건 그냥 오기였는지도 모르지.

인생의 온갖 고난과 역경을 헤쳐온 듯한 어조로 말하는 왕샤를 보며 나는 생존과는 무관하게 살아온 부잣집 도련님의 애교 섞인 한탄이 아닐까 하는 생각을 아주 잠깐 했으나, 누구나 자기 몫의 불행이 있다는 사실을 이해하지 못할 만큼 어렸던 것은 아니라서 고개를 끄덕이며 위로 비슷한 말을 늘어놓았다. 왕샤는 내게 영화를 하게 된 이유를 물어보았다.

불면증 때문에.

그게 영화랑 뭔 상관인데.

밤에 잠을 잘 못 자니까 지루한 영화를 엄청 보게 됐고, 지루한 영화를 아무리 봐도 잠이 안 와서 그것보다 더 지루한 시나리오를 쓰게 됐고. 그러다보니 어느새 영화를 안 보고 안 만들면 별달리 할 일이 없는 사람이 돼버린 거지 뭐.

불면증 있는 거치곤 코 골며 잘만 자던데.

여기 와서 싹 나았어. 전생에 이라크 사람이었나봐.

미친놈.

그후 우리는 말없이 계속 사막을 걸었다. 이전보다는 훨씬 가까워진 거리로. 나는 왕의 반 발짝 뒤에서 왕의 뒷모습을 보며 걸었다. 아무리 무거운 군장을 메고 있어도 왕의 등은 언제나 꼿꼿했고, 군복 밖으로 비쭉 튀어나온 목은 길고 곧았다. 전투모 아래로 언뜻 드러나는 뒤통수는 잘 손질된 봉분처럼 정갈하고 예뻤다. 그 것을 이정표처럼 바라보며 걸었다.

곧 동이 터오기 시작했다. 불침번 근무를 마친 우리는 나란히 막사로 돌아왔다. 환해진 밖과는 달리 컨테이너 막사 내부는 밤처 럼 어두웠다. 교대 근무를 마치고 들어와 언제든 잘 수 있도록 창 문에 검은 종이를 붙여놓았기 때문이다. 우리는 주간조 분대원들 을 깨운 뒤, 옆 컨테이너로 건너가 샤워를 했다. 샤워를 마치고 돌 아왔을 때 막사에는 아무도 남아 있지 않았다. 우리는 팬티 바람 으로 각자의 침대에 앉아 에어컨 바람을 쐬며 무거운 다리를 주물 렀다. 나는 자꾸만 왕샤의 사타구니로 향하는 시선을 막기 위해 고개를 돌렸다. 왕이 무덤덤한 목소리로 내게 말했다.

사실 오늘이 우리 아버지가 죽은 날이다.

아버지 돌아가셨구나. 언제?

정말 죽었는지 어떤지는 잘 모르겠고 법적으로는 그래. 오 년 전에 실종됐거든. 법원에서 정한 실종선고일이 오늘이니까 이제 서류상으로 사망선고가 내려진 거지.

어쩌다 그렇게 되셨어.

육 년 전에 플랜트 사업 때문에 사우디아라비아에 파견 나가 있 었거든. 육 개월이었던 파견 기간이 점점 늘어난다 싶었는데 어느 날 연락이 왔어. 아버지가 사라졌다고. 쓰던 물건이랑 여권 같은 건 그대로 사택에 둔 채, 홀연히. 다들 아버지가 납치되거나 불의의 사고를 당한 거라고 생각하는데, 나는 아닌 거 같아. 숨어서 어디선가 살아 숨쉬고 있는 거 같아.

왜?

그냥 느낌이 그래. 아버지, 한국에 돌아오면 곧바로 해고될 위기였거든. 그 나이에 파견 근무를 나간 것부터가 일종의 좌천이었지 뭐. 자존심이 센 양반이었으니까 떠밀리듯 관두기보다는 그냥 숨어버리는 쪽을 택한 거 아닐까? 내가 아는 아버지는 그런 사람이거든. 자존심이 강하고, 명예를 중시하고, 모양이 빠질 바엔 차라리 도망쳐버리는 못난 중년. 게다가 자유에 대한 이상한 동경 같은 게 있었어. 그 나이대 아저씨 특유의 나이브한 낭만성 같은 거. 하나밖에 없는 아들을 굳이 예술하라고 떠민 것도 그런 맥락인 거 같고. 나보고 자유롭게 살라고 입버릇처럼 말했으니까. 그런데 누구보다도 부자유스럽게 살 수밖에 없는 예술을 시키고. 그게 웃긴 거지. 본인은 뭘 그리 답답하게 살았는지는 잘 모르겠지만 말이야.

중동 여자랑 바람난 거네. 그것밖엔 답 없어.

그럼 다행이고.

미안. 농담이었어.

아냐. 진짜로 그렇게 생각해. 어디 살아나 있으면 다행이지. 아버지가 없어지고 나서 통장을 열어보니까 남아 있는 게 하나도 없더라고. 내가 무용하느라 다 털어먹기도 했고, 본인이 써 없애기도 했겠지 뭐. 처음부터 끝까지 자기 멋대로인 작자였어.

그렇구나. 그래서 이라크에 온 거야? 아버지가 계시던 데 근처라서?

아니. 꼭 그런 건 아니고. 아버지가 이라크에서 없어진 것도 아닌데 뭐.

하긴.

그나저나 그 양반, 진짜 죽었으려나?

왕은 한동안 냄비의 물이 끓기를 기다리는 듯한 표정으로, 가만히 허공을 응시하고 있었다. 나로서도 별달리 해줄 말이 없어 가만히 앉아 있었다. 왕샤의 눈에 뭔가 고인 것 같았다. 나는 무의식적으로 왕샤의 얼굴로 손을 뻗어 젖은 눈가를 문질렀다. 괜찮아? 왕이 의아한 표정으로 나를 바라보았다.

알레르기야.

머쓱해진 나는 헛기침을 했다. 왕이 내 어깨에 손을 얹으며 말했다.

평소엔 패 죽이고 싶은데, 가끔 귀여운 구석이 있네.

심장이 뛰기 시작했다. 내 어깨에 닿은 왕샤의 손에 심장박동이 전해질까봐 슬쩍 몸을 뺐다. 왕샤는 더욱 내게 가까이 다가와 비밀을 지켜줄 수 있냐고 속삭였다. 사실은 지금껏 너를 좋아해왔다, 태어나서 이런 감정은 처음이다, 뭐 이런 식의 BL물 같은 전개가 되는 것인가. 망상에 젖은 나의 얼굴이 점점 뜨겁게 달아올랐다. 나는 애써 평정심을 유지하며 뭔데, 라고 물었다.

우리 술 마실래.

허탈감에 젖어 숨을 몰아쉬는 나를 내버려둔 채 왕샤는 관물대로 갔다. 관물대를 한참 뒤지던 왕샤가 일 리터짜리 페트병 하나를 들고 나왔다. 담금주용 소주였다.

보급 올 때 몰래 삥땅 쳐놓은 거야.

다른 분대원들에게는 비밀로 하고 우리끼리 술을 마시자고 했다. 이게 다섯 명이 먹을 양은 아니지 않냐, 라고 말하며. 나는 다소 맥이 빠졌으나, 삼 개월 동안 참아왔던 술을 마다할 처지는 아니라 왕형 사랑합니다, 라고 지독히 헤테로섹슈얼한 찬사를 보낸 후 그를 껴안았다. 우리는 막사에 널려 있는 프링글스와 고소미를 안주 삼아 술을 마시기 시작했다.

꼬박 백 일 만의 음주는 몹시도 즐거웠다. 너무 즐거워 즐겁다는 것을 잊어버릴 정도로 많은 술을 마셔버렸고, 그것은 왕샤도 마찬가지인 것 같았다. 얼굴이 벌게져 헤벌쭉 웃고 있는 왕샤의 얼굴은 진심으로 행복해 보였고, 그래서 귀여웠다. 가득차 있던 페트병 속 술이 점점 줄어들기 시작했다. 자꾸만 웃음이 나와 실컷 웃다보면 곧 울고 싶은 기분에 사로잡혔다. 지금껏 경험하지 못했던 초 단위의 감정 기복이었다. 나는 그것을 취기라 여겼다. 정신을 차리지 못하는 건 나뿐만이 아니었다. 만취한 왕샤가 문득 나를 안았다. 나도 그를 꽉 껴안았다. 우리는 누가 먼저랄 것도 없이 키스를 하기 시작했다.

그리고 다시 눈을 떴을 때 우리는 일인용 침대에 나란히 누워 있었다. 맞잡은 손을 놓고, 고개를 돌린 건 왕샤였다. 그는 이러려고 했던 것이 아니었다고, 혼란스러운 듯 말했다. 그리고 단호히 덧붙였다.

나는 그런 사람이 아니야.

그런 사람이 뭔데.

남자와 그러는 사람이 아니고, 그럴 생각도 없었으며, 실수였다고 말했다.

왕샤는 혼란스러워 보였다. 그런 것들에 대해 편견을 갖고 있는 것은 아니지만, 자신은 아주 보통의 남자이며 군대에 오기 전까지 사귀던 여자친구도 있었다고 했다. 마치 자기 자신을 설득하는 듯한 말투였고 나 같은 건 눈에 보이지도 않는 듯했다. 왕샤는 샤워를 하겠다며 컨테이너 밖으로 나갔다. 나는 침대에서 몸을 일으켜 방금 전까지 우리가 누워 있던 자리를 바라보았다. 입에서 샤넬 향수의 쌉쌀한 맛이 났다.

그후로도 왕샤는 이전과 다름없이 웃으며 나를 대했다. 내 머리를 쓰다듬거나 어깨동무를 하기도 했다. 그러나 내가 먼저 그의 손을 잡거나 바짝 다가서면 어김없이 딱딱하게 몸이 굳은 채 자리를 피하곤 했다. 그의 완강한 등을 바라볼 때마다 나는 그가 내게서 반 발자국씩 멀어지는 것 같은 기분을 느꼈다. 그래도 자꾸만 그를 향하는 시선을 멈출 수는 없었다. 등뒤에서 몰래 그를 관찰하는 것으로 말미암아 그에 대해 더 많은 것들을 알게 되었다. 햇빛이 비칠 때 찡그리는 왼쪽 눈의 형태와 티셔츠 밖으로 까맣게 타버린 목, 소매를 접었을 때 불거져 나오는 혈관의 색깔과 웃을 때 도톰해지는 뺨 같은 것들. 그럴 때마다 아마도 내 표정에서, 태도에서, 온몸에서 그를 향한 감정이 배어나왔을 것이다. 밥을 짓고 있는 밥통처럼 쉴새없이 냄새를 풍겼겠지.

가끔 그런 감정들이 끓어넘치는 날들이 있었다. 둘만 남았을 때가 제일 위험했다.

그날 밤 우리는 함께 막사로 돌아와 각자의 침대에 누웠다. 왕샤는 여느 때처럼 씻고 눕자마자 코를 골며 잠을 자기 시작했다. 왕샤의 몸에서 풍기는 향수 냄새가 계속 내 코를 찔렀다. 잠이 오지 않았다. 베개를 여러 번 고쳐 베며 잠을 청해보았지만 소용없는 일이었다. 왕샤의 숨소리가 묻힐 정도로 심장이 사정없이 뛰었다. 결국 나는 자리에서 일어나 발소리를 죽인 채 왕샤의 침대로 다가갔다. 창문 틈으로 새어든 작은 빛줄기가 왕샤의 얼굴을 희미하게 비췄다. 미간에 잔뜩 주름을 잡은 채 몸을 웅크리고 있는 왕샤의 모습이 꼭 내 것처럼 익숙했다. 바짝 다가가 그의 얼굴을 하나 하나 뜯어보았다. 밝을 때는 제대로 마주할 수조차 없던 얼굴이었다. 촘촘한 속눈썹과 길쭉하게 뻗은 코, 툭 불거진 광대뼈와 작은 입술. 왕샤의 살짝 벌어진 입에 내 입술을 맞댔다. 그가 호흡할 때마다 내 입술이 조금씩 뜨거워졌다. 그의 반바지 안으로 손을 집어넣었다. 내 손바닥과 왕샤의 성기가 나란히 포개졌다. 자꾸만 숨소리가 거칠어지는 것 같아 숨을 참았다. 손바닥 안의 성기가 점점 묵직하게 뜨거워졌다. 누구의 것인지 모를 심장박동이 손끝을 통해 전해졌다. 왕샤의 코 고는 소리가 멈췄다. 나는 손을 떼고 몸을 일으켰다. 왕샤의 눈꺼풀이 떨리고 있었다. 나는 막사 문을 열고 밖으로 뛰쳐나갔다.

어디로 향하고 있는지 모른 채 그저 힘껏 달렸다. 발을 디딜 때마다 더 낮은 곳으로 푹푹 꺼지는 것 같은 기분이 들었다. 모래 먼지가 일어 시야가 흐려졌다. 그래도 달리는 걸 멈추지 않았다. 어디론가 도망쳐야만 했다. 자이툰 부대 밖으로. 이라크 밖으로. 더이상 그를 바라보지 않아도 될 만큼 먼 곳으로. 끊임없이 그를 생각하는 나 자신으로부터 가장 도망치고 싶었는데 그럴 수는 없었다. 한참을 뛰다 다리에 힘이 풀려버려 그대로 바닥에 고꾸라졌다. 넘어진 채 한동안 모래 바닥에 계속 누워 있었다. 뺨을 타고 눈물이 흘러내렸다. 오로지 나를 위해 흘리는, 혐오스러운 눈물이었다.

무릎에 피를 흘리며 돌아온 나의 바지를 걷어 상처에 약을 발라

준 건 왕샤였다. 무릎을 꿇고 앉아 내 상처를 소독하는 그의 얼굴을 똑바로 바라보기가 힘들었다. 차라리 그냥 못 본 척했으면 마음이라도 편할 것 같은데, 얘는 왜 또 이렇게 다정하고 난리인 걸까. 내가 한 짓을 눈치챈 건 아닐까. 별의별 생각을 다 하는 와중에 왕샤는 내 상처에 밴드를 붙인 후 발목에 염좌용 스프레이까지 뿌려주었다. 그의 손과 내 몸에서 똑같은 파스 향이 났다. 아마도 그날이 우리에게서 같은 향이 풍기던 유일한 날이었을 것이다.

*

한참을 졸다 정신을 차려보니 영화는 막바지를 향해 달려가고 있었다. 나는 다시 자세를 고쳐 앉고, 과장된 어조의 대사에 귀를 기울였다.

늦었다고 생각할 때는 정말 늦은 걸까요. 윤희씨.

깨닫고 나면 언제나 늦기 마련이죠. 모든 것이.

남자가 방을 떠났다. 혼자 남은 여자는 굳게 닫혀 있던 다락방의 창문을 열었다. 창문 틈새로 천천히 해가 떠오르는 게 보였다.

엔딩 크레디트가 다 올라가자 영화관의 불이 켜졌고 민소매 티를 입은 왕샤의 가슴팍에 내 침이 묻은 게 보였다. 왕샤는 한껏 끌려 올라가 있는 티셔츠를 고쳐 입고 가방에서 물티슈를 꺼내 가슴을 박박 문질렀다. 나는 미안하다고 말하며 비는 시늉을 했다. 그러나저러나 큰일이었다. 영화를 제대로 보지 못해 질문할 만한 게 하나도 없었다. 나는 급하게 왕샤에게 영화 줄거리와 감상평을 물어보았다. 왕샤는 스크린을 물끄러미 응시한 채 젖은 눈빛으로 말했다.

한 여성의 이뤄지지 못한 사랑에 관한 대서사시야.

가끔씩 자기감정에 취해 저런 말을 할 때마다 한 대 패주고 싶다는 생각이 들곤 했다. 관객들을 재우기 위해 작정한 듯한 이 영화에 대해 나는 도대체 무슨 얘기를 해야 하는 걸까. 그냥 고전 영화 자료실에 묻혀버린 채로 남았어도 괜찮지 않았을까. 그때 영화관 스태프들이 무대에 책상과 의자 두 개를 옮기기 시작했다. 그 옆에선 미자가 나에게 내려오라는 눈짓을 했다. 다니엘 오가 무대에 올라서자 관객들 중 일부가 작게 비명을 질렀다. 미자가 내게 A4 용지 두 장 분량의 큐시트를 건네주었다. 대충 훑어봐도 미자가 만든 큐시트는 상투적이고 피상적인 질문으로 가득했다. 게다가 영화보다는 SNS 스타 오감독에 관련된 질문이 대부분이었다. 대놓고 들러리를 서라는 것이로군. 다 때려치우고 싶다는 생각이 들었지만 이미 늦은 일이었다. 나는 마이크를 받아들고 영업용 미소를 지으며 무대 위로 올라섰다. 오감독과 내가 나란히 무대에 섰다. 사람들이 우리를 바라보고 있었다.

SNS 스타로 제2의 전성기를 맞고 계신 다니엘 오 감독님을 소개합니다.

관객들이 크게 박수를 치기 시작했다. 오감독이 꾸벅 인사를 하고는 자리에 앉았다. 다리를 꼬고 마이크를 부드럽게 움켜쥔 오감독의 모습은 제법 프로답고 여유롭고, 재수없어 보였다. 나도 허리를 반듯하게 펴고 오감독보다 최대한 얼굴이 작아 보이게 고개를 뒤로 뺐다. 나는 큐시트 상단에 있는 질문을 기계적으로 읽었다.

일전의 한 인터뷰에서 이 영화를 가장 좋아하는 작품으로 꼽으셨는데요, 그 이유가 무엇인가요.

인간에 대해, 감정에 대해 함부로 말하지 않고 섬세하게 다루려하는 그 조심성? 얼핏 무의미해 보이는 대화를 통해 조금씩 주제를 향해 나아가는 그 지난한 노력에 큰 감동을 느낍니다. 그런 세심한 요소들을 통해 캐릭터들의 인생이 하나로 해석되지 않고 풍부한 삶의 결을 갖게 된다는 생각도 들고요. 제가 작품을 만들 때에도 그런 요소들을 반영하려고 노력하는 편입니다.

그건 오감독님 영화랑 정반대인 것 같은데……

혼잣말이라고 했는데 생각보다 큰 목소리였나보다. 관객들 중 일부가 웃었다. 오감독은 다소 당황한 어조로 덧붙였다.

그런가요? 저도 비슷한 지점을 보여주기 위해 노력했다고 생각했습니다만.

감독님 최근작은 좀 직설적이지 않나요? 영화가 조금 쉽게 만들어졌달까. 아, 오해는 마세요. 아무래도 서사에 집중하다보면 인물이 가려지기 마련이잖아요. 오감독님 영화가 워낙에 전개가 빠르고 재미가 있으니까. 그래서 그렇게 느꼈다는 겁니다.

그것은 육 년 전, 그가 내 영화를 두고 했던 말이었다. 오감독은 그렇게 보실 수도 있겠네요, 대답하며 사람 좋은 표정으로 웃었지만 그의 입꼬리는 미묘하게 뒤틀려 있었다. 나는 연이어 큐시트에 있는 하나마나 한 질문을 이어갔고, 오감독은 특유의 가르치는 듯한 화법으로 답변을 해나갔다. 관객들은 SNS상의 발랄한 어조와는 다른 그의 말투에 다소 지루한 표정이었다. 나 역시도 지루한 건 마찬가지여서 어금니를 깨물고 하품을 참느라 애썼다. 미자도 학교 다닐 땐 이런 애가 아니었는데. 관료제 사회에 길들여져서 그런지 질문조차도 고루하게 잘도 뽑아왔다는 생각이 들었다. 나는 마지막 질문을 읽었다.

당신에게 예술이란, 창작활동이란 무슨 의미인가요?

오감독은 골똘히 생각하더니 특유의 진중한 말투로 답했다.

자위입니다.

오감독의 특기인 촌철살인을 가장한 개소리가 나왔다. 관객들 중 일부가 재채기를 하듯 웃음을 터뜨렸다. 오감독은 그런 관객들의 리액션을 의식하지 않는 척하며 누구보다 연극적인 어조로 말했다.

어떤 자위는 기록해놓을 만한 가치가 있죠.

오감독은 계속해서 자위행위와 창작의 공통점에 대해서, 기록해놓을 만한 가치가 있는 자위행위가 무엇인지에 대해서 설명했다. 그의 예술관은 별로 대단할 것이 없었고, 요약하자면 내가 예술이라고 우기면 똥을 싸는 것도 예술입니다, 뭐 이런 내용이었다. 예술과 인간의 관계, 경험과 작품의 커뮤니케이션…… 오감독의 말이 구구절절해질수록 관객이 하나둘 영화관 밖으로 빠져나가기 시작했다. 영원히 끝나지 않을 것 같았던 길고 지루한 문답이 끝났는데도, 예정된 행사시간이 이십 분이나 더 남아 있었다. 애써 질문을 짜내야 하는 상황이었다. 나는 큐시트를 보는 척하며 몰래 핸드폰으로 오감독의 이름을 검색했다.

오감독의 최근작은 이 년 전 개봉했던 〈구원〉. 인터넷에 영화가 뜨자마자 불법 다운로드를 해서 봤던 기억이 있다. 전형적인 한국형 신파 문법에 양념처럼 아동 성폭행 소재를 얹어놓은 영화였다. 사회적 약자를 대상화해 선정적으로 소모해버리는 그의 영화를 보며 나는 육 년 전 그의 퀴어 영화를 봤을 때와 같은 종류의 불쾌감을 느꼈다. 필모그래피에 이어서 오감독이 최근 진보 정당 윤리인권위원회 위원으로 임명되었다는 단신 기사가 하나 있었다. 소수자들을 따뜻한 시선으로 다루는 영화를 주로 찍었기 때문이라고 했다. 따뜻한 시선 같은 소리 하고 앉았네. 최근 기사들 중 영화와 관련된 건 하나도 없고 남자 아이돌 그룹 멤버 P와의 동성애 염문설을 다룬 타블로이드성 기사만 가득했다.

나는 거들먹거리는 표정으로 앉아 있는 오감독에게 P와의 염문설에 대해 슬쩍 질문을 던졌다. P의 이름이 나오자 관객들이 꺅, 비명을 질렀다. 오감독은 능청스럽게 말을 돌리며 해당 아이돌의 신곡에 대해서 간략히 논평했다. 오감독이 게이가 아니며, 유명세를 얻기 위해 P와의 동성애 루머를 은연중에 이용하고 있는 게 뻔하다는 사실은, 다른 누구도 아닌 내가 가장 잘 알고 있었다. 오감독이 원래 그렇지. 세상에서 동성애를 가장 잘 이용하는 이성애자. 나는 질 수 없다는 마음으로 아이돌 P와 처음 만난 건 언제인지, 얼마나 자주 만나는지, 만났을 땐 주로 무엇을 하며 어떤 대화를 나누는지 집요하게 질문했다. 비로소 관객들의 얼굴에 활기가 돌기 시작했다. 오감독은 적잖이 당황한 눈치였고, 자신의 사생활에 대해서 밝히는 자리는 아닌 것 같다고 일축했다. 말투는 당당했으나 눈빛은 사정없이 떨리고 있었다. 맨 앞줄에 앉은 박미자의 표정이 점점 굳어갔다. 나는 또 무슨 질문을 해야 하나 고민하다 책상 위에 놓여 있던 오감독의 SNS 명언 모음집을 발견했다(경품으로 마련된 것이었다). 그것을 그에게 건네며 가장 마음에 드는 구절을 낭독해달라고 부탁했다. 오감독은 진지한 표정으로 말했다.

모두 제 자식 같은 작품들이라 하나만 고르기가 조금 힘들 것 같은데요.

그래도 가장 기록할 만한 가치가 있었던 자위를 골라주시죠.

제가 프로 작가나 배우도 아니고. 낭독을 잘하지는 못해서 말입니다.

한참을 고민하던 오감독은 명언 모음집의 말미에 수록된 작품 하나를 펼쳐 들어, 셰익스피어 비극의 주인공처럼 비장하고 평소보다 두 옥타브는 낮은 듯한 목소리로 구절을 낭독했다. 낭독을 잘하는 편이 아니라고 스스로를 인식하는 사람치고는 너무나도 연극적인 발성이었다.

때때로 어떤 함몰 유두는 나를 미치게 한다……

마이크를 타고 흐른 내 웃음소리 때문에 스피커에서 고음의 노이즈가 흘러나왔다. 나는 마이크를 끄고 고개를 돌렸다. 중학생인가. 중학생 학부형에 가까운 나이인데. 어깨를 들썩이지 않기 위해 노력하며 웃음을 참았다. 온몸에 너무 힘을 줘 혈압이 올라가는 게 느껴졌다.

행사가 끝나고 난 후에도 나는 한참 동안 자리를 뜨지 못했다. 영화관에 얼마 남지 않은 오감독의 팬들이 사인을 받겠답시고 무대에 몰려들었기 때문이다. 나는 힙스터 감독의 들러리라는 본분을 다하기 위해 팬들이 건네는 선물이며 꽃다발 같은 것들을 받아 책상 옆에 차곡차곡 정리했고, 오감독이 사인하기 좋도록 면지를 펼쳐놓았다. 마지막에 남은 여자는 오감독의 책에 사인을 받은 뒤 선심을 쓰듯 구겨진 영수증에 내 사인까지 받아갔다. 나는 여자의 뒤통수에 대고 꾸벅 인사를 했다. 정말 감사합니다.

뒤풀이 장소는 극장 근처의 횟집이었다. 우리는 광어와 오징어 회를 안주 삼아 소주를 마셨다. 술기운이 오르자 나는 오감독의 말을 패러디해 어떤 오징어의 죽음은 기록할 만한 가치가 있다,

고 외쳤고 오감독만 웃지 않았다. 대신 얼굴이 벌게진 채 나에게 물었다.

박감독님은 요즘 뭐하고 사시나요? 네이버에 검색해봐도 펜싱선수만 나오던데.

정신 나간 사람들이 술 마시는 얘기를 만들고 있답니다. 지금처럼!

오감독은 조용히 물컵에 물을 따라 마시고는 나를 노려보며 말했다.

근데 저는 왜 박감독 영화를 하나도 못 봤을까요.

시나리오 구상하고 있는 단계라서요.

육 년 동안, 구상만?

누구처럼 후속작 발로 만들어 반짝 스타라는 얘기를 듣고 싶지는 않아서요.

옆에 앉아 있던 박미자가 빈 잔을 채우며 능글맞게 덧붙였다.

에구, 우리 감독님들. 오랜만에 만나서 기분좋으신가보다. 옛날 얘기를 다 하시네.

육 년 차 사회인다운 능숙한 태도였다. 나는 아무 말도 하지 않고 소주를 입에 털어넣었다. 오감독도 지지 않고 소주를 들이켜며 말했다.

박감독 하나도 안 변했네. 술버릇도 여전한 거 같고.

오감독님은 너무 많이 변하셨네요. 이름도 바꾸시고. (머리숱과 주름의 양도.)

인간은 누구나 다 변하지. 변해야 하고.

전생에 훈장이었나. 점잖은 어조로 뻔한 말을 하며 가르치려 드는 성격만큼은 여전했다. 나의 얼굴이 홧홧하게 달아오르는 게 느껴졌다. 나는 오감독의 잔에 술을 가득 따라 넣었다. 육 년 전, 그날의 분노가 슬그머니 고개를 들었다.

*

그날, 강원도 화천의 한 대형 갈빗집에서는 제1회 다양성 인권 영화제의 뒤풀이가 열렸다. 그곳이 인권유린의 장이 되는 데는 오랜 시간이 걸리지 않았다.

미자는 촬영장을 떠난 지 육 개월 만에 내게 연락을 해왔다. 멀티플렉스 체인의 전국 지점을 돌며 신입 연수를 마쳤다고, 마치 아무 일도 없었던 것처럼 안부를 전했다. 티를 내지는 않았지만 매몰차게 촬영장을 떠나버린 게 내심 마음에 걸렸는지, 그후로 지구상에 존재하는 거의 모든 영화제에 내 작품을 출품해주었다. 낙선에 낙선을 거듭하던 나의 영화는 기적적으로 강원도에서 주최하는 한 신생 영화제의 본선에 진출하는 것까지 성공했으나, (당연히) 아무런 소득도 거두지 못했다.

폐막식이 끝난 후 미자와 나는 곧장 서울로 가는 기차를 탈 예정이었다. 그러나 미자의 지인인 프로그래머 Q가 우리에게 영화관 근처에서 조촐하게 뒤풀이가 열릴 예정이니 공짜 술이나 얻어먹고 가라고 말했다. 태어나서 한 번도 공짜 술을 마다한 적이 없었던 우리로서는 당연히 그의 제안을 수락할 수밖에 없었다.

환풍이 잘 되지 않는 고깃집 내부에는 연기가 자욱하게 껴 있었다. 오감독과 나, 그리고 박미자는 심사위원장이었던 원로 영화평론가 김과 역시 심사위원인 R감독, 프로그래머 Q와 같은 테이블에 앉았다. 나와 박미자를 제외한 모두가 서로 잘 알고 있는 눈치였다. 우리는 정물처럼 조용히 앉아 술을 따르고, 누군가가 주는 술을 받아 마셨다. 평론가 김이 취해 벌게진 얼굴로 나에게 위로를 건넸다.

너무 섭섭하게 생각하지 마, 박감독. 박감독이 이등상 탄 거나 다름없어. 칸이었으면, 은곰상 받은 거야.

아, 네. (그건 베를린입니다만.) 감사합니다.

프로그래머 Q가 곰살맞은 말투로 덧붙였다.

김선생님 말씀이 맞으셔요. 우리 영화제가 돈이 없어서 그렇지, 진짜 여유만 됐으면 박감독님한테도 상 드렸을 거야. 나 박감독 영화 보다가 울었잖아.

예. 잘 봐주셔서 감사합니다.

R감독이 오감독의 어깨에 손을 올리며 말했다.

그래도 우리 오감독이 상 받을 만했어. 이번에 물건 하나 나왔지.

흉물도 물건이긴 하지. 당시 일등상을 받은 오감독의 영화는 정말 대참사나 다름없었다. 순진했던 남자가 우연히 동성애자를 만나 짐승 같은 섹스를 하게 된다. 이후 그는 정체성의 갈등에 시달리며, 상대에게 깊은 정을 주었지만 (당연히) 성적 대상으로 이용당하기만 할 뿐이다. 결국 온전한 사랑을 하는 데 실패한 남자는 완벽히 타락해 술집에서 몸을 팔기 시작한다. 익명의 상대들과 짐승 같은 섹스를 이어가던 남자는, 뜬금없이 헤테로섹슈얼들에게 윤간을 당하고, 결국엔 자살까지 하게 되는 (얼씨구) 감동의 대서사시였다. 영화를 보고 나서 나는 오감독이 이성애자라는 것을 백 퍼센트 확신하게 되었다. 이성애자 감독들이 그리는 동성애 섹스는 하나같이 엉덩이를 너무 과도히 들썩거린다거나, 키스를 하는 건지 얼굴을 침으로 칠하는 건지 모를 정도로 지저분하게 핥아대는 식의 과장된 모습이기 마련이었다. 오감독의 영화가 딱 그랬다. 심지어는 주인공들이 섹스하다 울기까지 하네? 아니 남자랑 섹스하는 게 좋아서 욕먹어가며 동성애 하는 건데 왜 울고불고 난리를 쳐대는 건지. 나는 오감독의 영화를 보고 그가 동성애자가 아님을 확신했을 뿐만 아니라 그의 이성애 섹스 전력조차 의심하게 되었다. 그의 영화는 성소수자를 심하게 대상화하고 있었고, 80년대 퀴어 서사에나 적합한 신파 코드로 점철되어 있었다. 익숙한 게 좋다 이거겠지. 평론가 김은 심사평에서 오감독의 영화를 두고, 성적 소수자의 고통을 잘 형상화해 동성애를 보편적 사랑의 경지로 끌어올린 수작이라고 평했다. 그들은 모두 보통 사람들이 누구이며 그들이 하는 보편적인 사랑이 뭔지 너무 잘 알고 있는 눈치였다. 동성애자들이 뭐 얼마나 특별한 사랑을 하고 산다는 건지, 동성애자인 나조차도 알 수 없는 일이었다. 아무튼 이성애자가 연루되면 뭐 하나 제대로 되는 일이 없었다.

박감독 작품이 별로였다는 건 아냐. 근데 뭐랄까. 좀 현실적이지 못해.

네? 갑자기 무슨 말씀이신지. (일기나 다름없는데.)

아니 생각해봐. 주인공들이 너무 발랄해. 깊이가 없어.

깊이요?

응. 캐릭터들이 자기가 동성애자라고 우기기는 하는데 가슴속에 우물이 없어. 그게 말이 안 돼.

무슨 (좆같은) 말씀이신지.

박감독 세대는 어떨지 모르겠는데, 우리는 동성애자가 그렇게 별 고통 없이 정체성을 받아들이는 게 너무 이상하고 어색하게 느껴진다고. 너무 나이브하지 않나, 사회적으로 고립된 소수자들이 왜 그런 말투를 쓰는 건지.

옆에 조용히 앉아 있던 프로그래머 Q가 친절한 말투로 거들었다.

맞아요. 저도 같은 지점을 느꼈어요. 게다가 박감독님 작품의 모든 게이들이 섹스에 미쳐 사는 사람들처럼 보여요. 과잉 성애화가 돼 있달까?

이성애자들 바람피우는 영화 보고 과잉 성애화되어 있다고 하진 않잖아요?

박감독, 너무 기분 나쁘게 생각하지 말고 잘 들어봐. 박감독 영화는 사실 특별한 지점이 부족해. 퀴어 영화다운 그런 지점. 동성애자들에 대한 감독의 성찰이 부족하달까? 그냥 일반인들 연애 얘기랑 다른 지점이 없잖아. 젊은이들이 나와서 술 먹고 춤추고 성관계하는 게 전부인데.

그들이 하도 지점, 지점거려서 난 뭐 프랜차이즈 업체를 말하는 건 줄 알았다. 그는 나에게 도대체 무엇을 기대하는 것일까. 끓어오르는 화를 꾹꾹 누르며 대답했다.

잘 보셨네요. 저 그냥 젊은 사람이 술 먹고 섹스하는 영화 만들고 싶었어요.

그럴 거면 동성애자 영화를 찍은 이유가 뭔가? 유행이라서?

전 동성애 영화 찍은 거 아니고 그냥 연애하는 영화 만든 건데요.

이 친구 참. 소박하다고 해야 하나, 당돌하다고 해야 하나. 성적 소수자들을 너무 소모적으로 다루는군. 이런 식이면 당신 그냥 짝퉁 홍상수 그 이상도 이하도 아니게 되는 거야.

그의 논리에 따르면 영화 속에 퀴어를 등장시키기 위해서는 무조건 합당한, 그러니까 보통의 사람들을 설득할 수 있는 치명적인 '지점'이 있어야 하는 거였다. 게다가 주인공들이 술 마시고 섹스만 했다 하면 무조건 홍상수 아류이기까지 한 것이고. 내가 홍상수라고? 여자 한 명 안 나오는 홍상수 영화가 어디 있어. 사지말단을 자르면 김기덕, 장식적이고 예쁜 벽지가 붙은 곳에서 살인하면 박찬욱이라고 하겠지. 그들은 자신이 잘 알고 있다고 믿는 세계 밖으로 한 발자국도 나갈 생각이 없어 보였다. 니들이 홍상수 말고 뭐 본 영화가 있기는 하냐. 성적 소수자가 뭔지나 알기는 하냐. 알 리가 없지. 특별히도 불행하고 이상한 섹스를 하는 애들 같겠지. 평범하고 발랄한 동성애자들은 현실성이 없고 순전히 다 지어낸 것 같겠지. 애초에 보통의 존재로 생각한 적조차 없었겠지. 눈에 핏발이 서는 게 느껴졌다. 나는 연거푸 술을 들이켰다. 박미자가 내 팔을 꽉 붙잡았다. 그만하라는 의미였다. 문득 대학 때 나의 별명이 장작이었던 것이 떠올랐다. 말리면 더 불타오르거든. 나는 남은 소주를 입에 털어넣고 외쳤다.

세상천지에 술 먹고 싸우는 얘기는 다 홍상수 아류인 건가요?

어허. 왜 이러나. 술 먹고 싸우고 바람피우는 얘긴 이미 홍상수가 다 했잖아. 홍 영화보다 당신 영화가 더 뛰어나다는 건가? 박감독은.

오감독이 끼어들어 거들기 시작했다.

이거 보세요. 박감독님. 김선생님은 지금 당신 영화가 너무 단순하고 쉽게 만들어졌다고 말씀하고 계신 겁니다. 아시겠어요?

지금 뭐라고 했어요? 내가 영화 대충 만들었다고 말하는 거야?

대충까지는 모르겠고 쉽게 만든 건 맞지. 동성애자 캐릭터가 그렇게 발랄한 게, 아무렇지도 않게 자신들의 문제를 받아들이는 게 어색한 것조차 모르잖아. 당신, 소재에 대해 제대로 고민한 게 맞긴 맞아?

그러는 오감독님이야말로 동성애가 뭔지 알기는 알고 하는 소리예요? 동성애자 한 번 본 적이라도 있어요?

있다마다요. 저는 이번 영화 만들려고 게이바에서 일도 하고, 자료 조사도 철저히 했어요. 그러다보니 알겠더군요. 그들이 얼마나 공허하고 고통스럽게 살고 있는지. 매일 술을 마시고. 약에 취해 익명의 남자들과 섹스를 하고. 성병에 걸려 고통받고. 당신이 그런 속사정을 안다면 그렇게 쉽게 웃고 떠드는 영화를 만들지는 않았겠죠.

닥치세요. 제발.

지금 뭐라고 했어.

닥치라고 씨발.

어디서 욕질이야. 어린놈의 새끼가.

테이블을 엎은 게 누구였는지 이제는 기억나지 않는다. 술자리는 순식간에 아수라장이 됐고, 오감독과 나는 드잡이를 하다 끌려나왔다. 심사위원장이었던 김은 영화판에서 나를 매장시킬 것이라고 엄포를 놓았다.

그날 밤 나는 박미자의 손에 질질 끌려 나오며, 절대로 지지 않겠다고 거듭 외쳤다. 작품을 통해 증명할 것이다. 저 거지같은 인간들이 함부로 떠들어댈 수 없도록 대단한 권위를 갖춘 네임드가 될 것이다. 나 자신에게 다짐하고 또 다짐했다.

다짐이 허무가 되어버린 것은 순식간이었다. 평론가 김이 애써 나를 매장시키는 수고를 기울일 필요도 없이, 나는 스스로 무너져내렸다. 그후로 퀴어 영화는커녕 그 어떤 시나리오도 쓰지 못했고, 애초에 내가 영화를 했던 사람인지 짐작조차 할 수 없을 정도로 모든 것들로부터 멀어져버렸다. 원래 그러려고 했던 것처럼, 자연스럽게. 페이드아웃.

어쩌면 나는 언제든지 스스로를 망칠 준비가 되어 있었던 것일지도 모른다. 나의 꿈이나 희망, 기세 좋던 에너지 같은 것들은 그저 근거 없는 자신감만을 양분으로 하고 있던 것일지도.

그리고 나는 지금, 그때 내 인생의 가장 최악이라고 생각했던 선택지를 모두 골라놓은 것처럼 살고 있다. 시작도 전에 완벽히 고갈된 창작력, 최저시급을 간신히 넘기는 임금, 불법 파일 공유 사이트를 돌아다니며 '잠든 근육청년 탐하기'를 검색하는 서른몇 살의 인생.

*

오감독이 테이블 위로 쓰러졌다. 빈 회접시에 검은 흑채 가루가 후두두 떨어져내렸다.

주량과 머리숱만큼은 내가 이겼다. 그렇지만 하나도 기쁘지가 않았다. 오감독이 엎드린 채 환경영화제에 가야 한다고 중얼거렸다. 옆에서 조용히 술을 마시던 왕샤가 누가 들어도 취한 목소리로 고함을 질렀다.

네 말대로 이 새끼 진짜 게이 아니네. 게이가 이렇게 술 못 마실 리가 없어.

나는 취한 샤넬의 입을 틀어막았다. 평소에도 술을 못 마시는 사람을 진심으로 증오할 줄 아는 왕샤넬이었다. 횟집 종업원이 영업시간이 다 되었다고 자리를 정리하기 시작했다. 우리는 남아 있는 소주 두 병을 급히 비웠다. 박미자가 지갑에서 삼만원을 꺼내주며 오감독을 택시에 태워 보내라고 했다. 나는 주머니에 돈을 집어넣고는 핸드폰으로 택시 호출 앱을 켰다. 오감독의 집은 역삼동 쪽이라고 했나. 나는 목적지에 강원도 화천의 한 고깃집을 입력했다. 택시 등급은, 오감독의 품격에 맞는 블랙. 십 초도 지나지 않아 벤츠 S클래스 차량이 배정됐다. 미자가 카운터 앞에 서서 신용카드를 하나하나 꺼내 이름을 확인하는 동안, 벤츠가 도착했다는 알림이 떴다. 왕샤와 나는 오감독을 부축해 잽싸게 횟집 밖으로 나왔다. 중국에서 날아온 미세먼지 때문에 가로등 불빛이 뿌옇게 번졌다. 알레르기성 비염이 있는 왕샤가 재채기를 할 때마다 오감독의 한쪽 몸이 푹푹 꺼졌다. 사거리에 도달한 우리는 짐 더미처럼 무거운 그를 차 안으로 밀어넣었다. 기사가 의심스러운 표정으로 물었다.

강원도 가는 손님 맞으시죠?

예예, 그럼요. 화천까지 안전하게 가주십쇼. 계산은 이 선생님 카드로 하시면 됩니다.

차문을 닫았다. 검은 벤츠가 홀연히 길 저편으로 사라졌다.

잘 가라 다니엘 오. 아니, 오충식.

뒤늦게 계산을 마친 미자가 갈지자의 걸음걸이로 우리에게 다가왔다. 그녀는 핸드백에 영수증을 구겨넣으며, 남편이 자꾸 집에 오라고 재촉한다고 했다. 미자는 우리가 말릴 틈도 없이 찻길로 성큼성큼 걸어가 택시를 잡으려 들었다. 나는 잽싸게 미자의 어깨를 잡았다. 남편이 부른다고? 딱 봐도 거짓말 같았고, 순간을 모면하려는 게 분명했다. 결정적인 순간에 은근히 의리가 없는 성격이라는 걸 내가 잘 알고 있다. 취한 김에 괜히 서러운 마음이 들어서, 미자의 어깨를 붙잡고 애원했다.

가지 마. 제발.

죽으러 가니? 다음에 또 마시면 되지.

너 저번에도 그랬잖아. 온다고 해놓고 다신 안 왔잖아. 영원히 함께하기로 해놓고. 나만 남았잖아.

미자가 우두커니 서서 나를 바라보았다. 웬만한 일에는 좀체 당황하지 않는 미자의 눈빛이 좌우로 흔들렸다.

내 졸업 작품이자 첫번째 장편영화의 15회차 촬영 날, 미자는 스태프와 배우들에게 먹이겠다고 햄버거를 한가득 사들고 왔다. 맥도날드 햄버거였다.

우리 돈 없다더니 미제 버거 사올 여유는 되나보네.

농담으로 한 말이었는데 미자는 웃지 않았다. 대신 울음이 섞인 목소리로 외쳤다.

세트 살 돈도 없어서, 단품 중에 제일 싼 걸 샀어. 세트가 아니면 할인이 안 된다는 걸, 깎아달라고 얼마나 빌고 빌었는지 알아? 하긴 뭘 알겠어. 넌 언제나 너 자신밖에 없잖아.

미자는 양손 가득 들고 있던 햄버거 봉지를 바닥에 집어던졌다. 그리고 마침표를 찍듯 단호하게 말했다.

이런 영화는 제대로 만들어질 수도 없고, 만들어져서도 안 돼. 절대로.

그렇게 미자는 영화 현장을 떠났다. 애초에 이천만원의 예산으로 장편영화를 찍으려고 한 것부터가 말이 안 된다는 걸 나도 미자도, 모두가 알고 있었다. 제작비 문제 때문에 스태프와 배우들에게 제대로 임금을 지불하지도 못했고, 일정을 과도하게 타이트하게 잡아, 보름이 넘도록 밤샘 촬영을 하는 날들이 이어졌다. 거기서 오는 모든 불만과 짜증을 조율했던 게 미자였다. 내 욕심이 우리 관계를 망쳤다는 생각이 들었지만, 이미 나는 폭주하는 기관차나 다름없었다. 영화를 완성하기 위해서라면 어떤 대가도 치를 준비가 되어 있었다. 그렇게 촬영이 끝나고 편집을 할 때까지 미자는 돌아오지 않았다.

왕샤가 박미자의 팔짱을 끼며 말했다.

그래, 미자씨. 미자야, 너 술 잘 마신다며. 오빠랑 딱 한 병만 더 먹고 가자.

오빠도 얼른 들어가세요. 내일 출근하셔야죠.

출근? 나 백수 된 지 일 년도 넘었어. 우울하니까 술 더 먹자.

미안해 오빠. 다음에 봐요. 나 진짜 가봐야 해. 완전 취했어.

왕샤가 갑자기 미자를 향해 악다구니를 쓰기 시작했다.

우린 뭐 술 안 취해서 계속 마시는 줄 아니? 다 정신력으로 버티는 거야. 너희 이성애자들은 정신 상태가 글러먹었어. 감독이라는 새끼는 술 두어 잔 먹고 뻗어버리고, 넌 멀쩡한데 집에 가겠다고 난리네. 오늘부터 나 이성애 반대한다. 걸핏하면 집에 가버리고, 못생긴 애나 싸지르는 더러운 이성애를 결사반대합니다.

아차, 하는 기분이 들었지만 이미 늦은 일이었다. 미자가 왕샤의 손을 뿌리치며 말했다.

그래. 이성애자라서 미안하다. 나도 이성애 해서 나 닮은 못생긴 애 낳고 싶다고!

이 년째 난임 클리닉을 다니고 있는 미자였다. 얼마 전에 유산까지 한 터라 감정적인 동요가 꽤 큰 것 같았다. 울먹이는 미자를 왕샤가 껴안았다. 둘은 백 년 만에 상봉한 이산가족처럼 서로 부둥켜안고 서럽게 울기 시작했다. 그것을 보자 순식간에 술이 깨는 것 같은 기분이 들었다. 사태의 심각성을 깨달은 나는 얼른 택시를 잡았다. 자석처럼 붙어 있는 둘을 뜯어내고, 휘청이는 미자를 택시에 태웠다. 홀연히 떠나는 택시에 대고 왕샤가 소리쳤다.

미자야 어디 가. 나 술 사줘야지. 술 사달라고. 씨발.

인격 모독과 욕설, 실언이 왕샤의 주된 술버릇이었다. 나는 왕샤의 등짝을 있는 힘껏 때렸다.

미친놈아. 내가 미자 난임이라고 했어 안 했어. 거기서 갑자기 애 낳는 얘기를 왜 해. 이성애가 왜 나와? 돌았어?

그거야, 미자가 이성애자니까. 또 이성애자들이 애를 낳으니까. 우린 못 낳잖아.

그만 말해.

왕샤는 풀죽은 얼굴로 허리를 숙여 땅을 보고 있었다. 그런 왕샤를 본체만체하며 담배를 피우는데 왕샤의 넓디넓은 어깨가 떨리기 시작했다.

또 내가 다 망쳐버렸네. 다 내 잘못이야. 언제나처럼 바보같이 내가.

나는 담뱃불을 끄고 왕샤를 안아 상체를 일으켰다. 그리고 그의 뺨에 고인 것을 닦아냈다.

형, 왜 그래. 내가 미안해. 울지 마.

그래? 그럼 우리 노래방 가자.

왕샤는 금세 싱글벙글해져 앞장서 걷기 시작했다. 눈물이 아니라 땀이었나. 뭔가 당했다는 생각이 들었지만 이미 늦은 일이었다. 예나 지금이나 왕샤는 내 가장 약한 부분을 노릴 줄 알았다. 내일 아침 출근은 나도 몰라. 어떻게든 되겠지.

한 발짝씩 내디딜 때마다 공기중의 모래 입자가 얼굴로 들러붙는 기분이 들었다. 우리는 도시락 칸막이처럼 정갈하게 나누어진 P시를 걸으며 노래방을 찾아 헤맸다. 그러나 노래방은 쉽사리 나타나지 않았고, 불행히도 우리를 웃게 만들어주었던 술기운이 점점 가시고 있었다. 술이 깨는 것을 참을 수 없던 우리는 편의점에 들러 단백질 공급원 노가리(언제나 운동중인 왕샤의 선택이었다)와 소주 다섯 병을 사서 왕샤넬의 거대한 운동 가방에 숨겼다. 그리고 군장처럼 무거운 가방의 손잡이를 하나씩 나눠 쥐고 걸었다.

오 분쯤 더 걷자, 신기루처럼 유흥가의 간판들이 보이기 시작했다. 곧 월드컵 노래방과 샤넬 노래방의 입간판이 나란히 나타났다. 우리는 두 번 고민할 것도 없이 샤넬 노래방을 선택해 안으로 들어갔다. 굳이 왕샤가 샤넬 마니아여서가 아니었다. 월드컵과 샤넬이라면 언제나 샤넬이었다. 오충식은 절대 모를 게이란 인간들의 일상이란 그런 것이다. 왕샤와 나는 샤넬 노래방의 불투명한 유리문을 기세 좋게 밀고 들어갔다.

노래방 내부의 분위기는 시대 초월적이었다. 빨갛고 파란 조명이 현란하게 빛나고 있었고 카운터에 서 있는 여성 오너는 속눈썹

연장술과 지방 주입술을 받아 나이를 종잡을 수 없는 얼굴이었다. 목소리로 중년의 나이임을 짐작할 수 있을 따름이었다.

사장님들 술 안 시키세요?

우리는 취한 기색을 숨기기 위해 최대한 또박또박한 말투로 노래만 부르고 갈게요, 라고 말했다. 오너는 우리에게 남자 둘이 왔는데 술은 안 시키신다? 더 필요한 건 없으시고? 거듭 물었다. 우리는 고개를 저었다. 오너는 떨떠름한 표정으로 내가 건네는 삼만원을 받아들었다. 미자가 오감독의 택시비로 준 돈이었다. 작은 노래방임에도 분주하게 움직이는 종업원들이 참 많았다. 우리는 종업원들을 요리조리 피하며 7번 방으로 들어갔다.

나는 편의점에서 사온 일회용 종이컵에 소주를 따르고, 노가리를 찢었다. 그리고 종이컵에 가득찬 소주를 한 번에 들이켰다. 왕샤는 다소 붉어진 얼굴로 백 명이 넘는 소녀들이 자신을 뽑아달라고 아우성치는 노래를 선곡해 구슬프게 불렀다. 전자음이 격렬해지자 왕샤와 나는 나란히 서서 군무를 췄다. 파워풀하게 춤을 추면서도 화사한 미소를 흘뜨리지 않는 왕샤의 모습은 그 누구보다도 절실하고 프로 같아 보였다. 승무원 아카데미에서 하루 두 시간 미소 트레이닝을 한 결과일까. 나는 경이감에 젖어 왕샤를 바라보았다. 그의 춤사위에는 불꽃에 뛰어드는 나방처럼, 죽음을 앞둔 무용수처럼 처연하고 슬픈 아름다움이 깃들어 있었다. 할 수만 있다면 내가 왕샤를 뽑아주고 싶은 지경이었다. 노래가 끝났을 때 왕샤의 몸은 땀에 흠뻑 젖어 있었다. 그러면서 지치지도 않는지 연이어 노래를 예약했다. 언타이틀과 채정안, 핑클과 터보의 노래가 차례대로 화면에 떠올랐다. 성별과 음역의 한계를 초월한 가요 사전 왕샤다운 선곡이었다.

스무 곡 남짓 불렀을 때 예상보다 빨리 노래방 시간이 끝나버렸다. 서비스는커녕 한 시간도 채 채우지 못한 시간이었다. 왕샤가 손목시계를 가리키며 말했다.

확실해. 삼 분 빠졌어. 오십칠 분이야. 내가 체크했어.

언젠가 가게 오너가 노래방 반주기를 조작해서 임의로 시간을 뺄 수 있다는 루머를 들었던 게 생각났다. 그게 사실일 줄이야. 나는 손에 들고 있던 탬버린을 집어던졌다.

지금 우리 도우미 안 불렀다고 이러는 거 맞지.

성매매 안 했다고 이리 푸대접을 한단 말이야? 이성애자들 진짜 안 되겠네. 다 죽어버려.

한참을 분노에 몸서리치던 왕샤가 뭔가를 결심한 듯 반주기 앞에 섰다. 그리고 무선 마이크 하나를 자신의 운동 가방에 집어넣었다. 나는 웃음을 터뜨렸다. 이제 우리가 동성애자의 품격을 보여줄 차례였다. 왕샤와 나는 누가 먼저랄 것도 없이 나머지 무선 마이크 하나와 철제 재떨이, 전자 탬버린과 빈 소주병 일체를 가방에 집어넣었다. 그리고 지퍼를 닫은 왕샤가 허리를 숙여 가방을 들쳐멨다. 우리는 심호흡을 하며, 숫자 셋을 센 후 문을 열었다.

그리고 시선을 바닥에 내리깐 채 카운터를 지났다. 종업원들은 우리를 못 본 척했다. 유리문을 밀자 차임벨이 요란하게 울렸고, 우리는 계단으로 재빨리 내려갔다. 왕샤가 샤넬 노래방의 닫힌 유리문을 향해 등신 새끼들아, 소리를 질렀다. 우리는 까르르르 웃으며 밖으로 달려나갔다.

우리는 도도한 걸음으로 가로등이 켜진 P시를 거닐었다. 신이 난 왕샤넬이 가방에서 무선 마이크 하나를 꺼냈다. 마이크에 붙은 견출지에 샤넬 노래방이라고 삐뚤삐뚤하게 적혀 있는 게 보였다. 우리처럼 마이크를 훔쳐가는 인간들이 꽤 많은 것 같았다.

초딩인가. 이름표를 붙여놓고 지랄이야.

왕샤가 손톱으로 견출지를 긁어냈다. 뭔가 괜히 신이 났다. 나는 왕샤의 손에서 무선 마이크를 빼앗아 들고는 핸드폰으로 노래를 틀어 카라와 듀스, 서지원의 노래를 차례대로 따라 불렀다. 왕샤는 어떤 음악이 나오든 그에 맞는 춤을 출 줄 아는 프로였다. 다음 노래는 유채영의 〈이모션〉. 우리가 제일 좋아하는 댄스곡이었다. 왕샤가 내게 소리쳤다. 왜 이렇게 신나? 유채영은 정말 최고의 아티스트야. 그리고 무선 마이크를 빼앗아 노래를 부르기 시작했다. 그때는 몰랐었어 누굴 사랑하는 법. 미세먼지 때문에 한 소절을 다 부르기도 전에 금세 목이 아파왔다. 왕샤는 고음을 올리다 조금 울었다.

씨발 왜 다 죽고 난리야.

나도 슬쩍 눈물이 나서, 이참에 신나게 울어나 보자 싶은 마음에 함께 울었다. 울다 곧 지겨워진 왕샤가 내게 무선 마이크를 건넸다. 나는 가로등 옆에 세워진 자전거 바구니에 무선 마이크를 던져넣었다. 파렴치한 샤넬 노래방의 오너에게 한 방을 먹였다는 희열은 잠시뿐이었다. 우리를 행복하게 해주었던 감정들이 어느 순간 다 사라져버렸고, 그 빈자리에 피로가 차올랐다. 발걸음이 점점 무거워졌다. 시간은 새벽 세시 사십육분, 서울로 향하는 대중교통은 아직 없었다. 왕샤는 가방이 무겁다고 했다. 나는 가방에서 소주병을 꺼내 화단에 모조리 집어던졌다. 병이 깨지는 소리가 났지만 더이상 신나지 않았다.

야, 출출하지 않냐.

응. 배고파. 우리 해장하러 가자.

미세먼지 낀 거리를 순례자처럼 걷던 우리는 멀리 신기루처럼 떠 있는 한 개의 간판을 발견했다. 비은세 순대국밥. 우리는 누가 먼저랄 것도 없이 국밥집을 향해 달렸다.

전통 한옥에 사이버틱한 내장재를 결합해놓은 국밥집의 인테리어는 독특했다. 새벽 시간이라 식당은 한산했다. 구석의 한 테이블에서 머리가 크고 팔에 문신을 한 남자가 혼자 술을 마시고 있을 따름이었다. 우리는 가게 중앙에 앉아 특순댓국과 사이버 순대를 시켰다. 역시 뭔가 허전한 기분이 들어서 소주 두 병을 추가로 주문했다. 순댓국에 밥을 말아 소주랑 함께 먹자 다시 취기가 올랐다. 기분이 슬그머니 좋아졌다. 마침 가게에서 비욘세의 노래가 흘러나오기 시작했다. 왕샤넬이 가방에서 무선 마이크를 꺼내 견출지를 떼어냈다. 나는 씨익 웃으며 마이크를 넘겨받아 비욘세 메들리를 립싱크로 따라 부르기 시작했다. 한창 노래에 취해 있는데 누군가 내 마이크를 낚아챘다. 고개를 돌려보니 문신을 많이 하고 머리가 엄청 큰 남자가 험악한 표정으로 나를 바라보고 있었다.

이거 샤넬 거 맞죠.

음식점에 정적이 어렸다. 나는 재빨리 천장을 살폈다. 감시 카메라 두 대가 입구부터 우리의 테이블까지 사각지대 없이 살살이 비추고 있었다. 빼도 박도 못하게 생겼군. 나는 무슨 말씀이신지 모르겠다고 태연한 표정으로 말했고, 왕샤도 누구보다도 결백한 표정으로 남자를 쳐다보았다.

맞네. 샤넬 마이크. 견출지 떼는 거 다 봤어요. 이거 절도인 거 알죠?

남자는 한쪽 입꼬리를 올리며 전화를 걸었다.

사장 엄마. 우리 마이크 찾았다. 여기 비욘세야. 얼른 와.

낙타처럼 인위적인 속눈썹을 붙인 샤넬의 오너가 비욘세 순대국밥에 당도했다. 그녀는 우리가 허락한 적도 없는데 멋대로 테이블에 앉더니 물컵에 소주를 따랐다. 그리고 우리가 뭐라 말할 틈도 없이 넋두리를 늘어놓기 시작했다.

아니, 내가 오늘 우리 애들한테 하루 매상 다 날렸다고 했어. 마이크 두 개 값. 그래서 일찍 문 닫았잖아. 오늘 장사 공쳤구나. 접자. 근데 이게 웬일이야. 내 아들이 마이크를 찾았대잖아. 이 새벽에, 그것도 비욘세에서.

이분이 아드님이세요? 사장님 너무 동안이시다. 나는 마음에도 없는 소리를 하며 오너의 심기를 달래려 노력했다. 소용없는 일이었다.

동안은 됐고, 아무튼 쟤가 팔팔년생인데 내 아들이야. 내가 아까 아들한테 말했어. 아들아. 오늘 우리 장사 공쳤다. 없는 날로 치고 소주나 마시자 했는데 여기서 당신들을 잡았다고 하네? 그래서 내가 그랬다. 세상에 죽으라는 법은 없네.

아 네, 그러셨구나. 상심이 크셨겠어요.

근데 당신들 왜 그랬어. 왜 그랬는지 이유나 듣자.

왕샤넬이 자리에서 벌떡 일어나 외쳤다.

지금 우리를 마이크나 훔치는 그지새끼 취급하는 거 맞죠? 이것 보세요. 저희 대학도 나왔고 멀쩡한 직업도 있고 서울에 집도 있어요. 이딴 거 훔칠 필요도 이유도 없어.

왕샤는 지갑에서 명함을 꺼내 오너의 얼굴 앞에 대고 흔들었다. 샤넬의 오너가 물컵으로 명함을 쳐 명함이 내 앞에 떨어졌다. 원진성형외과 전임 코디네이터 진아름. 나는 명함을 구겨서 슬쩍 쓰레기통에 버렸다. 그녀는 콧방귀도 뀌지 않은 채 이딴 식으로 나오면 당신들 다 경찰서에 처넣을 거야, 라고 말했다. 왕샤는 방금 전까지의 호전적인 태도를 거두고 회유하는 듯한 어조로 말했다. 지금 누구를 도둑으로 모는 것이냐, 그냥 술에 취해 실수로 마이크를 들고 온 건데 이런 취급은 곤란하다. 국밥을 먹은 후 다시 갖다놓으려 했다.

그러는 새끼들이 왜 이름표를 떼냐.

문신남이 소리를 지르며 밥공기에 가래침을 뱉었다. 샤넬의 오너는 나머지 마이크 하나를 찾아내거나 마이크값을 변상하라고 으름장을 놓았다. 비욘세 순대국밥에 팽팽한 침묵이 감돌았다. 결국 내가 중재안을 제시했다. 오해가 있는 것 같다, 우리는 단지 술에 취해 실수를 한 것뿐이고, 밥만 먹고 마이크를 돌려주려 했다, 나머지 마이크 하나를 찾아서 돌려주겠다. 오너는 웃는지 우는지 알 수 없는 부자연스러운 표정으로 말했다.

그럼 총각들이 어디로 내뺄지 알 수 없으니 일단 잃어버린 마이크 하나 값을 먼저 내. 당신들이 마이크 찾아오면 환불해줄게.

나는 자전거 바구니에 던져두었던 무선 마이크를 떠올리고는, 순순히 내 명의의 신용카드를 내밀었다. 오너는 마이크 말고도 줄게 있지 않냐고 물었고, 나는 가방에서 전자 탬버린과 재떨이를 꺼내 테이블에 얌전히 올려놓았다. 샤넬의 오너와 그의 아들이라고 주장하는 남자가 내 카드와 물건을 들고 나갔다. 왕샤가 잃어버린 마이크를 찾아 돌려주고 오겠다며 그들의 뒤를 따랐다. 나는 사태가 진정됐다는 생각에 한숨을 쉬며 국밥을 퍼먹었다. 얼마 뒤 내 핸드폰으로 삼십만원이 결제됐다는 문자가 전송되었다. 미친 새끼들. 마이크 하나가 삼십만원? 신나서 막 지르네. 나는 왕샤에게 마이크값을 꼭 환불받으라고 문자를 남겨놓고, 다시 국밥에 소주를 마시기 시작했다.

십여 분 후 왕샤가 울상을 지으며 돌아왔다. 그러더니 공손히 결제 영수증과 내 카드를 내밀었다. 나는 불안한 느낌을 안고 그에게 물었다.

환불 안 받았어?

왕샤가 무너지듯 주저앉으며 외쳤다.

우리 속았어.

뭔 소리야.

그 개같은 년들이 마이크 먼저 찾아놓고 우리 앞에서 쇼한 거야.

무슨 소리야. 마이크 자전거 바구니에 있어.

없어. 바구니에도, 길에도. 어디에도. 우리 완전히 당했어. 당했다고!

나는 비명을 질렀다.

한참 동안 정신을 못 차리고 있는 나에게 왕샤가 위로하듯 말했다.

걔네 아까 술 먹고 차 몰고 가더라고. 그거 신고하면 음주운전으로 잡을 수 있지 않을까?

늦었어. 지금 어디에 있는지 알고.

그럼 우리 프랑스 샤넬 본사에 연락해서 상표권 침해로 고소하라고 하자. 옛날에 버버리인가 어디서도 한국 노래방 고소했었대.

너 프랑스어 할 줄 알아?

아니. 그럼 어떡해.

우리 감시 카메라에 너무 많이 찍혔어. 다 틀렸어. 다 틀렸다고.

우리는 순대국밥집의 나무 테이블에 엎드려 분노에 찬 뜨거운 한숨을 내쉬었다. 또다시 완벽한 실패였다. 실패는 아무리 여러 번 반복해도 도통 익숙해질 생각을 하지 않았다.

*

벽화 제작 분대의 마지막 임무가 있던 날, 우리는 아르빌에서 가장 큰 공립학교의 담장을 칠하고 있었다. 파병 기간이 막바지로 치달을 때였고, 우리 모두 공동 작업에 익숙해져 손발이 척척 맞았다. 그날따라 유달리 일조가 강했다. 평소 같았으면 한 번에 끝낼 수 있을 만한 작업량이었음에도 금방 지쳐버린 우리는 그늘에 앉아 휴식하기로 했다. 담장에는 내가 그려놓은 꿈돌이와 왕샤가 칠하다 만 코발트블루색 하늘이 천천히 말라가고 있었다.

왕샤는 쉬지도 않고 커다란 올리브나무 곁에서 이라크 아이들

에게 과자를 나눠주었다. 나무에 다가서자 왕샤의 MP3 플레이어
에서 흘러나오는 이정현의 테크노 넘버가 들렸다. 왕샤는 아이들
에게 한국말로 별명을 지어 부르며 계속 말을 걸고 있었다. 아이
들은 왕샤가 하는 말에는 별 관심이 없고 신난 표정으로 과자를
받아먹기 바빴다. 왕샤가 지은 아이들의 별명이란 아이들이 선호
하는 과자의 이름을 붙인 것에 불과했다.

　쟤는 뽀또고 얘들은 고소미랑 몽쉘, 저기 쪼끄마한 애는 소찬
휘야.

　왜 쟤만 과자 이름 아니야?

　고음이 천장까지 올라가거든.

　어이가 없어서 웃음이 나왔다. 뽀또라 불린 아이가 정체를 알
수 없는 언어로 노래를 흥얼대고 있었다.

　귀엽지.

　그러게. 아무데서나 춤추고 노래하는 게 꼭 너 같네.

　왕샤가 뽀또를 안았다. 경호병들은 바닥에 방탄모와 총을 내려
놓은 채 그늘에 앉아 꾸벅꾸벅 졸고 있었다. 평소와 다름없는 아
르빌의 오후였다.

　그날 평소보다 빨리 작업을 접은 건 순전히 모래바람 때문이었
다. 티끌 없이 맑다가도 갑자기 돌변해 돌풍이나 토네이도가 이는
것이 사막의 기후였다. 방금 전까지의 맑은 날씨는 온데간데없고
순식간에 시야가 흐려졌다. 눈을 뜨기도 힘들 정도로 거센 모래

돌풍이 불어왔다. 한눈에 보기에도 심상치 않은 규모였다. 경험상 꽤 오랜 시간 지속될 게 뻔했다. 우리는 군용 선글라스와 마스크를 쓰고, 작업 물품을 정리했다. 남은 작업은 다음날로 미루고 철수하기로 결정했다.

급하게 지프에 타고 오 분 남짓 달렸을 때, 지축을 흔들 정도로 커다란 폭발음이 울렸다. 고개를 돌려보니, 방금 전까지 우리가 작업하던 학교 근처에서 커다란 불꽃이 피어오르고 있었다. 사람들의 비명소리가 허공을 울렸다. 시꺼먼 연기가 바람을 타고 순식간에 우리 쪽으로 몰려왔다. 나는 잽싸게 군장을 메고 빠른 속도로 방독면을 착용했다. 경호병들도 모두 무장을 하고 있었다. 그럴 리가 없다는 것을 알면서도 머릿속에는 생화학 무기와 독극물 같은 단어들이 떠다녔다. 왕샤는 몸을 축 늘어뜨린 채 검게 덮여버린 허공을 응시하고 있었다. 야, 뭐하는 거야. 내가 소리를 질러도 왕샤는 아무런 반응이 없었다. 나는 왕샤의 군장에서 방독면을 꺼내 얼른 왕샤의 얼굴에 씌웠다.

모든 게 순식간에 벌어진 일이었다.

난 그때 그 순간으로 말미암아 한 시절이, 인생의 아주 많은 것들이 순식간에 끝나버릴 수 있다는 것을 배웠다. 원한다면 뭐든 될 수 있다고 믿었던 시절, 세상의 꽤 많은 것들이 이미 다 정해져 있다는 사실을 몰랐던 시절, 다섯 개의 색만으로 무슨 그림이든 그릴 수 있다고 믿었던 시절이 그렇게 끝나가고 있었다.

그날 밤, 막사에 남은 것은 왕샤와 나뿐이었다. 후발대로 달려오던 분대원들 중 일부가 연기를 많이 마셨고 주둔지 내 구호센터로 후송되어 치료를 받게 되었다. 공립학교 근처의 시장에서 폭탄 테러가 일어났고 민간인 사상자가 발생했으며, 생각보다 피해 규모가 크다고 했다. 안전지대라고 여겼던 아르빌에서 일어난 테러에 부대에는 비상이 떨어졌다. 왕샤와 나에게는 막사에서 안정을 취하라는 명령이 내려졌다. 우리는 페인트가 묻은 작업복을 벗지도 않은 채 침대에 멍하니 앉아 있었다. 왕샤가 말했다.

아이들은 괜찮을까. 몽쉘이랑 소찬휘랑 뽀또는 지금 어떨까.

괜찮겠지. 아직 어린애들이 죽었다는 말은 못 들었으니, 괜찮아야지.

그건 그냥 연기였잖아. 그거 뭐 생화학 무기나, 그런 거 아니겠지? 그런 거 없는 거잖아, 그렇지?

나도 몰라.

다시, 볼 수 있을까. 그 아이들.

나도 잘 모르겠어.

이렇게 다들 죽거나 사라지는 거면 결국 내 인생에 남는 건 뭘까.

왕샤는 계속해서 내가 대답할 수 없는 질문만 했다.

어쩌면 그게 내가 될 수 있지 않을까, 하는 생각을 했지만 그것에 대해서 말하지는 않았다. 그것이야말로 왕샤가 가장 바라지 않는 일인 것만 같았다. 나는 대신 내가 할 수 있는 것들을 하기로 마음먹었다. 나는 쓸쓸해 보이는 왕샤의 뒤에 서서 왕샤를 안았다. 왕샤의 목덜미에서 진한 향수 냄새가 났다. 나는 눈을 감았다. 왕샤는 잠시 가만히 있다가 뭔가를 결심한 듯한 투로 조심스럽게 말했다.

전부터 묻고 싶었는데.

응. 뭔데.

너 나한테 하고 싶은 말이 있지 않아?

당연히 할말이 있었다. 할말이 너무 많았고, 최선을 다해 내가 할 수 있는 모든 얘기를 하고 싶었다. 너를 볼 때마다 자꾸만 어색해지는 내 모습을 숨기기 위해 안간힘을 다해왔다고, 넌 그저 더 철저히 자기를 속이기 위해 나를 밀어내고 있는 거잖아, 그건 너무 싸구려 퀴어 영화의 내러티브 같지 않니, 말하고 싶었다. 가장 묻고 싶은 것은 나의 존재였다. 도대체 너에게 있어서 나는 뭔데. 하지만 아무것도 말할 수도 물을 수도 없었다. 그는 이미 자기 자신을 향한 질문으로 가득차 보였으니까. 딱딱하게 경직된 그의 어깨와 절대로 뒤를 돌아보지 않는 뻣뻣한 목이 이미 나에게 너무 많은 것들을 알려주고 있었다. 게다가 그곳은 자이툰 부대였다. 폭탄이 터지고 사람이 죽어나가는 전쟁터에서 내 감정 따위, 모래 알갱이만도 못한 하찮은 것에 불과했다. 그것을 다 알고서도 한 발짝을 내딛기에는 난 아무런 용기가 없었다. 그래서 나는 왕샤의 어깨를 감고 있던 손을 거두었다. 그리고 말했다.

나는 전역하고 칸영화제에 갈 거야.

왕샤가 그게 뭐야, 말하며 피식 웃었다.

세상에 없는 근사한 영화를 찍을 거거든.

그날 밤 왕샤의 규칙적인 숨소리를 들으며 나는 한숨도 자지 못했다. 살짝 눈을 뜨면 옆 침대의 왕샤가 등을 돌리고 누워 있는 게 보였다. 그 등을 보고 있으면 생각이 많아졌다. 크고 완강한 벽 같은 그 등에 얼굴 같은 것을 그려보는 건 어떨까. 고개 돌린 왕샤의 미간에는 평소처럼 짙은 주름이 져 있겠지. 나의 얼굴은 어떠려나. 어떤 표정으로 잠든 그를 바라보고 있을까. 내가 아는 모습일까, 모르는 모습일까.

얼마 지나지 않아 우리는 주둔지를 떠났다. 우리의 마지막 벽화는 미완의 작품으로 남게 되었다.

벽화 제작 분대원들이 마지막으로 모두 모인 것은 C의 가게 개업식 날이었다. C는 파병 때 받은 돈을 모아 한 아파트 단지 상가에 이탈리안 파스타 가게를 여는 데 성공했다. 우리 중에서 유일하게 꿈을 이룬 그였다. 서울 외곽의 한 아파트 단지 상가에 도착한 우리는 모두 웃음을 터뜨릴 수밖에 없었다. 가게의 이름이 자이툰 파스타, 였다. C가 쑥스러운 듯 변명하는 어조로 말했다.

여기가 자이 부동산 자리였거든.

원래 간판 위에 페인트를 덧발라 자이툰 파스타, 가 됐다고 했다. 과연 간판을 자세히 보니 벽화를 그리던 때의 솜씨가 발휘돼 있었다. 자이툰 부대에서 번 돈으로 차린, 올리브 파스타 전문점이니 얼추 의미가 잘 맞아떨어지는 것 같기도 했다.

그날 C가 한 시간이나 걸려 만들어준 파스타는 기름에 젖어 축축하고 느끼했다. 우리가 억지로 파스타를 다 먹었을 때쯤 왕샤가 가게에 나타났다. 한 손에 델몬트 주스 세트를 든 채였다. 나는 반가운 기색을 감추기 위해 노력하며 왕샤에게 인사를 했다. 얼굴에 부쩍 살이 내려 있었다.

자이툰 파스타의 영업시간이 끝난 후 우리는 근처 모텔에 큰방을 잡고 밤새 술을 먹었다. 지급받은 파병비를 어떻게 탕진했는지가 술자리의 주제였다. 옆 소대의 누군가는 강원랜드에서 하룻밤만에 모든 돈을 날려버렸으며, A는 주식을 시작했고, B는 학자금 대출금을 모두 상환했다고 했다. 나는 졸업 작품을 만드느라 돈을 다 써버렸다고 고백했다. 왕샤가 말할 차례가 되었다. 왕샤는 세상 누구보다 평온한 표정으로 대학교 때 친구들과 술을 마시느라 보름 만에 천만원 돈을 다 써버렸다고 말했다. 강남의 클럽에 가서 테이블을 잡고 노느라 반 정도를 썼고, 나머지 반은 룸살롱에 가서 써버렸어. 나를 쳐다보고 있지는 않았지만, 그가 계속해서 나를 향해 말하고 있는 것처럼 느껴졌다. 나머지 분대원들은 형님 후기 좀 말씀해주십쇼, 난리를 쳐댔다. 나 여자친구도 생겼어. 왕샤는 분대원들에게 핸드폰을 돌리며 클럽에서 만났다는 여자친구의 사진을 보여주었다. 사진을 본 분대원들이 호들갑을 떨어댔다. 와, 예쁘네. 형님 대단하십니다. 왕샤와 분대원들의 입을 틀어막고 싶었다. 나는 대화에 동참하지 않고 연거푸 술을 마셨다. 그날 가장 먼저 뻗어 잠든 건 나였다.

새벽녘 나는 누군가의 손길에 잠에서 깨어났다. 방 한구석에 누워 있는 내 사타구니에 손을 얹은 것은 왕샤였다. 분대원들은 모두 코를 골며 자고 있었다. 왕샤는 익숙한 손길로 내 바지를 내렸다. 나는 눈을 뜨고 왕샤의 얼굴을 바라보았다. 왕샤의 표정은 담담하고 평온해 보였고 눈은 푹 파인 채 텅 비어 있었다. 나는 왕샤의 팔을 붙잡고 속삭였다. 왜 이래. 왕샤는 아랑곳하지 않고 계속 내 옷을 벗겼다. 그리고 말했다. 네가 원하던 게 이런 거 아니었어? 나는 눈을 질끈 감았다. 괜히 울고 싶은 기분이었지만 당연히 눈물은 나지 않았다. 대신 숨소리가 새어나가지 않게 입술을 깨물었다. 숨을 참는 동안 내가 너무나도 좋아했던 그가 더이상 이 세상에 없다는 사실을 깨달았다. 그를 좋아했던 시절의 나, 그의 뒷모습을 바라보고 있던 나조차도 이미 이 세상에는 없는 존재라는 것도 알 수 있었다. 그때의 우리가 느꼈던 감정은 모래바람처럼 한순간에 우리를 휩쓸고 지나가버린 것이었다. 생각이 거기에 미치자 정말 눈물이 날 것 같았지만 울지는 않았다. 신파는 영화로 족했다.

사정을 하고 난 후 나는 왕샤의 몸을 안았다. 그의 몸이 부피감 없이 내 양팔 안에 들어왔다. 살이 많이 빠진 것 같았다. 다시 거식증을 앓는 것일까. 그는 아무 말도 하지 않았고 움직이지도 않았고 숨을 쉬고 있지도 않은 것처럼 그저 가만히 내게 안겨만 있었다. 나는 그를 안았던 손을 거두고 바지를 올렸다. 그리고 발소리를 죽이며 밖으로 나갔다. 절대 뒤를 돌아보지는 않았다.

그뒤로도 간헐적으로 벽화 제작 분대원들의 모임이 지속되었지만, 왕샤가 나온 적은 한 번도 없었다. 몇 번이고 그에게 연락하고 싶은 충동을 느꼈지만 참았다. 그것이 나 자신을 위한 최선이라고 믿었다. 몇몇이 그에게 연락을 시도해보았지만 소식이 완전히 끊어졌다고 했다. 얼마 지나지 않아 왕샤가 자살을 했다는 소문이 돌았다. 설마, 그럴 리가 없잖아. 나는 난생처음 왕샤의 번호로 전화를 걸었다. 착신이 금지된 번호라는 안내 메시지가 흘러나왔다.

그다음 해, 나는 뜻밖의 연락을 받았다. 한 성소수자 인권 단체에서 주목받지 못했던 퀴어 영화들을 모아 작은 상영회를 열 것이라고 했다. 인권 단체의 간사는 영화제에서 내 첫번째 장편영화 〈알려지지 않은 보편의 사랑〉을 봤으며, 가능하다면 이번 상영회에 그 작품을 포함시키고 싶다고 했다. 당시 한국에 존재하는 거의 모든 배급사에서 개봉을 거절당했던 터였다. 나는 자리에서 일어나 고개를 숙이며 말했다. 정말, 정말로 감사합니다.

서울 외곽에 위치한 대안 문화 공간에서 내 마지막 상영회가 열렸다. 목요일 오후, 나는 총 일곱 명의 부지런한 관객과 함께 나의 영화를 감상했다. 오래된 공업사를 개조해 만들었다는 문화 공간은 소리가 많이 울렸다. 그래서인지 그간 숱하게 봐왔던 내 영화가 마치 처음 보는 것처럼 낯설게 느껴졌다. 그날 칠십팔 분짜리 내 첫번째 장편영화를 보고 깨달은 진실은 단 하나였다.

나는 정말 아무것도 아니다.

내 영화는 별로 특별할 게 없는 사람들이 별로 특별할 것도 없는 사랑을 하다 맥빠지게 끝나버렸다. 주인공이 게이라는 것 말고는 아무런 특색도 가치도 없는 그런 영화. 굳이 장편 분량의 서사일 필요도 이유도 없었다. 고작 이것을 위해, 그 모든 것들을 견디고 버티고, 또 버리며 여기까지 온 것이라니. 미자의 말이 옳았다. 내 영화는 만들어지지 말았어야 했다. 나는 그저 나 자신에 취해 있었을 뿐, 실은 아무것도 제대로 보지 못했던 것이다. 엔딩 크레디트가 다 올라가고 난 후 관객들이 밖으로 나갔다. 그들에게 미안하다는 생각을 하며 조금 울었다. 혐오스런 자기 연민에 젖어, 신나게 울어볼까 각을 잡는 와중에 키가 큰 남자가 나에게 다가왔다.

오랜만이다.

전보다 조금 더 나이들고 조금 더 까매지고, 그래서 가뜩이나 푹 파인 눈이 더 깊어져버린 왕샤가 내 눈앞에 서 있었다. 나도 모르게, 너 죽은 거 아니었어? 해버렸다. 왕샤는 내게 목소리가 왜 그러냐고 물었다. 나는 콧물을 삼키며 말했다.

알레르기.

우리는 함께 웃었다.

일 년 만에 향한 자이툰 파스타의 불은 꺼져 있었다. 닫힌 유리문을 통해 안을 들여다보니 전단지며 고지서 같은 게 잔뜩 쌓여 있었다.

오픈한 지 얼마 되지도 않았는데……

다른 곳에 가기에는 너무 출출했던 터라 우리는 그냥 상가 일층에 있는 편의점에서 도시락과 소주를 샀다. 편의점 앞 플라스틱 테이블에 판을 깔아놓고 술을 마셨다. 왕샤가 종이컵에 소주를 따라 넣으며 말했다.

나는 맥주가 싫어.

나도 싫어해. 배만 부르고 맛도 없잖아. 술은 소주지.

네가 뭘 좀 안다. 우리 몰랐던 공통점이 많네.

그러게.

왕샤는 중견 여배우의 이름이 적힌 도시락을 흡입하듯 먹으며, 내게 자신의 근황을 말해주었다. 대학원에 진학했다 돈이 없어 한 학기 만에 때려치워버렸으며, 취직자리를 알아보다 농협의 계약직 텔러가 됐다고 했다. 왜 하필 은행에 들어갔냐고 물으니, 별다른 이유는 없고 붙은 데가 거기뿐이라고 답했다. 남자답고 듬직하게 생겨서 뽑았다고 하더라고. 웃기지. 실은 정반대인데. 그리고 왕샤는 내게 너는 정말 영화감독이 됐구나, 멋지다, 라고 말했고 나는 아무 대답도 할 수가 없어서, 그냥 종이컵을 만지작거렸다. 왕샤가 조심스럽게 내게 말했다.

근데 오늘 네 영화 말이야.

나도 알아. 쓰레기인 거.

뭔 소리야. 난 재밌게 봤어.

그래. 빈말이라도 고마워.

그런 얘기를 하려고 했던 건 아니고, 영화가 꼭 너 같다고, 그 말을 하려고 했어.

도대체 어디가 나 같은데?

캐릭터들이 맨날 술이나 처먹고, 섹스나 하고 그런 거.

맞네.

영화 보는 내내 꼭 네가 나한테 말을 걸고 있는 것처럼 느껴졌 다면 너무 자기중심적인 생각인가.

몰라. 다른 얘기 해.

근데 너는 하나도 안 변했다. 얼굴도 그대로고.

너는 좀 늙었네.

절대 형이라고 부르지 않는 그 버르장머리도 여전하고 말이야.

우리는 낄낄대며 건배를 했다. 왕샤는 술을 연거푸 들이켰다. 그리고 자못 진지한 표정으로 말했다.

오늘 여기 온 건, 사실 꼭 하고 싶은 말이 있어서야.

무슨 말을?

예전부터 쭉, 미안하다고, 하고 싶었어.

뭐가 미안한데.

그냥 모든 게, 다.

이제 와서, 뭘.

그래도 언젠가는 꼭, 얘기하고 싶었어. 그때 내가 안 좋은 상태였어. 나 자신을 받아들이기가 힘들었고, 그래서 본의 아니게 너를 많이 힘들게 한 것 같아.

나는 대답하지 않고 소주를 들이켰다. 묻지도 않았는데, 왕샤는 연락이 끊겼던 동안 일어났던 일에 대해 말하기 시작했다.

왕샤가 자살했다는 소문의 절반은 진실이었다. 실제로 수차례 자살 시도를 했으나 미수에 그쳤고, 폐쇄 병동에 몇 달 동안 입원해 치료를 받았다고 했다. 살이 많이 빠졌으며 머리숱이 줄었고, 그 무렵의 기억이 별로 없다고도 했다. 그때 빠진 근육이 아직도 제대로 복구가 안 됐다고, 여전히 굵은 자신의 팔뚝을 쓰다듬으며 말했다.

이제는 안 그래. 다 변했어. 다 변한 거까지는 아니겠지만 훨씬 나아졌어. 네가 꿈을 이뤄 성공한 감독이 된 것처럼.

성공은 개뿔. 이천만원으로 관객 수 일곱 명짜리 영화를 찍었답니다.

관객의 규모가 아주 순수예술인데? 진짜 예술가는 내가 아니라

너다. 너.

함께 배를 잡고 웃었다. 입꼬리가 활짝 올라가는 그의 미소는 내가 잘 아는 모습이었다. 내일 모든 걸 다 잃어버릴지라도 일단은 웃고 보자는, 대책 없이 해맑은 그 얼굴. 그 빛나는 모습으로 말미암아, 그 시절의 내가 그를 얼마나 좋아했는지 떠올릴 수 있었다. 나는 웃는 왕샤를 껴안았다. 왕샤도 나를 꽉 안았다. 우리는 어느 아파트 단지 상가에서 서로를 안은 채 한동안 가만히 있었다.

그날 밤 우리는 1차만으로는 술이 부족하다는 판단에 이태원의 바에서 2차를 가졌다. 그러다 사람이 없는 목요일의 게이클럽에 진출해 새벽 다섯시까지 춤을 추다 근처의 모텔에 갔다. 섹스를 할까 했지만 발기가 잘 되지 않고 간지럽기만 해 그냥 손만 잡고 잤다. 자고 일어나서는 옷을 다 벗은 채 나란히 서서 양치질을 했다. 서로의 부은 얼굴을 보며.

그렇게 우리는 술에 취하면 더욱 빠른 속도로 취해야 한다는 주사를 가지고 있다는 공통점으로 다시금 가까워졌다. 이번에는 인간 대 인간으로. 성적 욕망이 걷힌, 맑고 투명한 관계로 남아 인생의 가장 고단한 시절을 함께하는 중이다. 그리고 요즘도 누구보다도 넓고 단단한 그의 등을 보며 나는 그 시절의 그와, 나아가 그를 좋아하는 마음조차 제대로 받아들일 수 없었던 그 시절의 나 자신과 화해하기로 결심했다.

불가능한 것을 꿈꾸는 건 예나 지금이나 똑같았다.

*

　순대국밥집에서 온갖 소동을 일으키고 나니 도통 술이 넘어가
지를 않았다. 결국 우리는 소주를 반 넘게 남기고 자리에서 일어섰
다. 술을 남긴다는 건 우리에게 단 한 번도 없었던 일이었다. 왕샤
와 함께 힘없이 거리를 걸었다. 한 걸음 내디딜 때마다 왕샤가 재채
기하는 소리가 들렸다. 사거리에 접어들었을 때 굉음을 내며 차 한
대가 도로를 달려왔다. 은색 아우디였다. 왕샤가 소리쳤다.

　저 차 잡아.

　어?

　샤넬 새끼들 차야 저거.

　도대체 저 차를 잡아서 뭘 어쩌려는 건지는 모르겠지만, 일단
우리는 아우디를 따라 달리기 시작했다. 달리다보니 어느덧 나는
나 자신을 아우디를 따라잡기 위해 태어난 사람처럼 느끼게 되어
버렸다. 최선을 다해 뛰어보았지만 인간이 아무리 빠르다 한들 차
를 따라잡을 수는 없는 일이었다. 은색 아우디는 신호를 무시한
채 길 저편으로 사라져갔다. 왕샤는 바닥에 주저앉아 차가 사라진
방향을 향해 소리쳤다.

　전범국의 차를 모는 매국노 새끼들아! 더러운 이성애자들아!

　거리에는 우리 두 사람만이 남았다. 미세먼지를 뚫고 동이 터
오고 있었다. 이마에서 흐른 땀 때문인지 미세먼지 때문인지 눈이

따가웠다. 나는 자리에 주저앉은 왕샤를 일으켜세웠다. 왕샤는 울고 있었다.

왜 이래 왕샤. 너 취했어.

우리 완벽히 졌어. 마이크 하나 제대로 훔치지 못했어.

울지 마. 마이크값 그거 얼마 하지도 않아.

망했어. 다 뺏겼어. 마이크도, 무용도, 아빠까지도. 내가 사랑하는 건 모조리 다 없어져버렸다고.

왕샤는 바닥에 주저앉아 아빠, 아빠, 소리를 지르며 본격적으로 울기 시작했다.

야, 뚝 그쳐. 너 서른다섯이야. 그런다고 아빠가 돌아오겠니.

아빤 죽었겠지. 다들 죽어 없어진 거겠지. 망해버린 거겠지.

아니. 그런 건 망했다고 하는 게 아냐. 완성된 거야. 너희 아버지는 성공한 인생을 완성한 거고, 왕샤 너는 현대무용이라는 꿈을 완성해버린 거고, 우리는, 그러니까 우리의……

우리의 꿈도, 감정도 그 자리에서 그렇게 다 완성돼버린 거였어. 말을 해야 하는데 눈물이 날 것 같아서 말을 이을 수가 없었다. 왕샤는 내 말을 들은 척도 하지 않고 신나게 울어댔다. 자기연민이나 광기가 예술의 조건이었다면 우리는 이미 세계적인 예술가가 됐어야 했다. 우는 왕샤를 달래고, 회유하고, 때리기까지 해봤지만 별 소용이 없었다. 특유의 뚝심 있고 성실한 성격이 이런 데까지도 반영되는 것 같았다. 어떻게 해야 하나 고민하다 문득 깨달았다. 왕샤를 위로하는 방법은 언제나 하나였다.

예술.

나는 핸드폰을 들어 노래를 틀었다. 유채영의 테크노 넘버가 거리를 울렸다. 그때는 몰랐었어 누굴 사랑하는 법. 나는 노래에 맞춰 춤을 추기 시작했다. 내가 길바닥에서 춤을 추고 있다는 것을 깨달았을 때는 정말 취했구나 싶었는데, 스스로 취한 것을 아는 걸 보니 아주 망한 건 아니라 다행이라는 생각을 하며 계속 춤을 추었다. 왕샤의 말처럼 유채영은 최고의 아티스트인 게 분명했다. 구성진 그녀의 목소리를 듣다보니 절로 춤이 나왔다. 왕샤를 위로하기 위한 애초의 목적은 잊은 채, 오히려 내가 더 신이 나서 춤을 추게 되었다. 어느덧 눈물을 멈춘 왕샤가 가방에서 소주병을 꺼냈다. 그 와중에 순대국밥집에서 챙겨온 거라고 했다. 왕샤는 술을 병째로 들이켠 후 취기가 가득한 목소리로 내게 소리질렀다.

넌 도대체 잘하는 게 뭐냐.

관객의 수준에 맞는 새로운 장르의 춤을 춰야 할 것 같았다. 나는 심호흡을 한 뒤 바닥에 앉아 동그랗게 몸을 말았다. 그리고 순식간에 몸을 펴, 하늘을 향해 힘차게 뛰어올랐다. 즉흥으로 만들어낸 것이라고는 믿을 수 없을 만큼 절도 있는 안무였고, 내가 다 눈물이 날 것 같았다. 왕샤는 그런 나를 보고 낄낄대며 웃었다.

그건 도대체 뭔 춤인데.

현대무용입니다. 작품의 제목은, '나는 세상의 아주 작은 점이다'.

왕샤가 고개를 저으며 말했다. 제목이 좀 잘못됐어. 자리에서 벌떡 일어난 그는 마치 샴페인 잔으로 건배를 하는 것처럼 소주병을 치켜들었다. 그리고 외쳤다.

우리는 세상의 작은 점조차 되지 못했다!

그의 말이 맞았다. 우리는 세상의 아주 작은 점조차 되지 못했다. 점은커녕 그 어떤 것도 되지 못했다. 인생을 걸고 했던 일들은 모두 아무것도 아닌 것들이 되어버렸다. 칸영화제를 가기는커녕 제대로 된 퀴어 영화를 찍지도 못했고, 현대무용가가 되지도 못했다. 보란듯이 사랑을 하지도 못했고, 내가 누구인지 어떤 감정을 느끼는지조차 제대로 알지 못한 채 어영부영 나이만 처먹었다. 동성애자이면서 제대로 동성애를 하지도 못했고 그것도 모자라 이성애자들로부터 마이크 하나조차 제대로 훔치지 못했다. 이토록 철저한 실패는 영화에서도 찾아보기 힘들 정도다. 우리는 망했다. 망해먹은 채 아무것도 되지 못했다. 우리는 웃고 떠들고 술 먹고 섹스하다 죽을 줄이나 아는 동성애자들일 뿐, 그 이상의 아무것도 되지 못했고, 되지 못할 것이다. 우리는 애초에 아무것도 아니었고, 아무것도 아니며, 그러므로 영원히 아무것도 아니다.

정말, 아무것도 아니다.

조의 방

일을 마친 후 창문 앞에 서서 담배를 피웠다. 검은 유리창에 바니의 얼굴이 비쳤다. 노란 가발이 땀에 젖어 이마에 엉겨붙어 있었다. 붉은 눈, 토끼 머리띠를 하고 있는 내 모습이 이제는 꽤 익숙했다. 콘솔 위에 올려놓았던 아이스커피를 들이켰다. 그래도 갈증이 가시지 않아 안에 있는 얼음까지 모조리 씹어 먹었다. 일을 마친 후 아이스커피를 마시는 게 습관처럼 굳었다.

남자가 몸을 뒤척이며 신음소리를 냈다. 침대머리에 걸어놓은 수갑이 팽팽하게 당겨졌다. 가방에서 열쇠를 꺼내 남자의 팔목에 감긴 수갑을 풀었다. 팔목에는 쓸린 자국이 나 있고, 등과 엉덩이에도 푸르게 멍이 들어 있었다. 나는 그것을 노동의 증거라고 불렀다. 콘솔 위에 올려진 돈을 토트백에 넣고 객실 문을 열었다. 예

약이 연달아 잡혀 시간이 촉박했다. 다행히 걸어서도 갈 수 있을
만큼 가까운 거리의 건물이었다.

오피스텔에 들어서자마자 곧바로 화장실로 향했다. 로비 구석
에 앉은 경비원의 시선이 내 등을 좇는 게 느껴졌다. 나는 화장실
의 장애인 칸으로 들어가 닫힘 버튼을 눌렀다. 유리문이 닫혔다.
토트백을 선반에 내려놓자 노트북과 가발, 진갈색의 마 로프가 가
방 밖으로 삐쭉 튀어나왔다. 나는 빠르게 가죽옷을 벗어 가방에
집어넣고, 흰 원피스를 꺼내 입었다. 그리고 거울 앞에 서서 가발
을 벗고 화장을 지웠다. 바니의 붉은 입술과 눈두덩의 펄이 빠르
게 지워졌다. 이제 유나의 얼굴이 되어야 할 차례였다. 시간이 촉
박했지만 다행히 유나는 간단한 메이크업만 하면 되는 캐릭터였
다. 아이라인을 그리고, 핑크빛 아이섀도를 옅게 발랐다. 핀셋으
로 인조 속눈썹을 집어 속눈썹 위에 붙였다. 접착제가 마르기를
기다린 후 렌즈 케이스에서 컬러 렌즈를 꺼내 동공에 올려놓았다.
눈을 몇 번 깜빡이자 청회색 눈동자가 드러났다. 잠시 거울을 바
라보다 가방에서 긴 생머리 가발을 꺼내 썼다. 내 얼굴이지만 나
와는 다른 사람이었다.

거울 속에 유나가 있었다.

엘리베이터를 타고 꼭대기 층인 삼십층 버튼을 눌렀다. 엘리베

이터 한쪽 벽면에 채광창이 나 있었다. 나는 유리창에 손을 짚은 채로 도시의 전경을 바라보았다. 유리창을 통해 본 도시는 검은 물속에 잠긴 것처럼 보였다. 건물과 건물 사이를 어둠이 가득 채우고 있었다. 엘리베이터가 속도를 내자 몸이 아주 조금 떠올랐다. 마치 진공관 속에 있는 것 같은 기분이었다. 높이 올라갈수록 더 많은 것들이 더 희미하게 보였다. 손바닥에 땀이 맺혀 유리가 끈끈하게 느껴졌다. 손의 온도가 조금씩 올라가는 것 같은 기분이 들었고, 살이 닿는 부분마다 유리가 페인트처럼 흘러내릴 것 같았다.

유리는 고체가 아주 높은 온도에서 끓어올랐다가 투명하게 녹아버린 상태를 의미해. 우리가 보고 있는 모든 유리는 인간이 인식하지 못할 만큼 아주 천천히 흐르고 있는 액체인 거야.

문득 떠오르는 조의 목소리. 그는 나에게 사소한 상식이나 실없는 얘기를 전해주는 것을 좋아했다. 아마도 함께 대학을 다니던 때였을 것이다. 조가 펜으로 내 손등에 뭔가를 썼다.

우리는 하나인 상태.

나는 낙서를 하는 조의 손을 살짝 치고, 손등의 글씨를 문질렀다. 잉크는 잘 지워지지 않았다.

유리창에 대고 있던 손이 축축해졌다. 손을 치마에 닦았다. 삼십층에 도착해 엘리베이터 문 앞에 섰다. 유리문에 피곤해 보이는 한 여자가 비쳤다. 살구색 립스틱을 꺼내 입술에 덧바르니 한결 더 유나의 얼굴로 보였다. 이가 드러나게 활짝 웃어보았다. 엘리베이터 문이 열렸다. 웃는 얼굴이 반으로 갈라졌다.

삼십층엔 문이 하나밖에 없었다. 가까이 다가서자 불투명한 문이 자동으로 열렸다. 문 뒤에 남자가 서 있었다. 남자는 주름이 하나도 잡히지 않은 깨끗한 셔츠와 면바지를 차려입고 있었다. 가죽으로 된 실내용 슬리퍼를 신고 있어서 걸을 때 발소리가 들리지 않았다. 얼굴에서 노화의 기색을 찾을 수는 없었지만 풍기는 분위기는 중후했다. 나이를 종잡을 수 없는 모습이었다. 나는 남자를 따라 집안으로 걸어들어갔다.

남자의 집은 인테리어 잡지의 한 페이지를 그대로 옮겨놓은 것 같았다. 천장이 높고 벽 없이 탁 트인 구조라서 몹시 넓어 보였다. 신형 가전제품과 가구들이 알맞은 자리에 배치되어 있었다. 남자의 외관처럼 몹시 깔끔한 집이었지만 이상한 점이 하나 있었다. 욕실 안에 있어야 할 샤워 부스가 거실 한복판에 놓여 있었다. 허허벌판에 놓인 큰 화병처럼 뜬금없어 보였지만, 티를 내지는 않았다. 나는 유나이니까. 나는 소파에 가방을 내려놓고 다소곳하게 다리를 모으고 앉았다. 남자가 나를 보고 상기된 표정으로 말했다.

역시. 당신은 제가 원하는 걸 줄 수 있는 분입니다.

물론이죠. 제가 제공해드릴 수 있는 서비스를 알려……

남자가 두번째 손가락을 들어 나의 말을 막았다.

일단 제 얘기를 들어보시죠. 시간을 할애할 만한 가치가 있는 이야기입니다.

예. 그러십니까. 일단 제가 해드릴 수 있는······

남자는 계속해서 내 말을 끊고 자기 할말만 했다.

지금부터 제가 하는 얘기를 받아들이기 힘드실 수도 있습니다. 저에게는 아무에게도 털어놓지 못할 비밀이 하나 있거든요. 나이가 많지 않은 제가 이뤄놓은 것들을 보고, 사람들은 흔히 부모님의 덕을 봤다고 생각하곤 하더군요. 사실 저는 가진 것 없이 태어나 자수성가한 사람입니다. 가난할 때는 세상의 모든 것이 제게 등을 돌리고 있는 것 같았습니다. 그 누구도 제가 그 자리에 있다는 것을 눈치채지 못했죠. 그때의 저는 마치 공기처럼 없는 존재가 되는 데 익숙했습니다. 그런데 제가 돈, 이라는 것을 벌고 나자 모든 것들이 달라져버렸습니다. 다들 저를 찾고, 저를 바라보고, 제게 미소 지었습니다. 관심은 마약 같은 것이더군요. 처음에 저는 사람들 사이에 있는 제가 너무나도 좋았습니다. 더 많은 사람들의 더 많은 관심을 갈구하며, 그들의 시선 끝에 내가 있다는 사실에 감사하며 하루하루를 보냈습니다. 그러나 얼마 지나지 않아 깨닫고야 말았습니다. 그들이 보고 있는 게 제가 아니라는 사실을요. 그들은 저를 통해 성공에 대한 희망을 보고 있었습니다. 그들은 그저 저를 성공의 도구로 여겼을 뿐, 애초에 제가 누구인지 관심도 없었던 것이죠. 그것을 깨달은 후 저는 진짜를, 진정성 있는 삶을 찾아 나서는 사람이 되었습니다.

그렇군요.

처음에는 이런 제 욕망을 받아들이는 게 힘들었습니다. 교회 사람들에게 털어놓을 수 없는 비밀이 생기는 게 두렵기도 했고요. 저 자신을 고치기 위해 노력도 해보았습니다. 기도 모임에도 나가고 치료의 은사를 받은 분들을 찾아다니기도 해보았죠. 그러나 아무것도 바꿀 수 없었습니다. 저는 남들과는 다른, 진짜를 바라는 사람이었던 것입니다.

이야기가 점점 더 길어지고 있었다. 경험상 자신의 이야기가 가치가 있다고 믿는 사람일수록 권위적이고 고압적인 성격을 가졌을 확률이 높았다. 작가나 교사, 목사가 가장 고위험군의 고객인 것도 그런 이유에서였다. 그러나 길고 지루한 대화도 예약된 시간을 소진하는 효율적인 방법 중 하나이긴 했다. 일전에 도심 외곽의 요가센터로 유나를 호출한 고객의 경우가 그러했다. 요가센터는 폐업 후 종교단체의 도량으로 사용되고 있었다. 오십대쯤 되어 보이는 남자는 나에게 공허한 죽음의 기운이 서려 있다며, 제사를 지내야 한다고 했다. 나는 요가 매트에 앉아 그들의 손을 잡았다. 그들은 나를 위해 물을 뿌렸고, 울었고, 나에게 슬픔과 죄를 고백하라고 했다. 별달리 고백할 게 없었던 나는 결국 있는 힘을 다해 사는 게 힘드네요, 라고 한마디를 짜낸 후 콧물을 두어 번 삼켰다. 그들은 몹시 감동한 표정으로 내 마음을 다 이해하고 있으며, 자신들도 같은 길을 걸어왔다고 했다. 그리고 자신들이 신의 은총으로 새로운 삶을 살게 된 것처럼 나 역시 새로운 삶을 살게 될 것이

라고 했다. 어쨌든 매일 다른 삶을 살고 있기는 했으므로 틀린 말
은 아니었다. 그들은 내게 약속한 금액을 지불했다. 만족스러웠던
노동의 날로 기억하고 있다. 남자도 뭐 그런 방식으로 전도를 하
는 것일까. 옵션에 포함되지 않은 요구만 하지 않는다면 상관없지
만 지루하게 느껴지는 건 별수없었다. 남자는 자리에서 벌떡 일어
나 내 앞에 섰다. 그리고 자신만만하게 말했다.

　진짜를 맛본 사람들에 대해서 알고 계십니까.

　잘 모르겠습니다만. 알려주시겠어요?

　예. 단도직입적으로 말하죠. 전 당신의 배설물이 필요합니다.

　배설물을 요구하는 남자의 말투나 태도가 너무나도 정중해서
대단히 귀중한 물건이나 지분 같은 것을 양도하라는 것처럼 느껴
졌다. 이럴 때 당황하거나 불편한 기색을 내비치는 것은 유나의
직업윤리에 어긋나는 행동이었다. 사실 당황할 것도 없었다. 내가
상대하는 다른 고객들에 비하면 남자의 요구는 평범한 편에 속했
으니까. 자신의 성기에 크고 무거운 과일을 던져달라고 요구한 고
객에게는 사과 여덟 알과 배 세 알, 멜론 네 개를 순차적으로 던져
주었다. 엎드린 자신의 등에 성경책을 올려놓고 읽어달라고 한 고
객도 있었다. 그는 요한묵시록 페이지가 넘어가는 소리를 들으며
수음했다. 제공하는 서비스가 희소할수록 가치가 높아졌으므로
내게는 손해 볼 것이 없는 장사였다. 그런데 지금 나는 이 남자 앞
에서 정체 모를 당혹스러움과 불편함을 느끼고 있었다.

남자는 거실 한가운데에 있는 샤워 부스로 다가가 문을 열었다. 부스 안엔 투명한 크리스털 좌변기와 금박을 입힌 샤워기가 설치되어 있었다. 변기는 세공사가 만든 공예품처럼 정교하게 조각되어 작은 우물처럼 보였다. 사용하기 위해서라기보다는 보여주기 위해 만들어진 공간 같았고, 그래서 일종의 미술 작품처럼 느껴지기도 했다. 남자는 그곳을 제단, 이라고 불렀다.

제단에서 필요한 것을 공급해주시면 됩니다.

아, 그것은……

남자는 내 말을 끊고 자신이 내 배설물을 사야만 하는 이유에 대해 일방적으로 늘어놓았다.

역사적으로 대변, 그러니까 인분을 이용해 욕망을 채운 경우는 수없이 많습니다. 메소포타미아 지방에는 싸움에서 이긴 부족이 진 부족의 인분을 섭식하는 풍습이 있었습니다. 이는 피지배층의 본질을 꿰뚫어본다는 의미를 담고 있습니다. 일본의 토속신앙 중에는 똥을 신으로 모시는 교단도 존재합니다. 정조 시절에는 왕실의 기인들이 창작활동에 임하기 전에 똥을 섭식했다고 하더군요. 똥만큼 인간의 본질에 닿아 있는 대상은 없습니다. 내장에서 나온 배설물이야말로 인간의 근간이자 존재의 기초일 수밖에 없습니다. 그러니까 진짜, 라는 말이죠.

나는 입술에 힘을 주고 하품을 참았다. 눈가에 눈물이 고였다. 남자는 그런 나를 보며, 내가 일종의 동정심이나 동질감 같은 것을 느끼고 있다고 판단한 것 같았다. 남자가 더욱 신나서 이야기를 늘어놓기 시작했다.

맞습니다. 이런 저를 이해하실 거라고 믿었습니다.

차라리 개랑 얘기하는 게 낫겠다 싶은 생각이 들었지만 그것은 유나에게 적합한 발상은 아니었다. 나는 애매하게 미소 지으며 고개를 끄덕였다.

남자는 주기적으로 똥을 공급해주면 그때마다 거액을 지급하겠다고 했다. 평소에 내가 한 시간 일하고 받는 돈의 다섯 배 가까이 되는 금액이었다. 그는 지금처럼 불안정한 시대에 배설물만큼 안정적인 생산과 수입이 보장되는 상품이 어디 있겠느냐는 말도 덧붙였다. 투자 설명회에서 자본을 유치하는 젊은 사업가 같았다. 연설을 마친 남자는 자신만만한 표정으로 나를 바라보았다. 나 또한 화사한 표정을 무너뜨리지 않고 애교 섞인 목소리로 대답했다.

스캇 플레이는 제 옵션 사항이 아니세요, 고객님. 다른 분에게 요청하시면 될 것 같습니다.

남자의 이마에 땀이 고이기 시작했다. 입이 마르는지 말할 때마다 입술이 쩍쩍 붙었다.

아닙니다. 꼭 당신이어야만 합니다.

그게 무슨 말씀이신지.

남자는 갑자기 리모컨을 들어 텔레비전을 켰다. 그리고 볼륨을 최고로 올렸다. 거실 곳곳에 놓인 커다란 스피커에서 소리가 울리기 시작했다.

새까맣던 텔레비전 화면 속에 한 남자의 얼굴이 반짝 떠올랐다. 화면 속의 남자는 젊다기보다는 앳된 것에 가까운 얼굴이었다. 어린 남자는 골똘한 표정으로 촬영되고 있는 카메라를 확인하고 침대로 가서 누웠다. 남자는 옷을 입고 있지 않았다. 희미하게 물소리가 들렸다. 그는 침대에 누워 한참 핸드폰을 만지작거렸다. 방안은 어두웠다. 커튼 사이로 햇빛이 희미하게 새어들어왔고, 남자의 얼굴에 길게 코 그림자가 내려앉았다. 이따금 다리 모양의 그림자가 방안으로 드리워졌다가 사라졌다. 침대 뒤쪽 벽에 무지갯빛으로 홀로그램이 반사됐다. 자세히 보니 벽에 스티커 사진이 잔뜩 붙어 있었다.

물 떨어지는 소리 사이로 노랫소리 같은 게 들렸다. 찬송가였다. 믿음, 사랑, 구원과 같은 단어들이 물소리와 함께 희미하게 부서졌다. 기시감이 일어났다. 당연한 일이었다. 내가 아주 잘 아는 공간이었으니까.

화면 속의 방은 조의 방이었다.

그 시절, 나의 어깨는 언제나 활처럼 동그랗게 접힌 채로 굳어 있었다. 등록금과 생활비를 벌기 위해 하루종일 일을 했고 매 순간 팽팽하게 긴장하며 살았기 때문이었다. 수업을 들은 후 자정이 다 될 때까지 일을 하고 집에 들어오면 아무것도 하지 못하고 쓰러져

자기 일쑤였다. 일요일. 일주일 중 단 하루가 내게 허락된 유일한 휴식의 시간이었다. 나는 그 순간을 조와의 시간으로 채웠다.

조의 방에 누워 있으면 창문을 통해 사람들의 발이 지나가는 게 보였다. 그곳에서 창문을 열면 먼지가 방바닥으로 내려앉았다. 비가 오면 창을 타고 빗물이 흘러내려와 벽지가 축축해졌다.

우린 일요일마다 그 방에 온종일 누워 있었다. 무료하게 늘어져 잠을 자다보면 시끄러운 음악 소리가 들려왔다. 베개를 뒤집어써도 노랫소리는 집요하게 머리를 울렸다. 조는 바로 옆 건물이 교회이기 때문에 일요일마다 이런 고문을 당할 수밖에 없다고 했다. 자세히 들어보니 노래 가사에 믿음과 사랑, 구원과 같은 단어들이 가득했다.

우리는 우리 나름대로 믿음과 사랑에 대처하는 방법을 찾았다. 노랫소리가 들리기 시작하면 키스를 하고 간증이 이어질 때쯤 섹스를 했다. 사람들이 짐승처럼 울부짖는 소리가 들리면 우리도 함께 소리를 질렀다. 난 밧줄을 잡듯이 조를 안았다. 조의 등을 파고드는 열 개의 손가락엔 나의 일상이, 그러니까 간신히 지탱해온 나의 삶이 모조리 걸려 있었다. 조 역시도 한몸인 것처럼 나를 그러안았다. 조가 뜨거워진 채로 내 속에 들어왔고, 나도 뜨거워졌다. 우리는 같은 속도로 달아올라 함께 끓었다.

조와 섹스에 열중하다보면 모든 것들이 투명해졌다. 조의 살결이 닿은 부분이 흘러내리기 시작했다. 내 손끝이 파고들어 있던 조의 등도 녹아내렸다. 움직일 때마다 우리의 몸이 조금씩 뭉크러졌다. 외피부터 천천히 몸이 흘러내리고, 뼈대만 남은 우리는 퍼즐처럼 서로 갈비뼈를 맞댄 채로 누워 있었다. 신경과 뇌까지 다녹아 없어져버렸고, 그래서 아무런 생각도 할 수 없었다. 결국 우린 액체가 되어 방안에 고여버렸다. 창문으로 들어오는 햇살이 우리의 몸을 통과해 방바닥에 맺혔다.

섹스를 마치고 땀에 젖어 침대에 쓰러질 때쯤 예배의 끝을 알리는 종소리가 울렸다. 그리고 신도들이 꾸역꾸역 거리로 쏟아져나왔다. 우리는 함께 누워 창문으로 그들의 가벼운 발걸음을 보았다.

섹스를 하고 나면 몹시 배가 고팠다. 나는 조의 발가락을 입에 집어넣었다. 조는 내 손가락을 물었다. 우리는 손가락 발가락의 지문이 쪼글쪼글해질 때까지 서로를 물고 누워 있었다. 내 옆에 누운 조는 몹시 편안해 보였다. 조 옆에 누우면 일주일 내내 팽팽하게 당겨져 있던 신경들이 모두 느슨해졌다. 나는 몸의 그 어떤 부분도 의식하지 않은 채 그저 누워 있을 수 있었다.

잠을 자거나 섹스를 하거나 치킨을 시켜 먹어도, 시간이 남았다.

우린 조의 집을 빠져나와 함께 거리를 걸었다. 같은 수갑에 채워진 것처럼 서로 손을 꼭 잡은 채였다. 대개는 교회 옆에 있는 오락실에 가서 이 인용 사격 게임을 했다. 둘이 함께라면 뭐든지 이길 수 있을 것 같았지만, 우린 번번이 첫번째 스테이지도 통과하지 못하고 죽었다. 적들의 총을 잔뜩 맞아서 화면이 산산조각 났고 조와 나의 캐릭터가 피를 흘리며 누워 있었다. 게임을 하다가 질리면 스티커 사진을 찍었다. 볼에 바람을 불어넣거나 이마를 맞대고 사진을 찍었다. 사진 속 하얗게 보정된 우리의 모습이 이상해서 한참 동안 웃었다. 우리는 방에 돌아와 함께 찍은 스티커 사진을 벽에 붙였다. 텅 비었던 벽이 우리의 사진으로 가득차기 시작했다. 하루하루는 길었지만 일주일은 짧았다.

일 년이 지나고 벽 하나가 우리의 얼굴로 가득찼다.

화면 속의 조와 수는 소리를 지르고 있었다. 절벽을 향해 질주하듯 움직이던 그들은 연료가 떨어진 것처럼 순식간에 움직임을 멈췄다. 신음 소리가 길게 울려 퍼졌고 화면이 꺼졌다. 난 까만 화면을 멍하니 쳐다봤다. 얼굴이 뜨거워지는 게 느껴졌다. 그러나 평정심을 잃지 않기 위해 아랫입술을 지그시 깨물고, 티 나지 않게 심호흡을 했다. 나는 유나이니까.

남자는 어느덧 내 옆에 바짝 다가와 앉아 있었다. 난 소파에서 일어나 남자의 앞에 손을 가지런히 모으고 섰다.

무엇을 도와드릴까요.

동영상 속에 나오는 사람이 유나씨입니까?

아니에요.

해사하게 미소 지으며 대답했다. 거짓말은 아니었다. 동영상 속 사람은 수이지 유나가 아니었다.

　방금 전 처음 당신을 봤을 때 제가 아는 분이라 확신했습니다.

　죄송합니다. 전 잘 모르겠습니다만.

　저는 이 순간을 위해 살아왔다고 해도 과언이 아닙니다.

　죄송하지만 옵션 사항이 아닌 것을 제공해드리기가 곤란해요, 고객님.

　원하는 것을 주신다면 섭섭지 않게 대가를 지불하겠습니다.

　남자는 대학을 다니느라 쓴 학자금 대출까지 해결할 수 있을 정도의 금액을 제시했다. 잠시의 당혹스러움에 대한 대가치고는 몹시도 후한 금액이었고, 내게는 합리적인 제안이었다. 스무 살부터 일을 하면서 깨달은 단 하나의 진실은 노동은 언제나 어느 정도의 비참함을 수반한다는 것이었다. 더 많은 돈을 위해 더 많은 수치를 견디는 건 세상의 이치였다. 큰돈을 벌 기회가 목전에 다다랐음에도 기분이 탐탁지 않았다.

　하필 왜 저를.

　꼭 당신이어야만 하니까.

　고객들이 특이한 요구를 하는 경우는 많았지만 남자처럼 절실해 보이는 사람은 처음이었다. 고심하다가 천천히 팬티를 내렸다.

　고객님, 출장비와 기본 수당은 별도입니다.

　절망스럽던 남자의 얼굴에 화색이 돌았다. 고지에 다다른 것 같은 남자의 얼굴을 보니 왠지 역겨워졌다. 온갖 더러운 것들을 잔뜩 머금은 침을 뱉어주고 싶었지만 그것은 유나의 옵션이 아니었다. 평정심을 유지하며 시선을 바닥에 고정하고 미소를 지었다. 남자는 샤워 부스 옆에 선 채로 나에게 손짓했다. 원피스 단추를 풀며 천천히 샤워 부스 앞으로 다가갔다. 크리스털 변기가 거대한 샐러드 볼처럼 보였다. 소름 끼치는 기분이 들었지만 나는 유나였다. 유나 본연의 자세로 돌아가 부드러운 어깨선이 강조되도록 어깨를 안으로 접은 채 천천히 원피스를 끌어내렸다. 옷을 다 벗은 뒤 커다란 샐러드 볼 위에 앉았다. 남자가 눈을 껌뻑이며 나를 쳐다봐 온몸이 딱딱하게 굳었다. 생산에 집중할 수가 없었다. 샤워 부스의 문을 닫았지만 오히려 남자에게 관찰당하고 있다는 느낌이 더욱 강하게 들 뿐이었다. 눈을 감고 나 자신에게 말했다. 난 어항의 금붕어다. 난 지금 물로 가득찬 수족관 속에 있다. 난 물 안에 배설한다. 난 방금 씻어 올린 샐러드처럼 싱싱하고 예쁜 똥을 싸기 위해 태어난 존재이다. 나오라는 건 나오지 않고 대신 땀이 삐질삐질 나왔다. 남자가 샤워 부스의 문을 열더니 내 손목을 꽉 붙잡았다.

그렇게 전쟁터에 끌려 나온 것 같은 표정이면 무슨 의미가 있겠습니까.

나는 치아 여덟 개를 드러내며 억지로 웃었다. 어금니를 꽉 깨문 채였다. 남자는 고개를 흔들며 말했다.

전 수씨의 진짜를 원합니다. 저 속의 당신을 보세요. 얼마나 아름답습니까.

남자는 까만 텔레비전 화면을 가리키며 유나가 아닌 수의 이름을 불렀다.

전 유나예요.

당신은 당신이 누구인지 아는 사람입니다.

네, 압니다. 유나라니까요.

남자는 내 손목을 더욱 꽉 쥐면서 내 가발을 벗기려 했다. 난 남자의 손을 뿌리치고 바닥에 떨어진 원피스를 주워 입었다. 그리고 소파 쪽으로 걸어갔다. 남자가 나를 뒤따라오며 말했다.

당신은 진짜를 아는 사람입니다. 오로지 자신의 욕망에 충실한 게 당신이라는 사람입니다. 동영상 속에서 전 욕망을 향해 질주하는 순수한 눈빛을 보았습니다. 모든 게 거짓인 세상에서 그게 얼마나 대단한 건지 모르는 건가요?

죄송하지만 제가 해드릴 수 있는 게 없는 거 같네요.

나는 남자의 말을 무시한 채 짐을 챙기기 시작했다. 남자는 거칠게 내 어깨를 잡고 샤워 부스 쪽으로 날 밀쳤다.

수, 당신의 진짜 모습을 원합니다.

남자는 또박또박 나의 이름을 말했다. 난 가방을 내려놓고 남자를 쳐다보며 말했다.

원하신다면 이름을 바꿀 수 있어요. 그것은 옵션 중 하나입니다.

아니. 당신은 마지못해 뭔가 하는 그런 사람이 아닐 텐데요.

저 정확히 그런 사람이랍니다.

남자가 고압적으로 나를 샤워 부스 속으로 밀어넣으려 했다. 이상하게 오기가 생겨나기 시작했다. 난 문턱에 발을 걸치고 버텼다. 남자는 더욱 세게 나를 밀었다. 발목이 떨리기 시작했고 결국 난 부스 안으로 꼬꾸라져 들어갔다. 변기에 어깨가 부딪혔다. 어깨를 부여잡고 조용히 무릎을 꿇고 앉았다. 구타와 복종. 이건 유나의 옵션이었다. 남자는 나에게 가발을 벗고 렌즈를 뺄 것을 요구했다. 그것은 유나의 옵션이 아니었기 때문에 거절했다. 남자는 샤워 부스 안으로 한 발짝 더 들어와 한쪽 손으로 내 턱을 움켜잡고 다른 쪽 손으로 가발을 벗기려 했다. 핀을 많이 꽂았기 때문에 잘 벗겨지지 않았다. 남자가 우악스럽게 잡아당겨 머리카락이 뽑혀나가고 있었다. 내가 몸부림을 치자 남자가 머리를 잡고 있던 손을 놓고 내 뺨을 때렸다. 난 약간 눈물을 글썽이며 남자의 손길에 몸을 맡겼다. 빨개진 볼에 감각이 없어지기 시작했다. 그리고 다시 남자가 나의 이름을 부르며 가발을 잡아당겼다.

수. 수. 수.

그는 계속해서 유나가 아니라 수를 외쳤다. 단음절을 끊어 발음하는 남자의 목소리는 확신에 차 있었다. 마치 이름을 부르면 곧바로 달려오는 애완동물을 찾는 듯한 모습이었다. 심장이 요동치고 얼굴에 열이 오르기 시작했다. 남자가 나를 보고 크게 웃으며 말했다.

드디어 제가 찾던 그 눈빛이 나오는군요.

내 속 어딘가에 균열이 일어나기 시작했다. 나는 고개를 돌려 남자를 힘껏 밀친 후 정강이를 걷어찼다. 남자가 휘청하다 균형을 잃고 샤워 부스 벽에 어깨를 부딪혔다. 남자가 부딪힌 자리를 두어 번 쓰다듬은 후 곧장 나의 가발을 낚아챘다. 그리고 우악스러운 손길로 내 머리를 변기에 처박았다. 물이 얕아서 뺨이 변기 바닥에 부딪혔다. 남자는 한 손으로는 내 목을 잡고 다른 손으로 가발을 잡아당겼다. 머리카락이 뜯겨나가고 귀에 물이 들어오는 게 느껴졌다.

물고문. 이것 역시 유나의 옵션이었다. 고통을 줄이며 상대방을 만족시키는 방법은 잘 알고 있었다. 물속에서 눈을 천천히 깜빡였다. 가발 몇 가닥이 수면에서 검게 물결치고 있었다. 크리스털에 반사된 빛과 그림자가 수면 아래에 일렁였다. 숨을 멈춘 채로 조용히 어깨에서 힘을 뺐다. 그리고 입으로 천천히 기포를 내보냈다. 액체의 세상. 그 속에선 모든 것이 천천히 흘러내렸다. 청각과 시각과 촉각이 모두 느슨해지고 내가 세워둔 모든 것들이 하나둘 흘러내렸다. 호흡을 멈추고 천천히 셋을 셌다.

남자의 손에서 힘이 빠져나가는 게 느껴졌다. 머리에 아슬아슬하게 붙어 있던 가발과 머리망이 그의 손을 따라 딸려 올라갔다. 나는 빠르게 몸을 들어올려 남자의 손에서 가발을 낚아챘다. 그리고 체중을 실어 힘껏 남자를 밀쳤다. 남자가 휘청했다. 그때를 놓치지 않고 팔꿈치로 남자의 얼굴을 후려쳤다. 팔꿈치에 딱딱한 것이 닿는 게 느껴졌다. 남자가 짧은 비명을 지르며 밖으로 나가떨어졌다. 재빨리 부스 안에서 문을 닫고 걸쇠를 내렸다. 넘어진 남자의 코에서 피가 한 줄기 흘러내렸다.

숱이 적은 내 머리카락이 미역 줄기처럼 얼굴에 달라붙어 있었다. 인조 속눈썹은 떨어져나가버렸고 원피스의 어깨 부분이 찢겨 있었다. 온몸이 헛헛하게 뜨거워지기 시작했다. 내 몸이 분노하고 있었다. 진심이라고 부를 만한 그 어떤 것들도 하지 않는 게 이 일의 본질이었다. 그런데 오늘은 이상했다. 더이상 내 안에 유나는 없었다. 아니, 비어 있다고 생각했던 내 안에 자꾸만 생소한 감정이 차올랐다. 어쩌면 남자가 말하는 진짜라는 것이 이런 것일지도 몰랐다. 비어 있다고 생각했는데 사실 나는 어느새 수가 되어버린 것일지도 몰랐다. 그런데 어쩌지. 수가 됐을 때의 행동 방침은 준비해놓지 않았다. 그때 남자가 고개를 주억거리며 몸을 일으켜 앉았다. 정신을 차린 모양이었다. 남자는 셔츠 소매로 코피를 닦으며 나를 쳐다봤다. 그는 웃고 있었다. 내 몸 안에서 분노가 더욱 뜨겁게 차오르기 시작했다. 난 크게 소리를 질렀다. 그 어떤 언어라고도 할 수 없는 소리가 내 안에서 흘러나왔다. 남자는 방금 전보다 더 크게 소리 내 웃었다. 빠른 속도로 영사기를 돌리는 것처럼 온갖 말들과 감정들이 내 안에 빠르게 흘러들어왔다.

남자의 세계에 균열을 만들고 싶어져버렸다. 나는 변기 옆에 놓여 있던 금색 샤워기를 들고, 변기에 그것을 힘껏 내리쳤다. 바위를 치는 것 같은 묵직한 소리가 났으나 변기에는 조그마한 상처도 나지 않았다. 팔목에 힘을 잔뜩 주고 다시 한번 변기를 때렸다. 역시나 변기는 멀쩡했고 변기 속에 들어 있는 물에 잔잔한 파문만 일었다. 나는 방향과 각도를 바꿔가며 변기를 내리쳤다. 변기에는 작은 흠집 하나 나지 않았다. 오히려 방향을 바꿀 때마다 색을 바꿔가며 영롱하게 빛날 따름이었다. 호스와의 이음매를 돌려 샤워기 헤드를 빼냈다. 그것을 들고 뒤쪽으로 가서 변기 수조의 뚜껑 쪽을 내리쳤다. 소용없는 일이었다. 온몸에 땀이 흐를 때까지 애를 써봐도 아무것도 바뀌는 건 없었다.

더럽게 튼튼하게도 만들어놨네.

남자는 흥분한 표정으로 샤워 부스의 문을 밀고 있었다. 걸쇠가 걸린 문은 조금 덜컹거리기만 할 뿐 열리지 않았다. 뭐 하나 튼튼하지 않은 것이 없는 집이었다. 난 들고 있던 금색 샤워기 헤드를 샤워 부스의 문 쪽으로 집어던졌다. 샤워기 헤드가 유리문에 부딪혔다가 바닥으로 떨어졌다. 남자가 비열하게 웃으며 말했다.

이제 진정성 있는 결과물을 낼 수 있을 것 같습니다.

진정성 같은 소리 한다.

편협하시군요. 당신은 단 하나의 목표를 향해 나아가는 마음, 그리고 그것에 실패했을 때 세상이 쪼개지는 듯한 절망감을 알고 있을 거라 생각했는데요. 난 당신에게서 떨어져나간 것을 원합니다. 그러니까 당신의……

남자가 일장 연설을 늘어놓는 사이 조심스레 걸쇠를 풀었다. 체중을 실어 샤워 부스의 문을 잽싸게 열었다. 유리문이 남자의 머리를 때렸다. 남자가 중심을 잃고 뒤로 쓰러졌다. 나는 그 틈을 놓치지 않고 샤워기 헤드로 남자의 머리를 있는 힘껏 내리쳤다. 남자의 머리에서 파열음이 울렸다. 뭔가 균열이 간 것이 틀림없었다.

미친놈. 똥은 그냥 똥이지.

내가 어떤 모습으로 똥을 싸든, 어떤 이름으로 똥을 싸든 그건 그냥 똥이었다. 하긴 어떤 이름으로 불려도 나는 나다. 단 한순간도 내가 아니었던 적이 없었고 앞으로도 나일 수밖에 없을 것이다. 남자는 내게 똥뿐만 아니라 그런 진실을 강요했다. 내 앞에 누워 있는 것은 그에 대한 대가였다.

조심스럽게 남자에게 가까이 다가갔다. 남자는 정신을 잃은 채 불규칙적으로 호흡하고 있었다. 나는 가방에서 마 로프를 꺼냈다. 여섯 번을 삶은 뒤 기름을 먹여 제작한 바니의 로프였다. 정신을 잃은 남자를 엎드려 눕힌 뒤 가슴부터 허리까지 로프로 칭칭 감았다. 팔목과 발목도 나비 모양의 굵은 매듭으로 포박했다. 남자가 벗어나려 애쓰면 애쓸수록 마 로프는 남자의 살에 더 깊이 파고들 것이다. 나는 가방에서 징이 박힌 힐을 꺼내 신었다. 그것 역시 바니의 것이었다.

나는 유나도, 바니도, 그 무엇도 아닌 채 묶여 있는 남자의 앞에 섰다. 구두 앞코로 남자의 등을 살짝 건드려보았다. 별 반응이 없었다. 발등으로 남자의 옆구리를 밀자 남자의 몸이 조금 움찔했다. 그는 아직 살아 있었고 그가 만들어놓은 세상 역시 티끌 하나 바뀌지 않은 채 그대로였다. 그게 견딜 수 없이 싫었다. 바닥에 두어 번 발을 구르자 구두굽에서 맑은 소리가 울려 퍼졌다. 나는 있는 힘껏 남자의 옆구리를 찼다. 남자가 비명을 지르며 눈을 번쩍 떴다. 번데기처럼 몸을 구부리고 있는 남자의 여기저기를 걷어찼다. 남자의 비명소리가 집안에 울려 퍼졌다. 외모와 어울리지 않는 고음역대의 비명이라 마치 누군가가 더빙을 해놓은 것 같은 느낌이었다. 그러고 보니 남자의 집은 모든 게 너무 완벽해 어딘가 모르게 세트장처럼 느껴지기도 했다. 그렇다면 내게 주어진 배역은 무엇일까. 잘 모르겠다. 다만 확실한 것은 남자를 때리고 밟을수록 더 신이 난다는 점이었다. 바니가 아닌 다른 존재로서 누군가를 이토록 열중해서 때려본 건 처음이었다. 한참 동안 신나게 남자를 때리다보니 나는 나 자신을 남자를 때리기 위해 존재하는 사람처럼 느끼기 시작했다. 남자가 결박에서 벗어나기 위해 여러 번 몸을 뒤틀다가 이내 고통에 몸부림치며 포기했다. 그는 번데기처럼 동그랗게 몸을 만 채 흐느끼기 시작했다.

왜 내 말을 듣지 않습니까. 내가 바라는 단 하나를, 그것을, 도대체 왜.

남자는 고작 단 하나를 얻지 못한 주제에 모든 걸 다 잃은 것처럼 서럽게도 울었다. 목이 쉬어라 우는 남자가 한 번도 울어보지 않은 갓난아이처럼 느껴졌다. 조용히 하라는 의미로 얼굴을 한 번 더 걷어찼다. 가방에서 공 모양의 재갈을 꺼내 남자의 입에 물렸다. 남자는 그후로도 얼마간 신음 소리를 내며 몸을 뒤틀었으나 이내 잠잠해졌다. 탈진한 것 같았다. 바라고 바라던 침묵이 찾아왔지만 아직 부족했다. 분이 덜 풀린 나는 탈진한 남자를 내버려둔 채 크리스털 변기로 달려갔다. 아무 일 없었다는 듯 반짝거리고 있는 그것을, 이 난리중에도 흠집 하나 나지 않은 그것을 깨부수고 싶었다. 마지막 남은 모든 힘을 쥐어짜내 변기를 걷어찼다.

뭔가가 깨지는 소리가 났다.

구두굽이 조각나 바닥에 떨어졌다. 구두가 만신창이가 되었다. 변기는 멀쩡했다. 더이상 내 힘으로 할 수 있는 게 없었다. 나는 바닥에 주저앉은 채 한참 동안 변기를 멍하니 바라봤다. 팔로 바닥을 짚고 일어서려고 하는데 발가락에서 뭉근한 통증이 느껴졌다. 구두를 벗었다. 엄지발톱 아래에 피가 맺혀 있었다. 살짝 눌러봤는데 눈물이 핑 돌 만큼 아팠다. 반대쪽 신발도 벗고 맨발로 일어나보려고 했지만 더 강한 통증이 밀려왔다. 결국 엉거주춤하게 자리에 앉아 있을 수밖에 없었다. 남자가 누운 채로 젖은기침을 했다. 남자의 입에서 나온 진득한 피가 로프를 타고 흘러내렸다. 내 엄지발톱은 점점 더 검붉은 빛으로 변해가고 있었다. 크리스털 변기와 샤워 부스는 흠집 하나 남지 않은 채, 오히려 이전보다 더 아름답게 빛나는 것 같았다. 부서진 건 나와 남자뿐이었다.

동이 트기 시작했다. 커튼 하나 달아놓지 않은 창문으로 빛이 쏟아져 들어왔다. 눈이 부셔서 잠깐 눈을 감았다가 다시 떴다. 나는 바닥에 떨어진 리모컨을 집어 화면을 켰다. 재생 버튼을 누르자 검은 화면 너머로 익숙한 물소리가 흘러나오기 시작했다.

조가 욕실에 들어가자마자 나는 방안을 뒤지기 시작했다. 책장과 침대 사이를 살살이 살피고 행어를 차례대로 훑었다. 휴지통과 서랍장을 뒤질 때까지 그런 일은 없을 거라고 생각했다. 조에게 미안한 마음이 들 때쯤 테이블 위에 개켜놓은 옷가지가 보였다. 그 속에 손을 집어넣었다. 조의 바지와 팬티 사이에 핸드폰이 놓여 있는 게 보였다. 물이 떨어지는 소리가 멎었다. 조가 나오기 전에 핸드폰을 제자리에 돌려놓고, 침대 위에 앉았다.

조와 섹스를 마친 후 나는 사람들의 발소리를 들으며 누워 있었다. 조가 낮게 코를 골기 시작했다. 내 가슴 위에 올라와 있는 조의 팔을 치우고 침대에서 일어났다. 이전과는 다른 일상이 이미 펼쳐지고 있었다. 나는 옷 더미 속에서 핸드폰을 찾았다. 화면을 누르자 동영상 저장 폴더가 떴다. 거기에는 총 서른 개의 동영상 파일이 있었다. 첫번째 파일의 촬영 날짜는 조와 내가 사귀기로 한 지 두 달 정도 지난 후였다. 기록은 꽤나 오래 지속됐다. 난 동영상을 일일이 클릭해 재생했다. 화면으로 뒤엉킨 두 사람의 모습이 흘러나왔다. 그것은 이전에 조와 내가 함께 봐온 섹스 동영상들과 별반 다르지 않았다. 그 속에 있는 사람이 우리라는 사실만이 다를 뿐. 동영상의 날짜가 흘러갈수록 조와 나의 머리카락이 길어졌다가 짧아졌고, 창밖에서 들어오는 햇살이 밝았다가 다시 잦아들었다. 동영상 속의 우리는 같은 공간에서 언제나 함께였다. 내가 잘 알고 있다고 생각했던 것들이, 일상이 반걸음씩 멀어지고 있었다. 난 마치 수족관 속의 관상어를 바라보듯 그들을 바라보기 시작했다. 그들은 내게 유리 한 장으로 가로막힌 그런 존재들이 되어버렸다. 화면 속 조그마한 사람들은 진짜, 깊이 사랑하는 것처럼 보였다. 그 속의 사람들이 나나 조가 아니라 그냥 모르는 사람들이었다면 감동해서 조금 울어버렸을지도 모르겠다.

발바닥이 뚫려버리기라도 한 것처럼 내 안의 모든 것들이 빠르게 쏠려 내려갔다. 날 뜨겁게 해줬던 것들이 땅바닥으로 다 스며들어버렸다. 그래서 난 순식간에 비어버렸다. 아메리카노를 담았던 일회용 잔처럼. 온갖 찌꺼기들이 잔뜩 남아 있는 채로.

나는 절뚝거리며 남자에게로 다가갔다. 옆으로 누워 있는 남자의 얼굴을 바라보며 누웠다. 그는 눈을 반쯤 뜬 채, 아무 말도 하지 않고 있었다. 재갈을 물려놔 말을 하고 싶어도 아무 말도 할 수 없었을 것이다. 나는 남자의 피에 젖은 얼굴을 바라보았다. 남자의 시선이 내 얼굴에 고정됐다. 남자는 유나도, 바니도, 수도 아닌 누군가를 바라보고 있었다.

이게 당신이 말하는 진짜인 걸까.

남자의 얼굴에 옅게 미소가 비쳤다. 기진맥진한 기색을 숨기지 못한 표정이었다. 남자가 필요로 했던 것은 무엇이었을까. 남자는 도대체 수의 어떤 점에서 진짜를 발견했던 것일까. 나로서는 알 수 없었지만 다만 하나만은 확신할 수 있었다. 애초에 난 누구도 아니었으니, 내 똥도 아무것도 아닌 누군가의 똥일 뿐이다. 일단 세상에 내놓고 나면 그냥 더럽고 냄새나는 덩어리에 불과할 것이다. 나처럼.

정말 갖고 싶어?

남자는 아주 천천히, 몸을 움찔거렸다. 그렇다는 의미겠지. 그러나 아쉽게도 남자는 진짜 수를, 그리고 그의 어떤 것도 가질 수는 없을 것이다. 그것은 세상에 없는 것. 나는 자리에서 천천히 일어났다. 그리고 남자의 뒤틀린 몸을 넘어 창가 쪽으로 걸어갔다. 오른쪽 발에 힘이 들어가지 않아 계속 한쪽으로 몸이 기울었다. 남자의 신음 소리가 들렸지만 뒤를 돌아보지 않았다.

채광창으로 빛이 잔뜩 쏟아져 들어오기 시작했다. 해가 뜨고 있었다. 빛 속에서 어깨까지 늘어진 젖은 머리카락과 시커멓게 때가 탄 맨발, 멍이 든 발톱까지. 나를 구성하고 있는 모든 것들이 드러났다. 나는 천천히 창가에 앉았다. 유리창 너머의 도시는 마치 거대한 어항에 담겨 있는 것 같은 모습이었다. 누군가는 저 속에서 눈을 비비며 일어나고 밥을 먹고 화를 내고 사랑을 하겠지. 유리창에 흐릿하게 내가 비쳤다. 모든 게 명료한 세상에서 유일하게 희미한 내가 눈에 밟혔다. 그게 싫었다. 손을 들어 내가 비친 자리를 문질렀다. 당연히 사라지지 않고 그대로였다. 거리로 이따금 차가 지나갔다. 바람이 불어 가로수가 흔들렸고, 나무에 아슬아슬하게 붙어 있던 죽은 나뭇잎이 바람을 타고 떨어져내렸다. 움직이지 않고 그대로 있는 것은 유리창뿐이었다. 아니, 언젠가는 이 유리창도 아래로 흘러내리게 될 것이니까, 변하지 않는 건 없었다. 나는 유리창에 몸을 기댔다. 차갑고 단단한 감촉이 꼭 조의 몸 같았다. 눈을 감았다.

마지막으로 조의 방에 갔던 날, 조와 나는 등을 맞대고 앉아 있었다. 우리는 서로 다른 곳을 바라보고 아무 말도 하지 않았다. 한참 동안 방안에 침묵이 감돌았다. 나는 장판이 노랗게 일어난 부분을 손톱으로 뜯으며 조에게 물었다.

조. 나한테 하고 싶은 말 없어?

별로.

그래.

너는?

나도 없어.

나는 뜯어낸 장판 조각을 손톱으로 꾹꾹 눌렀다. 그리고 방안을 바라보았다. 언제나 눅눅한 이불과 외피가 해진 인형과 뽀얗게 먼지가 내려앉은 바다과 그 위에 고인 우리 둘의 그림자를. 어두운 벽 한쪽 구석에서 홀로그램이 반짝거렸다. 그 반짝임이 너무 사소해서 왠지 웃음이 나왔다. 방안을 이루고 있는 것들은 그대로인데, 모든 것들이 다 달라진 듯이 느껴졌다. 이제 이곳의 일부가 될 일은 영원히 없겠구나. 손바닥만한 창문 너머로 빛이 일렁이고 있었다. 그것을 바라보며 조에게 물었다.

조. 에로 오빠 기억나?

그게 누군데.

옛날에 우리 같이 봤었던 그 일본 야동에 나온 고추 큰 오빠.

아, 그 수염 난 남자.

어. 성의 없게 섹스하던 에로 오빠.

갑자기 그 사람이 왜.

어제 죽었대.

왜 죽었대? 자살?

아니. 맹장염인가 뭔가. 아무튼 병 걸려서 갑자기 죽었대.

그렇구나.

죽었다는 말 듣고 그 사람 나오는 야동 틀어봤는데 기분 되게 이상하더라. 죽은 사람이 거기서 고추 세우고 있으니까.

이상할 게 뭐 있냐. 원래 다 그래.

그래. 그렇겠지. 원래 다 그런 거겠지.

눈을 뜨니 이미 완벽히 동이 튼 뒤였다. 깜박 잠이 든 모양이로군. 나의 오른쪽 발이 묘한 빛깔로 잔뜩 부풀어 있었다. 아무래도 뭔가 단단히 잘못된 것 같았다. 일어서보니 발을 디딜 수 없을 정도로 통증이 심했다. 나는 한쪽 발을 절며 샤워 부스 쪽으로 걸어갔다. 냉찜질을 해야 할 것 같아 변기 옆의 샤워기 호스를 들고 물을 틀었다. 헤드가 빠져버린 금장 호스에서 굵은 물줄기가 흘러나왔다. 변기에 앉아 물줄기를 엄지발가락에 댔다. 물이 차가워 입술이 떨렸다. 종아리를 타고 한기가 올라왔다. 시계를 보니 벌써 아침이었다. 지난밤, 꼭 해야 했던 일을 빼먹어버렸다. 나는 찬물이 쏟아지는 호스를 바닥에 내려두고 자리에서 일어났다. 거실이 순식간에 물바다가 되었다. 나는 미끄러지지 않기 위해 조심하며 가방 쪽으로 걸어갔다. 그리고 가방을 들어 뒤집었다. 노란 가발과 붉은 로프, 핑크색 딜도와 러브젤, 양초 세 개와 파우치, 망사 스타킹, 노트북이 젖은 바닥에 떨어지며 요란한 소리를 냈다. 노트북을 집어들고 옷자락에 물기를 닦았다. 한 발짝도 더 움직일 기운이 나지 않아서 그냥 바닥에 누워버렸다. 등이 축축하게 젖어드는 게 느껴졌다. 노트북을 열어 배 위에 올려놓았다. 바탕 화면에 있는 조의 방, 이라는 이름의 폴더를 클릭했다. 수십 개의 동영상과 그것을 캡처한 파일이 떠올랐다. 익숙한 손길로 파일 공유 사이트를 열어, 동영상 파일과 캡처한 사진을 함께 업로드했다. 십 분쯤 지나 업로드가 완료되었다는 알림 창이 떴다. 언제나처럼 아무것도 아닌 일이었다.

　하얀 화면에 조와 수의 얼굴이 섬처럼 떠올랐다.

　그것을 한참 동안 바라보다 인터넷 창을 껐다. 그리고 조의 방, 폴더를 지워버렸다.

　그 시절의 우리가 조용히 봉인됐다.

　온몸에서 힘이 빠져나가는 게 느껴졌다. 노트북을 옆으로 치워버리고 바르게 누웠다. 아무리 자세를 고쳐 누워도 편하지 않았다. 그러고 보니 조의 방 말고 다른 곳에서는 단 한 번도 편히 누워본 적이 없었던 것 같기도 했다. 귓바퀴에 물이 고이기 시작했다. 등과 엉덩이는 이미 다 젖어버린 지 오래였다. 이대로 물에 잠기는 건가. 괜히 웃음이 나왔다. 찬물이 내 온몸을 감쌌다. 뜨거운 물을 좀 뒤집어쓰고 싶은데 손가락 하나 까딱할 기운이 나지 않았다. 그래서 그냥 누워 있기로 마음먹었다.

　그냥 이대로 내가 다 녹아버렸으면 좋겠다. 내 속에 남아 있는 쓸데없는 찌꺼기들과 함께 하수구로 흘러내려가버렸으면. 조급해할 필요는 없었다. 액체는 그저 아주 천천히 흐르고 있을 뿐이었다. 도시의 저 깊은 곳에서부터 모든 것들이 용해되고 있는 게 분명하니까. 곧 하수도가 잠기고, 수도관이 잠기고, 바닥이 잠기고 나를 감싸고 있는 모든 것들이, 세상이 잠기게 될 것이다. 그 속에서 우리는 모두 하나가 될 것이다.

햄릿 어떠세요?

스물한 살. 누군가에게는 설레는 시작일 그 나이가 내게는 모든 가능성의 끝자락을 의미했다. 당시 나는 두 번이나 대형 기획사의 아이돌 데뷔조에 발탁되었다가 끝내 탈락했으며, 숨죽이며 만났던 남자들과 끔찍한 연애의 결말을 지어버린 채 대학으로 돌아왔다.

　재입학, 또 한번의 신입생.

　그 시절, 나는 매일 아침 여섯시에 일어났다. 작고 마른 아이들이 잠들어 있는 연습생 숙소에서 발소리를 죽인 채 욕실에 들어가 누구의 것인지 알 수 없는 머리카락이 잔뜩 엉켜 있는 수챗구멍을 바라보며 샤워를 했고, 학교에 갈 준비를 했다. 청담동의 숙소에서 벗어나 곧장 강북으로 가는 버스를 타면 첫 수업시간에 빠듯하게 들어갈 수 있었다. 당시의 나는 나이답지 않게 모든 것에 심드

렁하고 무감각해져버린 상태였다. 원체 무던하고 사소한 일에 연연하지 않는 성격이기도 했지만, 무엇보다도 그 전해에 겪었던 일 때문에 나는 많이 바뀌어버렸다.

스무 살, 대학에 입학하자마자 걸 그룹 데뷔조에 발탁되었다. 애초에 갈 생각이 없었던 대학에 가게 된 것은 순전히 부모님 때문이었다. 부모님은 세상살이가 얼마나 길고 험한데 인생에 대학 졸업장 하나쯤은 꼭 가지고 있어야 한다고 주장했다(그들의 생각이 옳았다). 오로지 데뷔만을 보고 달린 당시의 나에게 대학 같은 것은 어떻게 되든 별 상관이 없는 많은 것들 중 하나에 불과했다. 때문에 나는 대학에 입학하자마자 미련 없이 자퇴를 했고, 자는 시간을 쪼개가며 데뷔를 준비했다. 그리고 데뷔를 목전에 둔 채,
다 망해버렸다.
그룹의 핵심이었던 교포 멤버가 갑자기 자국으로 돌아가, 모든 게 다 어그러져버린 것이었다.
실패는 인간을 성숙하게 한다.
개소리다. 실패는 인간을 한껏 구겨지고 쪼그라들게 만든다. 날카로운 끄트머리로 살갗을 찢어 낱낱이 해부해버린다. 보지 않아도 될 내장 속 시꺼먼 부분까지 기어이 들여다보게 만드는 것이 실패라는 경험이다. 실패에 그럴듯한 의미를 붙이는 사람들치고 제대로 된 성공을 해본 사람이 없다(고 나는 믿는다).

곰곰을 처음 만난 것은 두번째 신입생 때 수강했던 '연극과 문화' 수업시간이었다.

신입생이라는 이름으로 처음 대학생활을 시작한 아이들은 하나같이 어리둥절한 표정이었다. 모든 것이 어색하고 새로워 반쯤은 벌어진 입을 하고 있는 그들의 표정에는 일말의 희망이나 들뜸 같은 게 서려 있었다. 누구보다도 무표정한 얼굴로 혼자 강의실에 앉아 있던 내게 먼저 말을 건 게 곰곰이었다.

햄릿 어떠세요?

나도 모르게 피식 웃어버렸다. 새로 산 것 같은 빳빳한 체크 셔츠에 청바지, 흰 양말에 요즘은 아무도 신지 않는 브랜드의 운동화 차림의 남자. 게다가 얼굴형이 동그란데 어쭙잖게 갈색으로 염색까지 해놔서 누가 봐도 막 시골에서 올라온 사람의 모습이었다. 곰곰은 나의 미소를 동의의 의미로 받아들인 것 같았다.

대충 시간이나 때울 요량으로 수강한 '연극과 문화'는 운이 나쁘게도 본격 연극 제작 실습수업이었다. 학기말에 학교의 소강당에서 연극 작품 하나를 올려야 한다고 했다. 연영과 학생들은 이미 서로 가까워져 친한 사람들끼리 팀을 꾸렸고, 입시 때 닳고 닳도록 연습했던 작품을 선택했다. 결국 어디에도 속하지 못한 나와 영문과 신입생 몇몇이 남아 〈햄릿〉을 공연하게 되었다. 그들 중 가장 발음이 또박또박한 곰곰이 햄릿을, 유일한 여자인 내가 햄릿의 아내인 오필리어 역을 맡았다. 연극의 연 자도 모르는 사람들이 모여 있으니 뭐 하나 제대로 굴러가는 게 없었다. 다른 팀원들의 경우는 학점 때문인지 아니면 신입생이라는 족속들이 원체 그렇게 생겨먹은 것인지 이상한 열의에 가득차 보였고, 나는 대충 그들의 구색을 맞춰주는 것만으로도 충분히 힘들었다. 그러나 어찌됐건 나에게 할 일을 만들어준다는 점에서는 좋았다. 우리는 방과후에 빈 강의실이나 카페에 모여 〈햄릿〉을 연습했다. 다들 적당히 멍청하고 한심해, 하나를 기억하면 두 개를 잊었고, 두 개를 잊고 나서는 별로 아무것도 상관없어지곤 했다.

소강당의 작은 무대에서 마지막으로 리허설을 했을 때 나는 불현듯 연습생 시절을 떠올렸다. 연습생 생활 내내 한 달에 한 번씩 무대를 올렸었다. 월례 평가라고 불리는 그 무대는 언제나 내 가능성을 시험하는 장이었고, 향후 내 인생의 꽤 많은 부분이 결정되는 시간이었다. 너무 많은 것들이 걸려 있기 때문에 항상 목을 졸리는 것만 같았던 그 순간들. 그걸 꼬박 오 년 동안 했다니, 나도 참 나다, 싶은 생각이 들었다.

학기말 평가 날, 우리 팀의 공연이 무대에 올려졌다. 하드보드지 몇 장을 세운 게 무대였고, 보자기를 대충 두른 게 의상이었다. 곰곰이 돌아선 나를 향해 손을 뻗었다. 그리고 현학적이고 오그라드는 햄릿의 대사를 천천히 읊기 시작했다. 곰곰의 떨리는 목소리가 소강당을 울렸다.

밤하늘의 별을 의심하지 마시오. 태양의 움직임을 의심하지도 마시오……

우리의 〈햄릿〉은 철저한 실패로 끝났다. 곰곰이 두어 번 대사를 씹었으며, 동선이 맞지 않아 나와 여러 번 몸을 부딪혔고, 풍성한 중세의 치마를 대신한 보자기를 밟아 잠시 중심을 잃게 되는 등의 해프닝을 빚어냈다. 나머지 아이들도 골고루 극을 망치는 데에 기여했다. 우리는 다섯 개의 팀 중 최저점을 받았다. 나로 말하자면, 그것이 정말이지 지구 반대편에서 일어난 지진만큼이나 나와 무관한 일처럼 느껴졌으나, 다른 팀원들은 진심으로 실의에 빠진 것처럼 보였다. 교수님의 제안으로 학교 앞 호프집에서 공연 뒤풀이가 열렸다. 우리는 다소 거무죽죽한 기분에 사로잡힌 채 뒤풀이에 참석했다.

구질구질한 호프집에 모여 앉은 아이들은 저마다 말없이 술을 들이켰다. 나도 뭐 어색하고 별 할말도 없고 해서 술을 연달아 들이켰고, 술이 약한 편은 아니라 주는 대로 다 받아 마셨더니 다들 썩 좋아하는 눈치였다. 영문과 복학생 중 하나가 내 피부와 두개골의 크기를 칭찬했고 나는 그게 칭찬인가 생각하다 나도 모르는 새 얼큰하게 취해버렸다. 정신을 차리자 화장실 문에 기대고 있는 내가 있었다. 내 이마에 맞닿은 유니섹스 화장실의 표지판. 머리카락이 내 시야를 가렸다. 내 구두 끝에는 정체를 알 수 없는 음식물이 묻어 있고 나는 누구이며 이곳은 어디인가, 생각하던 찰나, 누군가 내

어깨를 잡았다. 나는 지구보다도 느린 속도로 고개를 돌렸고 그곳
엔 곰곰이 있었다. 곰곰이 반쯤 눈을 감은 채로 말했다.

좋아해.

뭐라고? 누구를 좋아한다고? 네가 나를? 뭐가 어쩌고 어째. 진
짜 뭐라는 거니, 이 미친놈이. 뭐 그런 말을 하며 곰곰을 비웃고
있다고 생각했는데 정신을 차려보니 어느새 내가 곰곰을 안고 있
었고, 안고 있다기보다는 기대고 있었고, 기대고 있다기보다는 정
말 온몸이 부서질 듯 서로를 꽉 안고 있었고, 우리는 키스를 했다.

왜 그랬지?

글쎄. 이제 와서는 잘 모르겠지만 그때는 정말 그냥 그렇게 되
었다.

*

곰곰과 키스를 한 것도 모자라 사귀기까지 한 것은, 너무 심심
했기 때문이었다. 딱히 사귀자고 한 적도 없는데 곰곰은 키스를
하고 난 뒤로 당연히 우리가 만나고 있는 사이라 생각하는 것 같
았다. 그렇게 생각하든 말든 가만히 둔 걸 보면 나도 웃긴 구석
이 있기는 했다. 아무튼 곰곰과 내가 완벽히 망한 연극을 완성하
는 동안 나와 함께 연습생 생활을 했던 애들이 데뷔를 했다. 음악
전문 케이블 채널에 그들의 데뷔담을 다룬 리얼리티 쇼가 론칭되

었다. 그동안 나는 몇 개의 지면 광고를 촬영했고, 때문에 두어 번 수업을 빠졌지만 일상의 중심은 더이상 연습이 아닌, 학교가 된 것이 자명했다. 나와 함께 밥을 먹고, 잠을 자고, 남자 얘기를 하던 아이들의 이름이 포털 사이트의 실시간 검색 순위에 올라오기 시작했다. 연예 뉴스난이 친구들의 얼굴로 채워졌다. 나는 핸드폰과 노트북의 메인 페이지를 구글로 바꿨다.

수업이 없는 날은 좀체 할 게 없었다. 친구 같은 것도 딱히 없었다. 대학 입학 후 학과에 적응도 하기 전에 곧바로 학교를 그만둬버렸고, 아이들 사이에서 나는 이미 S사의 연습생 어쩌구가 되어버린 지 오래였다. 강의실을 찾기 위해 복도를 헤매고 있으면 출처를 알 수 없는 말들이 내 귀에 고스란히 들렸다.

쟤 뭐야. 데뷔한다고 학교 그만둔 거 아니었어?

연애하다 걸려서 쫓겨났대.

잘난 척은 다 하더니 꼴좋다. 근데 쟨 뭔데 인사도 안 해. 재입학했으면 24기인 거 아냐?

연애며 임신중절이며, 사장과의 밀회가 들통났다느니, 나의 탈락을 두고 별 소문이 다 돌고 있다는 것을 다른 누구도 아닌 내가 가장 잘 알고 있었지만, 별 상관 없었다. 어느 집단이나 결속력을 다지기 위한 희생양 하나쯤은 필요한 법이었으니까. 학과생들과 가깝게 지낸다고 해서 크게 손해 볼 것은 없었으나, 이제 와서 다 망해먹었으니 부디 날 거둬주시오, 하는 자세로 굽히고 들어가

기엔 한줌 남은 내 자존심이 허락지 않았다. 그리고 그렇게 되어버리는 순간 나 자신이 아무것도 할 일 없는 사람이 되어버렸다는 사실을 인정해버리는 것만 같았다. 나는 연극영화과의 제도에 편입되어 누구보다도 작위적이고 큰 목소리로 안녕하십니까, 몇 기누구입니다, 허리 숙여 인사를 하며 학교에서 내 존재 가치를 증명하는 대신 곰곰과 연애하는 편이 낫다는 결정을 내렸다.

　그때의 내게 있어서 손닿을 만큼 가까운 곳에 있는 유일한 사람이었으니까. 곰곰은.

*

　경기도에서 태어나, 중학교 3학년 때부터 청담동의 연습생용 숙소에서 살았던 나와는 달리, 곰곰은 대학에 입학하면서 처음 서울 땅을 밟아봤다고 했다. 바다와 가까운 남도의 소도시에서 평생을 살다, 넓은 세상을 경험하고 싶어 서울에 오게 됐다고 했다. '넓은 세상'이라니. 상경의 이유조차 너무나 진부하고 촌스러워서 웃기기만 했다.

　곰곰은 내가 처음이라고 했다. 세 살 터울의 친누나가 있기는 하나 일찍이 대도시로 유학을 가버렸고, 남중, 남고를 나와 엄마를 제외하고는 여자를 만날 기회가 거의 없었다고 했다. 그러니 처음이라고 부를 수 있는 거의 모든 것들을 나와 하고 있다며 공기처럼 당연하고 먼지처럼 사소한 일에도 일일이 기뻐했다.

내 경우는 곰곰이 네번째 혹은 다섯번째 남자였다(연애의 기준을 어떻게 잡느냐에 따라 달라진다). 고등학교 1학년 때 나보다 한 살 많은 연습생과 한 달 정도 만났었다. 호주인지 뉴질랜드인지에서 와서 한국말이 어눌한 게 썩 귀여웠는데 키가 작고 눈이 쪽 찢어져 마주서면 나와 눈높이가 비슷했다(키 작은 남자를 좋아하는 취향이 굳어져버린 건 이때부터였던 것 같다). 그 새끼가 좋다고 하도 난리를 쳐서 친한 친구들에게도 말하지 않고 몰래 사귀기 시작했는데 알고 보니 그냥 새로 들어오는 연습생들에게 일단 한 번씩은 집적거리고 보는 씨발 놈이었고, 때문에 씨발 놈이 할 법한 짓거리는 다 했다. 나와 백 일쯤 사귀다 헤어지고 난 후로도 그는 (나와 같은) 21호 피부 톤을 가진 신입 연습생들을 계속 갈아치워가며 만났다. 그런 일을 겪었음에도 불구하고 나는 번번이 구질구질하고 엉망진창인 남자만 골라 사귀는 재주가 탁월했고, 그래서 나의 안목에 심각한 결함이 있다는 것을 깨닫게 됐다. 연애와 이별 모두 매번 힘들었다. 그럴 때마다 나는 나 자신에게 말했다. 성인이 되기도 전에 나의 단점을 알게 되었다는 사실에 감사하자, 끊임없는 연습을 통해 잘못된 부분을 수정하고 발전시키는 것이 연습생 생활의 본질이 아닐까? 그런 맥락에서 보자면 나는 지금 너무 잘하고 있는 거야. 말도 안 되는 자기암시를 계속했던 것은 그것이 내가 할 수 있는 전부였기 때문이었다. 하루 열 시간이 넘는 고강도의 연습과 만성적인 수면 부족, 거듭되는 데뷔 실패에도 자살하지 않고 살아남을 수 있었던 것은 이런 끊임없는 자기암시 훈련과, 더불어 끊임없는 평가를 통해서 얻게 된 객관적이고 균형 잡힌 사고 덕분일지도 몰랐다. 어쩌면 맹목적으로 무언가에 뛰어들지 못하는 이런 성격 때문에 모든 게 다 틀려버린 것일 수도 있겠지만. 아무튼 곰곰은 나의 네번째 혹은 다섯번째 남자인데 지난 연애에서 얻은 교훈을 바탕으로 개중 가장 착실하고 멀쩡한 인간을 골라 사귀었다는 환상이 깨어지는 데는 오랜 시간이 걸리지 않았다.

*

곰곰과 사귀는 것도 모자라 같이 살기까지 한 것은 철저한 실수였다.

나는 42평, 방 네 개짜리 연습생 숙소에서 나왔다. 캐리어에는 트레이닝복 몇 벌과 속옷이 들어 있을 따름이었다. 나와 함께 살았던 여덟 명의 아이들 중 넷은 데뷔를 해 아티스트 숙소로 옮겼고, 셋은 회사를 떠났다. 더이상은 연습할 것도, 연습을 할 필요도 없다는 것을 알고 있었다. 그저 내 차례가 된 것뿐이라고 생각하니 마음이 편했다. 캐리어를 끌고 곰곰의 집으로 향했다.

막상 곰곰의 집에 당도했을 때 나는 놀랄 수밖에 없었다. 반지

하의 축축한 느낌은 그렇다 쳐도 도무지 정체를 알 수 없는 냄새하며 애초의 빛깔을 완벽히 잃어버린 다갈색의 대우 냉장고와 피사의 사탑처럼 기우뚱해져버린 왕자 행어, 그 위에 걸린 무릎이 늘어난 유니클로 청바지까지. 얘는 정말 생긴 것만 구질구질한 게 아니구나. 집안을 구성하고 있는 그 어떤 물건도 구질구질하지 않은 게 없어서 황당했고, 황당한 나머지 웃기기까지 했다. 현관에 캐리어를 내려놓는 순간 천장에서 탁탁탁, 연필을 두드리는 듯한 소리가 났다. 곰곰은 쑥스러운 듯 팔을 긁으며 천장 위에서 벌레가 기어가는 소리라고 했다.

정말 이런 곳에서 사람이 살아도 되는 거야?

곰곰의 집은 곰곰만의 집이 아니었고 일층의 우유 배급소에 기생하던 바퀴벌레와 그리마와 바구미와 전래 동화에 나올 것 같은 지네가 함께 사는 숙소 같은 곳이었다. 숙소보다는 대학 기숙사에 가까울 만큼 개체수가 많은 게 문제였지만. 덕분에 곰곰의 집에서 나는 수많은 룸메이트를 얻게 되었다.

곰곰의 집에 들어간 지 나흘째 되던 날, 우리는 밥상을 펴고 앉아 김과 콩자반을 안주 삼아 소주를 마셨다. 나는 취한 채 이불 위에 쓰러져버린 곰곰의 등에 대고 외쳤다.

착각하지 마. 나 여기서 너랑 사는 거 아니야. 우리 그런 진지한 사이 아니라고.

그러거나 말거나 코를 골며 자는 곰곰. 나는 곰곰의 엉덩이를 발로 밀며 덧붙였다.

언제든 내키면 이 거지같은 집구석 나갈 거라고. 알겠냐.

곰곰의 코 고는 소리가 순간 멈췄다. 그때 곰곰이 벌떡 일어나 화장실로 달려갔다. 다급히 문을 닫고 몇 번 구역질하는 소리를 내더니 이내 잠잠해졌다. 술 몇 잔 마시지도 않았는데. 안에서 잠이 들었나. 등이라도 두드려줄까 싶어서 화장실 문을 열자, 곰곰이 문에 딸려 나와 바닥에 쓰러졌다. 곰곰의 목에 샤워 타월이 감겨 있었다. 위액이 역류했기 때문인지 아니면 너무 세게 목을 졸랐기 때문인지 눈이 벌겋게 충혈돼 있고, 얼굴은 침과 눈물 범벅이었다. 논에 내팽개쳐진 허수아비 같은 곰곰의 꼴이 웃겨서, 나도 모르게, 시골 애들도 자살을 하니? 말하고 웃어버렸다. 곰곰은 화장실 문턱에 몸을 반쯤 누인 채로 대답했다.

나 한심하지.

응. 그러게. 진짜 한심하네. 근데 사람 사는 게 다 그렇지 뭐.

나, 정말 네가 필요해.

뭐래. 순정 만화 너무 많이 봤니?

정말 필요해. 내 삶에.

너 왜 계속 반말해. 내가 너보다 한 살 더 많잖아?

나는 웃으며 곰곰의 목에 감긴 샤워 타월을 풀었다. 곰곰이 내 손 위에 자신의 손을 포갰다. 그리고 잠시 아무 말도 하지 않은 채 나의 눈을 바라보았다. 미친놈.

소동이 끝난 후 곰곰은 얌전히 다시 이불로 돌아가 아무 일도 없었다는 듯 코를 골며 자기 시작했다. 자는 곰곰의 얼굴을 보며, 나는 생각했다.

이거 불길한데.

나를 필요한 사람이라고 얘기해준 것은 그가 처음이었다. 그전까지 나는 언제든지 대체될 수 있는 상품에 불과했다. 나보다 춤을 잘 추고 노래를 잘하고 예쁘고 존재감 있는 애들은 넘쳐나게 많았다. 두 번에 걸친 데뷔조 발탁과 또 거듭되는 탈락이 내게 알려준 진실은 내가 언제든지 대체될 수 있는 존재이며, 나의 가치를 똑바로 바라봐야지만 무너지지 않을 수 있다는 사실이었다. 그랬는데, 이상하게 도톰하고 못생긴 곰곰의 곰손이 내 손 위에 포개질 때마다 나는 살아가는 것이 무엇인지 새롭게 배우는 것 같은 기분이 들었다. 내가 단단히 뿌리내리고 있다고 믿었던 현실이 실은, 헬륨을 넣은 풍선처럼 이리저리 정처 없이 나부끼고 있었던 것에 불과했다는 사실을. 현실은 전혀 정제되어 있거나 아름답지 않으며, 일상에 연습 따위는 없다는 것을. 지금 이 순간이 내 삶이라는 사실을.

그후로도 나는 벌레를 무서워하는 곰곰 대신 『셰익스피어론』이나 『영미시의 이해』 같은 책으로 바퀴벌레를 때려잡았다. 브라운관 텔레비전으로 연말 가요대상에 서는 나의 연습생 시절 친구들을 보며, 나는 왜 최악의 남자를 골라서 사귀는 재주가 있는지 진심으로 고민했다.

*

곰곰은 술을 잘 마시지도, 술을 좋아하지도 않으면서 술을 자
주 마셨다. 나로서는 술자리를 즐기는 게 아니라 술 그 자체를 너
무 사랑했으므로 곰곰과 상을 펴고 앉아 새우깡이며 라면 같은 것
에 소주를 마시는 일이 싫지는 않았으나, 곰곰은 그런 자신을 견
딜 수 없어하는 것 같았다. 술을 마실 때마다 뭔가를 때려부쉈고
그것은 대부분 자기 자신이었다. 아부지, 아부지, 사투리 섞인 탄
식을 내뱉으며 벽에 머리를 찧거나 울면서 피가 맺힐 때까지 거스
러미를 뜯는 일이 잦았다. 언젠가는 내게 모두 자신의 잘못이라
고 말하며 연신 자신의 뺨을 스스로 때리기도 했다. 입술이 터져
피가 흐르기까지 했다. 도대체 쟤는 왜 저럴까. 내가 알기로 곰곰
의 집은 그냥 평범한 쌀 농가에 불과한데. 내가 떠올릴 수 있는 농
촌의 가정이란 얼굴이 흙빛이 될 때까지 논에 쪼그려앉아 땀을 줄
줄 흘리며 일을 하고 집에 들어와 막걸리를 나눠 마시는, 나이를
종잡을 수 없는 선량한 부부의 모습이 고작이었기에, 아빠가 막걸
리를 마시고 가족들을 존나 팼나, 그렇지 않고서야 어쩜 저럴 수
가 있지 하는 마음만 들었다. 난 쟤처럼 완전 구제불능은 아니라
좀 다행이라는 생각이 들 정도로 스스로를 너무 괴롭혀 화가 나다

가도 묘하게 불쌍했고, 불쌍하다가도 정말 안 되겠다 싶은 마음이 들게 했다. 그렇게 이별을 결심하고 뭔가 결단을 내리려 할 때마다 곰곰이 내 손을 잡았다. 그리고 말했다.

네가 있어 다행이야.

그러면 어느새 나는 또, 얘랑 헤어지고 나면 같이 텔레비전을 보며 (이제는 연예인이 되어버린) 연습생들에 대한 뒷담화를 들어줄 사람도 없겠네, 맨날 같이 술 마셔줄 사람도 없겠구나, 그럼 정말 하루종일 뭐하고 살아야 하지, 라는 생각이 들어 번번이 쌌던 가방을 풀곤 했다. 그 시절 나의 캐리어는 몇 번이나 채워졌다가 또 비워졌다.

내가 미쳤지.

*

곰곰이 차라리 나를 때렸으면 좋겠다는 마음을 가졌던 건 두번째로 응급실행 앰뷸런스를 탔을 때였다. 날 때리지. 차라리 날 찌르지. 그럼 좀 홀가분하고 마음 편히 떠날 수 있을 텐데. 먼젓번에는 락스와 샴푸를 섞어 마시는 정도의 애교 섞인 자살 시도를 했던 곰곰은 좀더 진지해져볼 생각이 들었는지 과도를 들고, 손목을 여섯 번쯤 그었다. 마지막에 너무 과도하게 결의를 다져 깊게 그어버린 탓에 손바닥으로 이어지는 신경이 두 개쯤 끊어졌다고 했다. 나는 지면 광고나 뷰티 광고를 찍어 받은 한줌의 돈을 곰곰의 수술비로 썼다. 곰곰은 내게 미안하다고 했다.

그 무렵 가뭄이 심해 흉작이 들었는지, 정부의 농업정책 때문인지, 어머니의 오랜 친구 중 하나가 곗돈을 들고 날랐는지, 아무튼 예상치 못하게 곰곰의 집안에 우환이 들었다. 곰곰에게 더이상 월세며 등록금을 내어줄 수 없다고 통보를 해왔다. 곰곰은 그제야 정신을 좀 차렸는지 일주일에 여덟 번씩 먹던 술을 네 번 정도로 줄이고, 손에 깁스를 한 채 종로의 어학원에서 강사 일을 하기 시작했다.

술을 줄이자 없던 불면증이 생긴 곰곰은 자주 밤을 새웠다.

자다가 누가 건드리는 것 같은 기분이 들었다. 눈을 떠보니 아둔한 형태로 앉아 있는 곰곰의 얼굴이 보였다.

네 잠꼬대 때문에 잠 깼어.

무슨 소리야?

내가 눈을 감은 채 또렷한 목소리로 계속 뽑아달라고, 떠들었다고 했다. 한참을 뽑아달라고 하다 울음이 섞인 목소리로 살려달라고 외쳤다고. 아, 그래서 자고 나면 목이 아픈 건가. 나도 참 나다. 웃음이 나왔다.

새벽 세시. 잠이 완전히 깨버린 나는 골드스타 텔레비전을 틀어 볼륨을 줄인 채 재미도 없는 예능 프로그램을 봤고 곰곰은 상을 펴고 앉아 영문법 책을 봤다. 그때 나의 첫번째 남자였던 민머리의 씨발 놈이 마약 유통 혐의로 구속 수사를 받고 있다는 단신이 흘러나왔고 나는 은은한 미소를 지었다. 나는 냉장고 옆에 가 박스째로 싸게 산 귤들 중 곰팡이가 슬지 않은 것을 골라 껍질을 깠다. 과육이 너무 달아서 반만 먹고 나머지 반은 곰곰의 입에 집어넣었다. 곰곰이 다리가 춥다고 해 나란히 앉아 이불을 나눠 덮었다.

겨울에도 방은 어김없이 축축했는데 이상하게 피부는 갈수록 건조해져 고농축 수분 크림이며 립밤 같은 것을 찍어 발라도 아무 소용이 없었다. 곰곰도 마찬가지였는지 우리는 하얗게 일어나는 피부를 함께 연신 긁어댔다. 정신을 차렸을 땐 나와 곰곰의 온몸에 묘한 형태의 발진이 돋아나 있었다.

그후로 우리는 발진을 우리들의 자식이라고 생각하기로 마음먹고 이름을 붙여주었다. 눈송이 1, 2, 3, 4. 눈송이를 오십 개까지 세다 만 우리는 결국 참지 못하고 피부과에 갔다. 전염병은 아니고 건선의 일종이라고 했는데, 면역계의 문제인 것 같다고 했다. 스트레스와 건조하고 먼지가 많은 환경을 조심하라고 했는데 가난하면 그중 어떤 것도 피할 수 없다는 사실을 우리는 너무나도 잘 알고 있었다.

곰곰과 내가 극세사 이불을 덮고 누워 서로에게 긁지 마, 긁지마 말하는 날들이 늘었다. 안간힘을 다해 간지러움을 참다 견디지 못하면 한참 동안 등을 비비다 결국 스테로이드 연고를 발라주곤 했다.

　여름이면 사정이 좀 나았다. 사정이 나았다고 해서 뭐 드라마틱하게 달라졌다는 의미는 아니었다. 더위가 찾아들 때면 도통 잠을 잘 수가 없었다. 공업용 선풍기를 사다놔도 숨을 죄는 듯한 더위는 가시지 않았다. 우리는 멀찍이 떨어진 채 쿨시트를 바닥에 깔고 잠들었다. 약을 바꾼 뒤로는 곰곰은 눈만 감으면 잠을 잤다. 입대 영장이 나와서 정신과와 피부과에서 뗀 진단서를 들고 병무청에 갔다. 검사를 몇 번 더 받아야 한다고 했다.

　곰곰은 병원과 학교를 다니면서도 어김없이 어학원에 나가 강사일을 했다. 수강생이 점점 늘어난다고 했다. 월요일과 수요일에만 나가던 학원을 일주일 내내 다니기 시작했다. 처음에는 반찬값이나 벌어올까 싶던 그가 내 몫의 월세까지 대신 내기 시작했다.

　여전히 잠은 잘 자지 못했다. 누가 봐도 얼굴에 피로한 기색이 역력했지만, 곰곰은 예전보다 훨씬 더 의연한 표정으로 모든 일들을 묵묵히 처리해나갔다. 손목을 긋거나 이상한 약 같은 것을 털어넣는 일도 좀체 없었다. 나는 그런 곰곰의 변화가 좋다가도 가끔씩 울적한 기분에 사로잡히곤 했다. 곰곰, 아직도 내가 필요한 거 맞지, 묻고 싶었지만 너무 순정 만화의 대사 같아 관뒀다.

*

그 여름 기획사의 캐스팅 디렉터로부터 연락받았을 때 나는 한
남동의 한 카페에서 설거지를 하고 있었다. 내가 연습생을 시작할
때 수습사원에 불과했던 캐스팅 디렉터는 어느새 대리가 되었다
고 했다. 열여섯 살이었던 내가 스물네 살이 되었으니, 당연한 일
일지도 몰랐다. 그녀는 마치 고향의 친동생을 대하듯 살가운 말투
로 말했다. 재고처럼 남아버린 연습생들을 대상으로 새로운 아이
돌 그룹을 꾸리는 프로그램이 론칭된다. 만약 내가 출연 제안을
승낙한다면, 유명 걸 그룹에 포함될 뻔했지만 지금은 아르바이트
로 연명하는 장수 연습생 캐릭터로 프로그램에 투입될 것이라고
했다. 초반에 화제 몰이가 될 테니 운이 좋으면 데뷔를 할 수도 있
을 것이라는 말도 덧붙였다.

우리가 왜 굳이 너를 불렀겠니. 가능성 있어. 너 잘하잖아.

잘하면 왜 잘랐대.

전화를 끊고 중얼거렸다.

*

그날 밤도 열대야가 심했다.

우리는 다른 많은 더웠던 여름밤처럼 돗자리를 들고 한강으로

나가 산책을 했다. 한강에는 당시 유행하는 스타일의 트레이닝복을 입은 사람들이 당대 유행하는 견종의 개들을 산책시키고 있었고, 우리는 너무 말랐거나 너무 뚱뚱하거나 아니면 눈이 비정상적으로 큰 개들을 보며 말했다.

우리도 언젠가 저렇게 웃기게 생긴 개를 기르자.

그래. 너는 취직하고 나는 데뷔해서 아파트도 사고, 에어컨도 달고, 개도 기르자.

고양이도 길러야 해. 고양이가 바퀴벌레를 잘 잡아준대.

그래. 고양이도 기르자.

멀리 한강 너머의 불빛을 바라보고 있으면 내가 떠나온 세계가 떠올랐다. 기획사와 숙소와 꿈을 위해 무엇이라도 할 수 있다고 믿었던 시절들을 저곳에 다 두고 온 것 같았다. 남들보다 길쭉한 팔다리와 하얀 얼굴, 그거 말고 하나도 특별할 게 없는 나의 일상에 특별하고도 대단한 일이 생기기를 간절히 바라왔다는 것을 깨달았다. 불빛을 향해 저절로 손이 앞으로 나아갔다.

이상해. 이렇게 뻗으면 곧 잡힐 것 같은데. 너무 멀어.

당연하지. 강 건너잖아.

있잖아, 곰곰. 나는 내가 특별하다고 믿었어. 근데 그냥 특별해지고 싶은 거였어.

너 특별해.

아냐. 특별해지고 싶다는 건, 특별하지 않다는 증거야.

특별히 술을 많이 마시기는 하는데, 그건 별로 안 특별한 건가?

정말 특별한 아이들은 자신의 특별함을 너무 당연하게 생각해. 그냥 존재하는 그대로 빛나.

그게 좋은 건가.

난 그게 항상 슬펐어.

곰곰은 별 거지같은 게 다 슬프네, 라는 듯한 표정으로 나를 흘끔 봤다가 다시 핸드폰에 코를 박았다. 그리고 핸드폰에서 눈을 떼지 않은 채 집주인이 보증금을 삼백만원 더 올려달라고 해 입금했다고 했다. 돈이 어디서 나서? 모아놓은 거 좀 털어넣었지 뭐. 와, 너 이제 돈도 모아? 자살 연습이 한창일 때, 약값이 없어 내게 이만원씩 돈을 꾸어 썼던 곰곰이었다. 나는 곰곰의 얼굴을 바라보았다. 처음 만났을 때와 별반 다를 바 없는 고요한 얼굴이었다. 그런데도 뭔가 다 달라져버린 느낌이었다. 곰곰의 다리는 원래 나보다 굵고 곰곰의 등은 단단하고 곰곰의 키는 원래 나보다 조금 컸는데도, 이상하게 나를 만난 후에야 비로소 자라버린 것 같은 느낌이었다. 곰곰이 생각해봐도 그럴 리가 없는데. 왜일까. 곰곰의 빰에 코 그림자가 내려앉았다. 아기였던 곰곰이 사람이 되었네. 곰곰은 점점 더 내가 없어도 괜찮은 사람이 되어가고 있었다.

*

잘 보던 텔레비전이 갑자기 터져버렸다. 주인공들끼리 과장되게 머리를 쥐어뜯고 소리를 지르는 막장 드라마가 흘러나오다 불현듯 화면이 꺼지더니 연기가 나기 시작했다. 허리가 약한 곰곰 대신 내가 텔레비전을 들어 바깥에 내다놓았다. 죽도록 무거워서, 텔레비전을 나르는 내내 역시나 이번에도 제대로 된 남자를 고르는 데 실패했다는 생각을 했다. 방구석에 드러누워 있는 곰곰의 엉덩이를 발로 차며 말했다.

동사무소에서 폐기물 스티커를 사야 해, 곰곰.

아침에 집밖으로 나설 때마다, 전봇대 옆에 놓인 브라운관 텔레비전이 보일 때마다, 폐기물 스티커를 사야 한다는 생각을 했지만 그때뿐이었다. 학교에 다니고 아르바이트를 하느라 바빠서 동사무소에 들를 시간이 없었다. 곰곰을 걷어차며 몇 번 더 말해봤지만 나보다 더 깜빡하기를 잘하는지라 소용없는 건 마찬가지였다. 그러다 어느 날 갑자기 텔레비전이 흔적도 없이 사라져버렸다.

그뿐이었다.

*

서바이벌 오디션에 나가기 전에, 모아놓은 돈을 털어 몇 가지

피부과 시술과 라미네이트를 받기로 결정했다. 곰곰에게 방을 나가겠다고 선언했다. 곰곰은 곰곰이 생각하더니 순순히 방을 알아보겠다고 했다. 나는 다음 학기 등록금을 내기 위해 모아놓은 돈을 선금으로 걸어 앞니 여덟 개를 인조 치아로 교체했다.

시술을 마친 후 거울 앞에 서서 웃어보니 이가 하얗다못해 푸르게 보였다. 그래서인지 술을 자주 마셔 원체 노르댕댕한 내 낯빛이 훨씬 더 노랗게 보였다.

*

오디션이 열리는 일산의 한 대형 세트장으로 향했다. 곰곰에게는 압구정에 있는 이모네 집에 들어갈 거라고 했다. 압구정 이모는 삼 년 전 아파트를 정리하고 양평으로 갔다. 곰곰의 집에 있던 내 옷가지 대부분을 박스에 싸서 본가로 부쳤다. 칫솔과 샴푸와 헤어드라이어와 패딩 몇 벌과 당장 입을 간절기 옷 몇 벌과 속옷들을 차곡차곡 캐리어에 넣었다. 첫 예선 녹화 기간은 보름이지만 생방송 무대까지 살아남으면 두 달이 넘는 기간 동안 촬영을 한다고 했다. 겨울이 되겠네. 접으면 부피가 작아지는 패딩 점퍼를 돌돌 말아 캐리어의 맨 밑바닥에 넣었다. 곰곰은 연신내에 원룸을 구했다고 했다. 곰곰이 돌려준 내 몫의 보증금은 치과의 잔금을 갚는 데 모두 썼다. 병무청의 마지막 재검 날짜도 며칠 남지 않았

다고 했다. 쉬이 잠이 오지 않았다. 곰곰은 여느 때처럼 코를 골며
잘만 잤다. 자는 곰곰의 얼굴을 바라보았다. 손목의 상처를 만져
보았다. 상처가 났다 아문 부분이 단단해져 있었다. 단단한 조직
을 따라 여러 번 지문을 문질렀다. 우리가 손을 잡고 자지 않은 게
언제부터였는지 잘 기억나지 않았다.

*

　서바이벌 오디션이 방영되기 시작했다.
　나는 촉망받는 걸 그룹의 데뷔조였으나, 아깝게 떨어진 나이가
많은 연습생 캐릭터로 꽤 많은 분량을 배정받았다. 프로그램 속
나는 다크서클이 무릎까지 내려간 채 힘겹게 안무를 따라가고 있
거나, 벽에 기대 있는 등의 의욕 없고 노쇠한 모습으로 비쳐졌다.
내 이름 옆에 이모라는 수식어가 붙었다. 화면에 내가 등장할 때
마다 노인을 의미하는 그림이 자막과 함께 나왔다. 아마도 그게
그들이 말한 내 캐릭터인 것 같았다. 나를 포함해 스무 명 정도 되
는 아이들이 방송의 거의 모든 분량을 장악했다. 데뷔가 내정된
사람이 있다는 소문이 연습생들 사이에서 돌았다. 아이들은 일 초
라도 더 많은 분량을 배정받기 위해 모든 수를 짜내고 있었고 그
것은 꼭 연습생 시절의 내 모습 같았다. 나는 그들의 들끓는 에너
지를 왜인지 관조하는 시선으로 바라보고 있었다. 정말 이모라도

된 것처럼. 방송 초반 내 이름은 두어 번 포털 사이트 실시간 검색 순위의 최상위에 올랐다.

*

녹화 첫날에 회수해갔던 핸드폰을 열흘 만에 돌려주었다. 나는 핸드폰을 받자마자 곰곰에게 전화를 걸었다. 재검 결과가 나왔다 고 했다.

있잖아 나. 결국 현역 판정 받았어. 나이가 많아서 영장도 바로 또 나왔어. 다음달이야.

곰곰은 그 말까지 하고 울기 시작했다. 그래, 우리가 나이가 많 기는 하지. 나는 아랫입술을 깨물었다. 왜 이렇게 연락이 되지 않 았느냐는 곰곰의 울먹이는 목소리에 아무런 대답도 할 수 없었다. 전화를 끊고도 눈물은 나지 않았다. 마음이 차분히 가라앉았다.

더이상 연락할 사람도, 필요도 없었다. 나는 곧장 핸드폰을 정 지시켰다. 우리를 이어주던 마지막 끈이 끊어졌다. 언젠가는 했어 야 할 일이었고, 아니 진작에 그랬어야 할 일이었고, 지금이 가장 좋을 때였다. 그러니까 모든 게 다, 괜찮았다.

그날 밤, 나는 잠들지 못한 채 침대에 누워 있었다. 많은 연습생 들을 수용하기 위해 급조된 싸구려 이층 침대는 움직일 때마다 듣 기 싫은 소리를 냈다. 연일 강행군이 지속돼 아이들은 숙소에 돌아오자마자 화장도 지우지 않고 잠들어버렸다. 내 침대 아래층에서 코를 골고 있는 아이는 열다섯 살 중학생이라고 했다. 여섯 명이 함께 쓰는 숙소 방에서도 내가 가장 나이가 많았다. 나는 지금 여기서 무엇을 하고 있는 것일까. 떠나야 할 때를 잘 알고 있는 게 내 유일한 장점이라고 생각했는데.

나는 계속해서 잠들지 못한 채 누워 천장을 바라보았다. 코앞의 천장이 내 몸으로 쏟아져내릴 것 같아 두 팔을 뻗었다. 천장에 손이 닿았다. 차가웠다. 나라는 존재가 아주 무거운 것에 짓눌려 납작해져버린 기분.

*

나는 오 주 만에 떨어졌다. 생방송을 목전에 둔 순위였으나, 결국 데뷔를 하지는 못했다. 성형을 많이 한 심사위원은 춤과 노래 실력의 기본기가 단단한 편이지만 시선을 끄는 특별한 매력이 부족하다고 했다. 당연한 결과였다. 열몇 살의 생글생글한 아이들 사이에서 내 얼굴은 퍽 우울하고 나이들어 보였다. 연습생들 사이에서 데뷔 내정자로 지목됐던 사람들 중 나를 제외한 모두가 데뷔에 성공했다. 역시나, 피부 톤과 맞지 않는 치아 색깔 때문인 걸까. 생수를 마실 때면 라미네이트 시술을 한 앞니가 시렸는데, 그게 정말 노인이나 다름이 없어서 웃겼다. 나는 계절이 바뀔 것을 대비해 싸갔던 두꺼운 겨울용 외투를 꺼내지 못하고 그대로 다시 캐리어를 쌌다.

*

마지막 무대를 녹화할 때, 나는 내가 떨어질 것을 알고 있었다. 때가 되었다는 생각이 들었다. 마지막이라는 예감은 언제나 틀리는 법이 없었으니까.

리허설이 시작됐고, 천장의 조명이 켜졌다. 나는 천장을 향해 손을 뻗어 눈을 가렸다. 너무 밝아서 닿을 것만 같지만 그럴 수 없다는 것을 잘 알고 있다. 스물넷. 누군가는 아직 아무 시작도 하지 않았을 나이에 나는 포기와 체념이 때로는 나를 위한 최선일 수 있음을 배웠다. 손가락 사이로 새어드는 조명을 보는데 갑자기 눈물이 날 것 같았다. 씨발, 청승맞게. 왜 이럴 때 눈물이 나고 난리일까. 보고 싶은 사람의 얼굴도 목소리도 아무것도 떠오르지 않는데 이상하게 다만 몇 줄의 대사가 머릿속에 떠올랐다.

밤하늘의 별을 의심하지 마시오.

태양의 움직임을 의심하지도 마시오.

비록 진리를 허위라 의심해도,

나의 사랑을 의심하지는 마시오.

사랑하는 오필리어여, 나는 비록 시에는 서투를지 모르나,

오직 한없이 그대를 사랑하오.

이 마음 부디 믿어주기를.

안녕히. 이 생명 죽을 때까지 목숨 바쳐 사랑하는 그대여.

이 몸도 마음도 그대의 것이오.

손가락 사이로 빛이 새어들었다.

언젠가 이 손을 뜨겁게 잡아주던 사람이 있었다.

곰곰.

나의 햄릿.

세라믹

은주씨가 눈썹 칼을 들고 거울 앞에 섰다. 나는 그녀의 뒤에 앉아 키 큰 그녀를 올려다보았다. 그녀의 얼굴에서 연신 연필 깎는 소리가 났다. 눈썹을 깎은 뒤 그녀는 공들여 화장을 했다. 화장을 마친 그녀가 내게 손을 뻗었다. 어깨가 움츠러들었다. 그녀는 내 어깨 위에 묻은 먼지를 털어내고는 말했다. 예쁘네. 우리 아들. 은주씨는 옷장으로 가 몸에 붙는 원피스를 꺼내 입고 그 위에 푸른 코트를 걸쳤다. 그리고 손가락으로 자신의 머리카락을 빗으며 현관으로 걸어나갔다. 나는 화장대에서 몰래 눈썹 칼을 접어 주머니에 넣었다. 은주씨가 파란 하이힐에 발을 집어넣다 살짝 균형을 잃었다. 그러나 넘어지지는 않았고, 몸으로 현관문을 밀며 밖으로 나갔다. 그녀가 빠른 걸음으로 앞장섰고 나는 두 걸음쯤 뒤에서

그녀의 발목을 보며 걸었다. 그녀가 발을 내디딜 때마다 발목이
좌우로 흔들렸다.

이제 우리에게는 행복하게 살 일만 예비되어 있단다.

은주씨가 뒤를 돌아보지 않고 말했다. 언제나 높은 하이힐을 신
고 가슴을 쫙 펴고 다니는 은주씨를 열두 살짜리 아들을 둔 여자
라고 여기는 사람은 아무도 없었다. 그녀를 본 사람은 누구나 그
녀가 눈부시게 아름답다고 말했지만 나는 그 이유를 알지 못했다.
가슴을 쫙 편 은주씨는 누구보다도 자신감이 넘쳐 보였지만 그녀
의 발목은 그녀가 의식하지 못하는 사이에도 계속해서 불안하게
흔들리고 있었다.

붉은 벽돌로 지어진 높은 첨탑 건축물은 동네의 풍경과 잘 어울
리지 않았다. 첨탑의 꼭대기에는 커다란 십자가가 걸려 있었다. 사
람이 바글바글한 성당 입구에 흰색 현수막이 걸려 있는 게 보였다.

4단지 재개발 착수 봉헌 미사.

은주씨가 성당에 다니기 시작하던 무렵부터 동네 여기저기에
붙은 현수막과 같은 내용이었다. 성당에 모인 사람들은 축제가 벌
어진 것처럼 모두 행복한 표정이었다. 종이 울리자 모두가 성당
안으로 들어갔다. 은주씨도 인파를 따라 안으로 들어갔다. 나는
건물 앞에 남았다. 곧 모든 것들이 정적에 잠겼다. 나는 성모상 옆
벤치에 앉았다. 오랫동안 비와 바람을 맞은 성모상의 얼굴에는 짙
게 그늘이 져 있었다. 뺨을 따라 난 균열은 지워지지 않는 눈물 자

국 같았다. 건물 안에서 성가가 울려 퍼졌다. 나는 텅 빈 성모상의 눈을 바라보았다. 눈싸움을 하는 것처럼. 영원히 그녀를 이길 수 없을 것이다.

어디선가 물 흐르는 소리가 들렸다. 고개를 돌리자 키 큰 남자가 배낭을 멘 채 서 있는 게 보였다. 남자는 페트병을 기울여 바닥에 물을 흘리고 있었다. 나는 벤치에서 일어나 남자에게 다가갔다. 남자가 바닥을 응시하며 혼잣말처럼 중얼댔다.

도마뱀에게 물을 주고 있어. 다시 살아날 수 있도록.

바닥에는 껌이 시꺼멓게 들러붙어 있었다. 남자의 얼굴은 무표정했다. 남자가 다시 껌 위로 물을 부었다. 작은 물병이 동나자 가방에서 페트병 하나를 또 꺼냈다. 그러고는 몇 걸음을 옮겨 또다른 껌에 물을 주기 시작했다. 남자와 같은 속도로 그의 뒤를 따라 걷는데, 누군가가 내 뒷덜미를 잡았다.

따라가면 안 돼.

은주씨였다. 남자는 벌써 저만치 걸어가 바닥에 물을 붓고 있었다. 은주씨는 남자를 보며 말했다.

미친 사람이야. 아들이 죽은 뒤로 맛이 가서는 저러고 있다더라.

은주씨가 우악스럽게 내 팔을 잡고 성당 건물 안으로 향했다. 나는 끌려가면서도 계속 남자를 봤다. 고개를 숙이고 있는 남자의 얼굴에 짙은 그림자가 져 있었다.

은주씨의 손에 이끌려 나무로 된 긴 의자에 앉았다. 대리석으로 된 높은 제단 위에는 꽃으로 장식된 탁자가 있었고 그 뒤에 흰옷을 입은 늙은 신부가 서 있었다. 사람들은 스피커를 통해 들리는 그의 말에 따라 일어나거나 눈을 감거나 노래를 불렀다. 단조로운 기도와 노래 소리가 계속돼 자꾸만 눈이 감겼다. 한참을 졸다가 정신을 차려보니 사람들이 신부 앞에 줄 서 있었다. 사람들은 차례대로 신부 앞에 다리를 굽히고 앉아 작고 하얀 종이 같은 것을 받아먹었다. 흰옷을 입은 신부가 말했다.

너희는 모두 이것을 받아먹어라. 이것은 너희를 위하여 내어줄 내 몸이다.

신부의 말에 따르면 저 작고 동그란 종잇조각이 누군가의 살점인 거였다. 아마도 은주씨를 용서해주고 구원해준 신을 말하는 것 같았다. 신은 끊임없이 새살이 돋아나는 능력을 갖고 있는 걸까. 내가 종잇장처럼 흰 살결을 가진 신에 대해 계속 생각하는 동안, 은주씨가 신부 앞으로 걸어가 다리를 굽혔다. 그녀의 입으로 작고 동그란 조각이 들어갔다. 은주씨가 아멘, 이라고 중얼거렸다. 누군가에게 구원받는 것은 그의 신체 중 일부를 섭취하는 일을 필요로 하는 것인가. 자리로 돌아온 은주씨에게 어떤 맛이 나냐고 물어보았다. 은주씨는 내 이마를 살짝 때리며, 맛으로 먹는 게 아니며 용서와 구원을 위해서 영성체를 모시는 거라고 했다. 도무지 그 말의 의미를 알 수 없어 나는 혀에 힘을 꽉 주었다. 입안에 피맛이 감돌 따름이었다.

그녀가 용서와 구원 같은 단어를 쓴 지는 얼마 되지 않았다. 은주씨의 말에 따르면 그녀는 성당에 가서 죄를 용서받는 수업을 들었고, 세례를 통해 구원을 받았으며 구원의 증거로 글라라, 라는 새 이름을 받았다고 했다.

가슴이 아주 뜨거워졌단다. 그리고 내 눈앞에 빛이 찾아왔어. 뜨겁고 따뜻한 빛. 두 팔로 그 빛을 껴안자 모든 죄가 씻기는 기분이었지. 인간 세상에서 느끼는 모든 감정들이 무의미하게 느껴졌지. 신과 만난 순간 나는 신에 가까운 새사람이 된 거야.

은주씨는 그 구원의 경험이 너무 강렬해 지금까지 중요하게 생각해왔던 모든 것들이 무의미해져버렸다고 했다. 나의 경우 용서를 구하고 회개하지 않았기 때문에 새로운 이름을 받을 수 없다고, 진심으로 안타까워하며 말했다. 너에게도 그런 행운이 찾아오면 얼마나 좋을까. 딱히, 내 쪽에서 사양하고 싶은 일이었다.

그로부터 얼마 지나지 않아 오래된 아파트 단지에 개발을 알리는 전단이 나붙기 시작했다. 성당 주차장 부지에는 '성령 환경 보존 재개발 연합 사무소'라는 정체불명의 가건물이 들어섰다. 은주씨는 더없이 기뻐했다. 주님이 자신의 기도에 응답하시어 이런 은총을 내려준 것이 틀림없다고 했다. 그 신은 은주씨만의 신인가. 나는 알 수 없었다.

미사가 끝나자 사람들이 삼삼오오 건물 앞으로 모여들었다. 은주씨도 얼굴이 반질반질하고 단정한 옷을 입은 자들의 무리에 끼어들었다. 그들은 은주씨를 글라라 자매님이라고 불렀다. 나는 언제나처럼 은주씨에게서 두 발짝쯤 떨어진 곳에 서 있었다. 그녀는 한참 동안 신도들과 즐겁게 이야기를 나누다 얼마 지나지 않아 어디론가 사라졌다. 아마 오늘도 밤새도록 술을 마시며 돌아오지 않을 것이다. 인파가 빠져나간 공터에 잠시 혼자 서 있던 나는 이내 발걸음을 옮겼다. 집으로 갈 시간이었다.

*

잠을 자다 누군가 문을 두드리는 소리에 깼다. 한참 동안 조급하게 문을 두드리던 소리가 나다 멎었다. 열쇠가 짤랑이는 소리가 들리더니, 자물쇠가 돌아갔다. 오래된 현관문이 우는 것 같은 소리를 내며 열렸다. 나는 주머니 속의 눈썹 칼을 움켜쥐었다. 문 앞에 파란 코트를 입은 은주씨가 서 있었다. 숨을 쉴 때마다 알코올 냄새가 진하게 풍겼다. 얼굴이 발개진 그녀와 눈이 마주쳤다. 고개를 돌리려 했지만 늦어버렸다.

왜 문 안 열어.

대답하고 싶지만 혀가 잘 움직이지 않았다. 어차피 대답을 구하는 질문은 아니었다. 은주씨가 구두를 신은 채 거실로 들어와 내 뺨을 세게 후려쳤다. 그러더니 소리질렀다.

죄를 지었으면 죗값을 치러야지!

그녀가 내 몸을 끌어당겼고, 나는 그녀를 밀쳤다. 그녀와 내가 동시에 넘어져 뒹굴었다. 손에 쥐고 있던 눈썹 칼이 바닥에 떨어졌다. 그녀가 재빨리 내 몸 위에 올라타 나를 움직일 수 없게 짓눌렀다. 벗어나기 위해 발버둥쳐봤지만 아무 소용 없었다. 내 얼굴에 그녀의 얼굴이 가까이 다가왔다. 나는 눈을 질끈 감고 숨을 참았다. 그녀가 내 얼굴에 자신의 달아오른 빰을 비볐다.

사랑해. 아들.

은주씨의 눈은 발광체처럼 불길하게 빛나고 있었다. 은주씨가 내 입술에 입을 맞추었다. 입안에 피가 퍼져나가는 게 느껴졌다. 눈을 감고 숨을 멈췄다. 온몸을 쪼그라뜨린 채 은주씨의 모든 것을 받아들였다.

표정이 왜 그래? 넌 내가 싫니?

은주씨가 구겨진 내 얼굴을 손으로 짓이겼다. 그녀의 손톱이 내 얼굴을 찔렀다. 그녀는 양손으로 내 얼굴을 꽉 움켜잡은 채 울기 시작했다.

아무도 날 사랑하지 않아.

숨이 턱 막혔다. 나는 그녀의 손아귀에서 벗어나기 위해 몸부림을 쳐보았지만, 그럴수록 나를 짓누르는 그녀의 힘이 더욱 강해질 따름이었다. 과연 그녀는 신처럼 압도적인 힘을 가지고 있었다. 이것이 사람들이 말했던 그녀의 아름다움일까. 어느새 그녀의 손에서 힘이 풀어졌고, 나는 가쁘게 호흡했다. 그녀가 나를 내버려둔 채 찬장으로 가 와인 한 병을 꺼내 식탁 앞에 앉았다. 맨손으로 병을 따기 위해 끙끙대던 은주씨는 결국 병을 내려놓고 식탁에 엎드렸다. 나는 한동안 가만히 누워 있었다. 곧 그녀가 규칙적으로 호흡하는 소리가 들렸다. 비로소 집안에 고요한 평화가 찾아왔다. 나는 천천히 몸을 일으켰다. 골반 어딘가가 어긋나버렸는지 몸이 자꾸만 한쪽으로 휘청거렸다. 소리를 내지 않기 위해 조심하며 천천히 현관문을 열고, 밖으로 나갔다.

맨발로 복도를 따라 오른쪽으로 쭉 걸었다. 발을 내디딜 때마다 복도의 센서 등이 켜졌다. 복도 맨 끝의 문 앞에 서서 문을 두드렸다. 문이 열렸다.

M.

교복을 입고 어깨까지 내려오는 단발머리를 한 그녀가 현관에 서 있었다. 혹시 나를 기다리고 있었던 걸까 생각해봤지만 그럴 리 없었다. 그녀는 언제나처럼 작고 찢어진 눈으로 나를 무표정하게 바라보았다.

너네 엄마도 정말 미친년이다.

나는 아무 말도 하지 않고 작게 미소 지었다. 내 딴에는 환하게 웃는다고 웃었는데 입안의 통증 때문인지 뭔가 어색한 표정이 된 것 같았다.

또 그렇게 이상하게 웃네.

M이 부엌에서 얼음주머니를 만들어왔다.

그거 뺨에 대고 있어.

나는 M이 시키는 대로 얼음주머니를 뺨에 댄 채 소파에 앉았다. M도 내 옆에 앉아 다리를 꼬았다. M은 교복을 입고 있었다. 학교에서 막 돌아왔다고 했다. 특목고 입학 시험이 얼마 남지 않아 주말에도 학교에 가야 한다며 이 모든 것들이 다 무슨 의미가 있는지 모르겠다고 투덜댔다. M은 대단히 학업성적이 우수한 편은 아니었는데 굳이 특목고를 지망했다. 미국에 있는 대학에 갈 것이라고 했다. M이 가족 중에서 유일하게 좋아하는 큰언니가 미국에 정착해 살고 있기 때문이었다.

너네 엄마는 아직도 시위 나가니?

나는 고개를 끄덕였다.

여기도 마찬가지야. 며칠째 집에 아무도 오지 않아. 부모님에 작은언니와 오빠까지 합세했어. 손을 쓰지 않으면 꼼짝없이 공장을 폐쇄하게 생겼다고 하더군.

아마도 아파트 재개발 사업을 위해 은주씨와 성당 사람들이 몰려다니는 것과 비슷한 종류의 일들 같았다. 언젠가 은주씨와 은주씨의 형제자매들이 M의 가족들에 대해 말하는 것을 들은 적이 있었다. 그 집안에 닥친 비극에 관한 내용이었다.

막내가, 그 집 다섯째가 죽었다잖아요.

그런데 그 집 부모는 요즘 같은 세상에 왜 애를 다섯이나 낳았대요.

피임을 안 하는 게 거기 교리래.

세상에, 뭐 그런 야만적인 교리가 다 있대.

뭐 다 믿는 구석이 있으니까 죽도록 애도 낳고 그러는 거 아니겠어요. 외국인을 값싸게 부려먹어서 남는 게 많다던데. 공장 지대에 불법 건물 지어서 거기에 이단 교회까지 세웠다고 하더라고요.

어머나 세상에. 아멘.

나는 은주씨에게 피임과 값싼 외국인들이 무엇을 뜻하는지 물어보았지만 은주씨는 대답해주지 않았다. 대신 내 귀에 대고 말했다.

그 집 아이들을 멀리하렴.

그러거나 말거나 나로서는 별로 관심도 없고 상관도 없는 문제였다.

M은 계속해서 공장 지대를 둘러싸고 일어나는 분쟁에 대해, 그곳에 연루된 사람들에 대해 이야기했다.

다들 도대체 무엇을 위해서 싸우고 있는 건지 모르겠어. 그냥 다 망해버리라지.

거실은 온갖 가구와 물건들로 발 디딜 틈이 없었다. 커다란 벽걸이형 텔레비전과 양가죽으로 만들어진 소파, 거기다 러닝머신과 아령, 빨래 건조대, 책 같은 것들이 꽉 차 있었다. 환갑을 넘긴 M의 부모님이 일을 마치고 들어와 홈쇼핑으로 사들인 물건이라고 했다.

늙으면 죽어야 해.

한참 동안 열변을 토하던 M은 내가 별 반응을 보이지 않자 금세 지쳐버렸는지 입을 다물어버렸다. 심심해진 나는 얼음주머니를 내려놓고, 바닥에 아무렇게나 부려져 있는 책을 집어들었다. 과학 전집 중 하나였다. 인간의 몸 칠십 퍼센트는 물로 구성돼 있다. 칼륨의 불꽃 반응은 보라색이다. 심장이 뛰면 온몸에 신선한 피가 공급된다. 과학책이 지루해진 나는 거실 한편의 책장으로 갔다. M의 집에는 홈쇼핑에서 사들인 듯한 전집류의 책들이 아주 많이 있었고, 나는 그것들을 통해 학교에서보다 더 많은 것들을 배워왔다. 무엇을 읽을까 고민하다 본 적이 없는 동화책 한 권을 집어들었다. 숲에서 길을 잃은 남매가 바닥에 빵 조각을 떨어뜨리는 이야기였다. 나는 M에게 물었다.

얘는 왜 빵을 바닥에 던져.

살아 있는 걸 알리기 위해?

빵 조각을 누가 먹어버리면?

그럼 아무도 알지 못하겠지.

살아 있다는 사실을?

응.

M이 반대쪽 다리를 꼬고 앉았다. 그때 M의 미간에 칼자국처럼 선명한 주름이 잡혔다. M은 신경질적으로 소파를 훑어 무언가를 들어올렸다. M의 손에는 구슬 모양의 작은 조각이 들려 있었다.

또 세라믹이야.

M은 그것을 쓰레기통에 던져넣으며 지긋지긋하다고 말했다. 집안 곳곳에 온갖 종류의 세라믹 조각들이 널려 있어 무심코 밟기 일쑤라고도 했다.

이까짓 거 때문에 이 후진 동네에 눌러앉아 있어야 한다니. 짜증나 죽겠어.

M이 자리에서 일어나 방으로 걸어들어갔다. 나도 소파에 책을 내려놓고 그녀의 뒤를 따랐다. 방안에는 이층 침대와 커다란 철제 수납장이 놓여 있었다. M의 언니들이 사용했던 물건이라고 했다. 이곳에 올 때마다 기숙사나 수용소에 와 있는 것 같은 기분이 들었다. M이 말했다.

이 집구석엔 내 거라곤 하나도 없어. 지겨워.

M이 문손잡이의 잠금 버튼을 눌렀다. 어차피 밤새도록 아무도 오지 않는 걸 알면서도 번번이 그랬다. 남들이 알아서는 안 될, 우리 둘만의 비밀이 벌어질 차례였다. 그녀가 치마를 걷어올렸다.

너는 예외.

그녀의 뒤통수 너머로 창살이 보였다. 복도로 통하는 창문에 달린 방범 창살이었다. 그녀의 뒤통수와 내 얼굴에 창살 모양의 그림자가 드리워졌다. 그녀가 고개를 숙여 나에게 입을 맞추었다. 나는 그녀를 안고 입을 벌렸다. 그녀의 혀가 내 입속에 들어왔다. 그녀의 타액과 나의 타액이 한데 섞였다. 비릿하게, 피냄새가 났다. 내가 침대에 눕자 그녀가 내 허벅지 위에 앉아 티셔츠를 벗겼다. 그리고 내 하얀 몸에 입을 맞췄다. 우리는 옷을 벗고, 하나로 몸을 포갰다. M은 마치 말을 하는 것처럼 높낮이가 다른 신음 소리를 냈다. 그것은 그녀의 어떤 말보다도 또렷하게 자신에 대해 얘기를 하고 있었다. 내 입에서도 한 번도 들어보지 못했던 종류의 음성이 흘러나왔다. 우리는 몸을 움직였고, 코와 입이 녹아내릴 것처럼 달아올랐다. 출처를 알 수 없는 체액이 서로의 몸을 타고 흘렀다. 비릿하고 뜨겁고 더러는 피맛이 나기도 하는 그런 액체. 눈을 감았다. 나의 온몸이 그녀의 일부로 흡수되어버린 것 같았다. 우리는 함께 뜨겁게 끓었다. 한참을 그렇게 끓다가 사라져버렸다. 어느새 아무것도 아닌 게 돼버렸다.

우리는 침대에 나란히 누웠다. 창살 틈으로 새어들어오는 희미한 빛에 나의 젖은 손톱 끝이 반짝였다. M이 내 손바닥에 나란히 자신의 손을 포갰다. 그녀의 손이 나의 것보다 조금 컸다. 손가락이 충분히 길지 않은 건 슬픈 일이다. 더 깊은 곳으로 들어가고 싶지만 그럴 수 없었다. 그녀만큼 자라고 싶다는 생각을 했다. 나는 몸을 일으켜 그녀를 바라보았다. 눈을 감은 그녀의 얼굴은 도자기로 만들어진 가면 같았다. M이 자리에서 일어나 불을 켰다. 오래된 형광등 불빛이 몸을 떠는 것처럼 깜빡거렸다. 그것이 눈부셔서 천장으로 손을 뻗어 불빛을 가렸다. 이제 돌아갈 시간이었다. 침대에서 일어서자 발에 뭔가 걸렸다. 발바닥에 붙은 것을 손으로 떼어내보니 회색빛의 동그란 세라믹 구슬이었다. 이것은 몇 도에서 끓였던 구슬일까. 나는 세라믹 구슬을 입에 집어넣었다. 비릿하고 쌉쌀하고, 더러는 짠 것 같기도 한 맛이 느껴졌다.

이것이 우리가 보낸 시간의 맛.

나는 입안에 세라믹 구슬을 문 채 은주씨의 빈집으로 돌아왔다. 은주씨는 식탁에 엎드려 침을 흘리며 자고 있었다. 나는 조심스럽게 식탁 의자를 찬장 앞으로 옮겨 그 위에 올라섰다. 그리고 찬장 제일 위 칸에서 유리 단지를 꺼냈다. 유리 단지 속에는 색이 다른 세라믹 조각들이 반쯤 차 있었다. 은주씨의 집에서 유일하게 내 것이라고 부를 수 있는 물건이었다. 플라스틱 뚜껑을 열고, 입속에 있던 세라믹 구슬을 뱉었다. 축축하게 젖은 세라믹 구슬이 유리 단지 속으로 떨어졌다. 유리 단지를 찬장에 다시 집어넣었다.

은주씨가 몸을 뒤척이더니, 눈을 슬그머니 떴다. 잠에서 깨어났을 때 또다른 비극이 발생했다. 은주씨는 찬장 앞에 서 있는 나를 발견하고 비명을 질렀다. 그리고 쓰러지다시피 내게 다가와 내 뺨을 부여잡았다. 그녀의 눈가에 검은 눈물이 고였다. 나는 그녀의 눈을 피해 팬티스타킹의 구멍난 부분을 바라보았다. 사타구니 부분이었다. 그녀가 내게 물었다. 누가 이랬니. 나는 대답하지 않았다. 왜 도망치지 않았니. 모르겠다. 우린 언제까지 이렇게 사니. 그녀는 내가 대답할 수 없는 질문만 했다.

죽어야겠다.

죽어야겠다고 울부짖는 그녀의 목소리를 듣다보면 그녀가 아주 오래 살 것이라는 확신이 들었다. 그녀는 매일 술을 마시며, 끊임없이 죽어야겠다는 말을 되풀이하며 아주 천천히 늙어갈 것이다. 나는 살아 있는 한 늙지도 죽지도 못한 채 이곳에 영원히 남아 있게 되겠지. 그녀보다 십 센티쯤 작은 채로.

우리는 모두 죄에서 태어났고, 죄를 지으며 살아간단다. 중요한 건 회개하는 마음이야. 모든 것을 내려놓고 주님께 빌면, 가서 안기기만 하면 되는 거란다.

무엇을 내려놓고 누구에게 가서 안긴다는 건지, 나는 이해할 수 없었다. 그녀는 단 한순간도 내게 미안하다는 말을 하지 않았다. 대신에 내가 무엇을 해야 하는지에 대해서만 일러주었다. 눈화장이 잔뜩 번진 그녀가 나를 끌어안고 내 이마를 쓰다듬었다. 차가운 손이었다. 그녀가 힘겹게 몸을 일으켰다. 이마를 짚고 휘청거리며 안방으로 걸어가기 시작했다. 나는 그녀의 뒷모습을 바라보며 아랫입술을 꽉 깨물었다. 바닥에 떨어진 눈썹 칼을 주워 다시 주머니에 집어넣었다. 다행히 그녀는 내 적의를 보지 못했다. 얼마 지나지 않아 안방에서 코 고는 소리가 들렸다. 나는 발소리를 죽여 안방으로 들어갔다. 은주씨는 입을 벌린 채 곤히 자고 있었다. 은주씨의 치마가 허리까지 말려 올라가 있는 게 보였다. 나는 주머니에서 눈썹 칼을 꺼냈다. 그것을 손에 쥔 채 은주씨를 한참 동안 노려보았다. 화장대 거울에 칼을 쥔 내 모습이 비쳤다. 거울 속에는 좁고 처진 어깨를 가진 작은 아이가 있었다. 이 작은 몸으로는 아무것도 해낼 수 없을 것이다. 나는 몸을 돌려 거울 앞에 섰다. 거울 속의 나는 슬픈 것처럼 눈이 처지고 무기력해 보였다. 은주씨는 내 눈이 아빠를 닮아 멍청하게 생겼다고 말하곤 했지만, 내 생각은 달랐다. 클수록 나는 점점 더 은주씨를 닮아갔다. 잠시도 쉬지 않고 자신의 이야기를 늘어놓는 은주씨의 혀를 떠올리면 왠지 살아 숨쉬는 게 죄악처럼 느껴졌다. 나는 혓바닥을 내밀었다. 혀에는 벌레가 파먹은 것처럼 거무튀튀한 자국이 남아 있었다. 눈썹 칼을 얼굴까지 들어올리고 나서야 나는 내 손이 사정없이 떨리고 있다는 것을 깨달았다. 힘껏, 혓바닥을 그었다. 통증을 느끼기도 전에 혓바닥에 붉은 선 하나가 올라왔다. 아물지 않은 어제의 상처 위로 오늘의 칼자국이 겹쳐졌다. 피가 입 전체로 퍼져나갔다. 이것은 죄의 맛. 혀에 감도는 비리고 쌉싸름한 고통을 느끼며 나는 생각했다.

잊지 말자. 하루는 원래 이런 맛이다.

*

세상에는 은주씨 같은 사람이 많은 모양이었다. 은주씨의 성당에선 환경 보존을 위한 미사가 매주 열렸다. 미사를 마친 후 은주씨와 그녀의 형제자매들은 커다란 팻말을 든 채 시청이나 공장 지대로 몰려갔다. 은주씨의 귀가가 늦어지는 날이 많아졌다. 어느

날은 그렇게 하루종일 어딘가를 쏘다니다 흙먼지를 뒤집어쓴 채 집에 들어왔다. 그녀가 아끼던 파란 하이힐에는 흠집이 나 있고 머리카락은 헝클어져 있었다. 그런데도 기분이 좋은지 은주씨는 휘파람을 불었다.

오늘은 우리가 악을 소탕했단다.

은주씨는 스타킹도 벗지 않은 채로 찬장에서 와인과 잔을 꺼내왔다. 그리고 소파에 앉아 레드 와인을 따라 마셨다. 나는 은주씨의 동태를 살피며 소파에 앉아 있었다. 은주씨는 흥분한 목소리로 계속 말했다.

공장 지대에 지어진 불법 가건물들을 우리 손으로 무너뜨렸어. 피부가 검은 사람들이 바닥에 누워 우리를 저지했지만 우리가 이겨냈단다. 불법으로 지어진 건물들과 부랑자들이 자는 온갖 더러운 것들을 싸그리 태워버렸다. 다 주님이 도와주신 덕분이지.

그녀가 내 머리를 쓰다듬었다. 나는 고개를 살짝 옆으로 빼며 생각했다. 그것은 방화가 아닌가.

걱정 말렴. 무슨 일이 있어도 너를 지켜주마.

그녀가 나를 무엇으로부터 지켜준다는 것인지 알 수 없었다. 나는 살짝 고개를 숙여 그녀의 손에서 머리를 빼냈다. 그녀는 콧노래를 흥얼거리며 외국인들은 본국으로 보내질 것이며, 공장 지대에 근린공원이 들어설 것이라고 했다. 그들의 본국은 어디일까 생각하며 반쯤 내려간 은주씨의 스타킹을 바라보았다. 허벅지에 구멍이 나 있었다.

*

은주씨의 침대에서 홀로 일어났다. 은주씨는 이른 아침부터 어디론가 가버린 것 같았다.

나는 곧장 M의 집으로 갔고, 수용소 같은 방에서 그녀와 함께 그림자처럼 누워 있었다.

기나긴 오후였다. 추켜올려져 있던 치마를 고쳐 입은 M은 방밖으로 나가 소파에 앉았다. 그리고 가만히 자리에 앉아 있었다. 나도 M의 옆에 가 앉았다. 그날따라 M은 부쩍 말이 없었다. 나를 만날 때마다 숨가쁜 것처럼 말을 하던 것과는 달랐다. 무슨 일이 있냐고 묻자 M은 짧게 대답했다.

동생의 기일이야.

평소와 다른 침묵이 어색해진 나는 리모컨을 들어 텔레비전을 틀었다.

화면 속에 늙은이가 나왔다. 그는 성별을 짐작할 수 없을 정도로 늙고 쪼그라든 모습으로 벽 한구석에 기대앉아 있었다. 그가 쳐다보고 있는 방향에 콜라 페트병이 벽돌처럼 차곡차곡 쌓여 있었다. 그중 반은 콜라가 꽉 차 있는 상태였고 나머지는 빈병들이었다. 그것을 바라보며 느리게 호흡하던 노인이 천천히 몸을 일으켰다. 그가 입고 있던 트렁크 팬티가 펄럭였다. 허벅지에 붙어 있는 한줌의 살이 액체처럼 아래로 흘러내렸다. 그는 콜라 병 하나를 집어 갈퀴 같은 손으로 병뚜껑을 천천히 돌렸다. 그 사소한 행위를 하는 데에도 온 에너지를 집중해야만 하는 듯 병을 잡은 손이 사정없이 떨렸다. 뚜껑을 연 남자가 입을 벌려 콜라를 털어넣었다. 이가 다 빠진 입속은 검붉은 늪 같았다. 저런 상태로 어떻게 말을 하고 밥을 먹지, 생각하다가 화면 아래쪽에 띠처럼 둘러진 자막을 발견했다. 언제나 콜라만 먹는 남자. 콜라만 먹는 그에게 치아가 필요할 리 없었다. 순식간에 한 병을 다 비운 그의 입술에서 콜라 한줄기가 흘러내렸다. M이 텔레비전에 시선을 고정한 채 말했다.

너 사람이 죽으면 어떻게 되는지 알아?

아니.

아무것도 아닌 게 되지.

뭐 어쩌라고, 하는 마음이 들었다.

아주 높은 온도에서 구우면 사람도 흙이나 도자기나 다름없어져.

무슨 소리야?

높은 온도에서는 살과 내장이 다 타 없어져. 그러면 뼈만 남아. 그걸 어떻게 하는지 알아?

아니.

믹서기에 넣는 거야. 넣고 가는 거지. 곡식을 빻는 것처럼. 그걸

만져보면 흙이나 세라믹이나 뼛가루나 똑같아. 너무 웃기지 않냐.

하나도 웃기지 않았고, 그녀의 말을 이해하지 못해 고개를 갸우뚱했다.

세라믹은 흙으로 만들어지잖아. 흙도 인간도 모두 지구에서 나오는 거니까, 다 같은 성분인 거야.

그렇다면 M과 나도 같은 성분으로 만들어진 것일까, 생각했다. M이 양쪽 손바닥을 빠른 속도로 비볐다. 종이가 스치는 소리가 났다. 한참 동안 손바닥을 비비던 M이 손을 내 코에 갖다 댔다.

이거 봐. 흙 굽는 냄새 나지.

내가 고개를 끄덕이자 M이 희미하게 웃었다. 아주 오랜만의 미소였다.

화면 속 콜라를 다 마신 노인은 손으로 방바닥의 먼지를 훔쳤다. 손바닥만한 방안에 먼지가 가득 껴 있어 노인의 손이 금방 회색빛으로 변했다. 텔레비전에서 여자의 웃음기 어린 목소리가 흘러나왔다. 할아버지, 이제 콜라는 좀 줄이시고 오래오래 행복하게 사세요. M이 리모컨을 들어 텔레비전을 끄며 말했다.

오래오래 행복하게. 도대체 뭐가.

텔레비전의 검은 화면에 언뜻 내 얼굴이 비쳤다. 언제나처럼 어리숙하고 멍청한 표정을 짓고 있었다. 말없는 M의 옆모습은 차가워 보였다. 그녀의 미소가 계속 보고 싶었다. 주머니에서 눈썹 칼을 꺼내 그녀의 입꼬리를 조금 찢는 건 어떨까 생각한다. 그걸로 만족이 되지 않는 나는 점점 더 그녀의 몸속에 무엇이 있는지 알고 싶어진다. M을 한 겹 벗겨낸다. 입술을 찢어 벗긴 뒤 그것과 연결된 흰 뺨을 뜯어낸다. 입을 벌려 그 속에 있는 혀와, 머리뼈를 연필을 깎듯 깎아낸다. 조각가가 된 것처럼. 끊임없이 M을 깎아낸다면 어떻게 될까. 아마도 속이 텅 비겠지. 텅 빈 채 호흡하고, 먹고, 마시고 하겠지. 그렇다면 그녀에게 칼을 쥐여주고 싶었다. 내 껍질을 도려내줘. 더이상 아무것도 느낄 수 없을 때까지. 그러면 우리 둘은 텅 빈 채 함께 있을 수 있겠지. 아무 말도 하지 않고. 아무것도 느끼지 않고. 내가 상상할 수 있는 한 그것만큼 좋은 일은 없는 것 같았다.

그녀가 자세를 고쳐 앉자 허벅지에 작은 삼각형 모양의 세라믹 조각이 붙어 있는 게 보였다. 그걸 떼어서 입안에 넣었다. M이 내 허벅지에 머리를 대고 누웠다. 그녀의 머리통과 내 허벅지가 십자가 모양으로 포개졌다. 나는 한참 동안이나 M의 얼굴을 바라보았다. 어디에서나 볼 수 있을 것 같은 평범한 얼굴. 눈을 감고 잠시 누워 있던 M이 말했다.

나가자.

우리는 하천을 따라 걸었다. M이 나보다 두 발짝쯤 앞서 걸었고 나는 그 뒤를 따랐다. 다리가 충분히 길지 않은 건 슬픈 일이었다. 아무리 열심히 걸어도, 그녀를 따라잡기엔 역부족이었다. 계속 숨이 부쳤다. 발을 내디딜 때마다 그녀의 짧은 머리카락이 흔들리는 게 보였다. 문득 M의 집에서 읽었던, 남매가 숲에서 길을 잃는 이야기가 떠올랐다. 나는 입안의 세라믹 조각을 사탕처럼 굴렸다. 아무 맛이 나지 않았다. 바람을 타고 뿌연 모래 먼지가 날아왔다. 안개가 낀 것처럼 눈앞이 흐려졌다. 소매로 입을 가리고 걸어도 자꾸만 재채기가 났다. M이 혼잣말처럼 중얼거렸다.

가끔은 다 내 잘못처럼 느껴질 때가 있어.

뭐가.

그냥 모든 게, 다. 그런 생각을 할 때마다 마음이 몹시 외로워. 곁에 그 누구도 없는 것처럼.

바로 옆에 내가 있지 않나, 생각을 했지만 그것을 말하지는 않았다. 뭔가 그런 말을 해서는 안 될 것만 같았다. M이 발랄한 목소리로 덧붙였다.

너네 엄마가 요즘 열심히 일을 하나봐. 우리 공장 진짜로 문 닫을 것 같다던데.

그래?

차라리 잘된 일일지도 모르지.

그녀는 마치 목적지가 있기라도 한 것처럼 성큼성큼 걸었다.

어쩌면 나 멀리 가버릴지도 몰라.

미국에?

M은 대답하지 않았다. 나는 주머니 속의 눈썹 칼을 만지며 그

녀를 따랐다. 그녀가 가버리면 나는 이제 누구와 함께 오후를 보내나 생각하는데, 산책로의 반대쪽에서 모래바람을 헤치고 누군가 걸어왔다. 성당에서 봤던 키 큰 남자였다. 남자는 바닥에 물을 주고 있었다. M이 내게 다가와 귀에 대고 속삭였다.

애가 물에 빠져 죽은 뒤로 저러고 있대. 미친 남자야.

남자와 우리의 거리가 가까워졌다. 우리는 가만히 서서 남자를 바라보았다. 남자가 메고 있는 배낭이 시계추처럼 좌우로 요동쳤다. 어깨가 좁고 가팔라 당장이라도 배낭끈이 미끄러져내릴 것 같았다. 옷걸이처럼 휘어진 어깨의 형태. 오래전, 은주씨의 집에 나를 내버려둔 채 도망쳐버렸던 자의 뒷모습도 그와 같았다. 그는 자신의 힘으로 문을 열고 뒤를 돌아보지 않고 성큼 걸어나갔었다. 내 몸조차 제대로 가누지 못했던 무기력한 나는 그를 부러워했나. 그리워했나. 잘 모르겠다. 갑자기 남자가 빠른 걸음으로 우리를 스쳐지나갔다. 남자에게서 고개를 돌렸을 때, M의 손가락이 허공을 가리켰다. 공장 지대에서 새까만 연기가 피어오르고 있었다. 얼핏 보기에도 심상치 않은 빛깔이었다. M의 발걸음이 빨라지기 시작했다. M은 거의 뛰기 시작했고, 나는 M의 뒤를 쫓다가 뭔가에 걸려 넘어졌다. 무릎에서 피가 흘렀다. 나는 자리에 넘어진 채, 멀어져가는 M의 뒷모습을 바라보았다. 그녀를 따라가야 하는데 몸이 일으켜지지 않았다. 그때 누군가 등뒤에서 나의 겨드랑이에 손을 넣어 나를 일으켰다. 고개를 돌려보니, 키 큰 남자였다. 나는 남자에게 고개를 꾸벅 숙였고, 남자는 묵묵히 바닥에 둔 페트병을 집어들었다. 그리고 다시 하천으로 내려가는 시멘트 계단 쪽으로 걷기 시작했다. 계단 앞에 선 남자는 당장이라도 발목을 접질릴 것처럼 위태로워 보였다. 페트병을 양손에 쥔 채 급하게 층계를 내려가는 남자의 어깨가 좌우로 흔들리다, 무너지듯 쓰러졌다. 남자의 부피감 없는 몸이 층계에 부딪히며 아래로 굴러떨어졌다. 그의 손에 들려 있던 페트병도 물을 토해내며 바닥에 처박혔다. 남자는 움직이지 않았다. 나는 하천 쪽을 향해 빠르게 걸었다. 누워 있는 남자의 모습이 가까워졌다. 남자의 입술에 새끼손톱만한 돌이 박혀 있었다. 다가가 발끝으로 살짝 남자를 건드려보았다. 남자는 미동도 하지 않았다. 쪼그려앉아 남자의 뺨을 때려보았지만 여전히 움직이지 않았다. 나는 바닥에 뒹구는 페트병을 주워들었다. 반쯤 남은 물을 그의 얼굴에 부었다. 남자의 입술에서 돌이 떨어져나갔다. 그 자리에 피가 고였다. 눈꺼풀이 움찔하더니 남자가 깨어났다. 그는 정신이 들기 무섭게 몸을 일으켰다. 휘청거리는 발걸음으로 하천을 향해 걸어갔다. 남자는 억새를 헤치고 점점 더 깊은 곳으로 걸어들어갔다. 남자가 밟는 곳마다 무른 땅이 꺼졌다. 남자의 종아리가 물에 잠겼다. 그는 폐수가 묻은 손으로 얼굴을 닦았다. 입술에 고여 있던 피가 뺨으로 번졌다. 남자는 폐냉장고가 처박힌 곳으로 걸어갔다. 남자의 허리춤까지 물이 찼다. 냉장고 옆에 개의 사체가 떠올라 있었다. 개의 사체는 누렇게 색이 변했으며 배가 빵빵하게 부풀어 당장이라도 터질 것 같았다. 안구가 있어야 할 자리는 텅 빈 채 벌레가 들끓었고 주둥이의 살이 썩어 뼈가 드러나 있었다. 남자가 개의 사체에 바짝 다가가 그것을 가슴에 안았다. 개의 사체가 터졌다. 다갈색의 내장이 쏟아져나왔다. 구더기떼가 물에 떠올랐다. 남자는 아랑곳하지 않고 뼈가 드러난 머리통을 감싸쥐었다. 개의 아래턱이 떨어져나갔다. 두개골 안에서 살을 파먹고 자라던 벌레들이 남자의 몸으로 한꺼번에 쏟아져내렸다. 남자는 거죽이 너덜대는 사체를 자신의 얼굴에 비볐다. 그의 얼굴에 묻어 있던 피가 개의 체액과 함께 섞였다. 남자는 뼈만 남아 있는 개의 주둥이에 길게 입을 맞췄다.

검은 물이 남자와 개를 감쌌다. 나는 한동안 물에 젖은 남자를 바라보다 고개를 돌렸다. 다시 계단을 올랐다. 모래바람에 연기와 재가 섞여 날아왔다. 탄내 때문에 숨을 쉬기가 힘들었다. 나는 소매로 코를 가린 채 M이 사라져버린 방향으로 계속 걸었다. 뒤를 돌아볼 때마다 남자의 모습이 점점 작아졌다. 결국엔 검은 물에 파묻혀버린 것처럼 보이지 않게 되었다. 공장 지대에 다가갈수록 공기의 빛깔이 달라졌다. 모래 섞인 바람 대신 회색빛 연기의 농도가 진해졌다. 나는 연기가 피어오르는 방향으로 계속 걸었다. 곧 허공에 재가 나부꼈다. 숨이 잘 쉬어지지 않아 소매로 코를 가렸다. 안개 속을 걷는 것처럼 눈앞이 점점 더 희미해졌다. 멀리 세라믹 공장에서 뜨거운 불길이 일고 있는 게 보였다. 주홍빛 불꽃과 그 속에서 피어나는 연기를 보며 나는 그것이 사물들이 한꺼번에 타 없어지는 모습이라는 것을 깨달았다. 커다란 폭발음이 울렸다. 나는 자리에 멈춰 섰다. 자욱한 연기 너머로 건물이 형체 없이 사라지고 있었다. 커다란 불길이 건물의 잔해를 집어삼켰다. 아주 뜨거운 온도에서 끓어오르면 그것이 세라믹이 되는 거야. 무엇이든 될 수 있는 세라믹. M의 목소리가 떠올랐다. 뜨거운 쪽을 향해 손을 뻗었다가 다시 거두었다. 손가락을 입에 집어넣자 버석거리는 모래의 맛이 났다. 나는 무너지고 사라져가는 공장 지대를 계속 바라보았다. 얼굴에 뜨거운 기운이 어렸다.

나는 M의 집 현관문 앞에 서서 벨을 눌렀다. 몇 번이고 눌러보아도 아무런 대답이 없었다. 문을 두드려보았지만 인기척이 느껴지지 않았다. 문 앞에 한참 동안을 서 있어도 누구도, 아무도 오지 않았다. 마치 처음부터 아무도 없었던 것처럼.

집안에 들어서자 은주씨가 창문을 닫고 있었다. 은주씨의 얼굴과 옷에 검댕이 묻어 있었다. 어디 갔다 왔니. 창문은 왜 열어놨어. 연기 들어오게. 은주씨가 힘없는 목소리로 말했다. 나는 가만히 서서 은주씨를 바라보았다. 은주씨가 내게 가까이 다가왔다. 탄내가 풍겼다. 은주씨가 나를 빤히 쳐다봤다. 나는 그녀와 눈을 마주치지 않기 위해 고개를 숙였다. 그녀가 손가락으로 내 턱을 추켜올리며 말했다.

더럽구나.

은주씨가 나를 붙들고 욕실 앞으로 갔다. 은주씨가 코트와 원피스를 벗었다. 옷가지에서 재가 풀풀 날렸다. 스타킹을 둘둘 말아내리고 팬티를 벗자 은주씨의 티끌 하나 없는 다리와 깨끗한 사타구니가 드러났다. 은주씨는 욕실로 들어가 뜨거운 물을 받기 시작했다. 욕조에서 뜨거운 거품과 김이 일어났다. 나는 욕실 앞에 가만히 서 있었다. 은주씨가 문 앞으로 와 내 목덜미를 끌어당겼다. 내가 타일 바닥 위로 올라서자 욕실 문을 닫았다. 욕실 안에는 안개처럼 수증기가 피어올라 있었다. 은주씨가 욕조에 천천히 몸을 담갔다. 다리부터 엉덩이, 허리를 거쳐 어깨와 머리카락까지, 은주씨의 몸이 욕조 속으로 미끄러져 들어갔다. 은주씨의 몸과 머리카락에 붙어 있던 재와 먼지가 물속에 녹아들었다. 하얗던 거품이 회색빛으로 물들었다. 뭐하니. 옷 벗지 않고. 은주씨가 물 밖으로 상체를 내밀고 말했다. 그래도 내가 움직이지 않자 몸을 일으켜 양손으로 나를 꽉 잡았다. 그리고 거칠게 내 옷을 벗기기 시작했다. 그녀의 손아귀에서 벗어나고 싶었지만 저항할 수는 없었다. 그녀가 내 더러운 티셔츠와 반바지와 팬티를 차례대로 벗겼다. 형편없이 마른 몸 곳곳에 멍이 들어 있었다. 그녀가 나를 물끄러미 바라보았다. 나는 할 수 있는 한 몸을 움츠렸다. 그녀에게 아무것도 보이고 싶지 않았다. 그녀의 시선 밖으로 영원히 벗어나고 싶었다. 그녀는 아랑곳하지 않고 내 구석구석을 집요하게 바라보았

다. 은주씨의 눈에 눈물이 차올랐다. 그것은 누구를 위한 눈물인
가. 그녀는 양손으로 내 팔을 잡은 채 좁은 욕조 안으로 나를 끌어
당겼다. 자신의 종아리를 내 허리춤에 두르고 꽉 붙들었다. 그녀
의 하얀 몸과 내 멍든 몸이 겹쳐졌다. 그녀가 스펀지를 들고 그것
으로 내 상처 난 배를 문질렀다. 물이 닿는 부분이 쓰라렸지만 움
직이거나 얼굴을 찌푸리지 않았다. 그녀가 내 고통으로 인해 슬퍼
할 기회를 주고 싶지 않았다. 그녀가 나를 통해 어떤 것도 느낄 수
있게 하고 싶지 않았다. 은주씨는 개의치 않고 나의 몸 구석구석
을 닦아냈다. 그녀가 내 머리 위에서 스펀지를 짰다. 회색 거품 섞
인 물이 내 얼굴로 흘러내렸다.

아주 오래전 주님께서 너를 이 세상에 태어나게 하셨을 때 네가
꼭 이렇게 젖어 있었단다. 그때 쪼글쪼글한 너를 보고 네가 나에
게 일어날 수 있는 가장 좋은 일이 아닐까, 하는 생각을 했단다.

은주씨가 스펀지를 내려놓고 양손으로 내 머리통을 감싸쥐었
다. 그리고 입을 맞추듯 내 얼굴을 자신의 얼굴 가까이로 당겼다.
나는 눈을 감지 않고 은주씨의 얼굴을 응시했다.

너와 같은 눈을 가진 남자를 알고 있단다. 가슴속에 평화가 없
고 항상 불만이 많은 사람이었지.

나는 입술을 꽉 깨물고 눈에 힘을 주었다. 입에서 피맛이 나기
시작했다.

너는 안 된다. 절대로.

은주씨가 손에 힘을 풀고 나를 놓아주었다. 그녀의 손가락이 닿은 관자놀이가 얼얼했다. 은주씨는 욕조 밖으로 빠져나가 샤워기로 몸에 물을 끼얹기 시작했다.

주어진 것에 감사하고, 언제나 기도하거라. 내가 없더라도 신이 너를 지켜줄 수 있도록.

나는 욕조 깊이 몸을 집어넣었다. 은주씨의 목소리가 들리지 않을 때까지.

*

다음날 아침, 화장을 마친 은주씨가 내 손목을 잡아끌었다. 함께 세미나에 갈 것이라고 했다. 나는 영문을 알지 못한 채 따라 나섰다. 아파트 입구에는 봉고차가 서 있었다. 봉고차 옆면에는 커다랗게 예루살렘 건강원이라고 적혀 있었다. 은주씨는 나를 뒷좌석에 태우고 자신은 조수석에 앉았다. 운전석에는 곱슬머리 남자가 앉아 있었다. 인사드려라. 베드로 형제님이셔. 나는 고개를 살짝 숙였다. 은주씨가 팔을 뻗어 내 머리를 툭 쳤다. 죄송해요. 얘가 숫기가 없어서. 괜찮습니다. 곱슬머리 남자가 고개를 돌려 은주씨에게 미소 지었다. 턱살이 두툼하고 전체적으로 순한 인상이었지만 눈빛만큼은 매서웠다. 베드로씨가 테이프를 집어넣자 성가가 흘러나왔다. 어디선가 비릿한 냄새가 나서 뒤를 돌아보니 좌석 뒤쪽 트렁크에 사과 상자만한 아이스박스와 철창이 있었다. 비린내는 철창 바닥에 흥건히 고인 피에서 나는 냄새였다. 그 옆의 유리병들에는 뱀과 도마뱀 같은 파충류가 누런 액체 속에 잠겨 있었다.

이렇게 함께해주신다니 정말 감사합니다. 글라라 자매님.

베드로씨가 은주씨의 손을 꽉 잡았다. 은주씨가 흰 이를 드러내며 웃었다.

산길을 한참 동안 달리자 커다란 건물이 나왔다. 건물 입구에 커다랗게 현수막이 붙어 있었다. '하계 영성 힐링 세미나'. 문을 열고 들어가자 스무 명 정도 되는 사람들이 동그랗게 앉아 있었다. 우리도 빈자리에 가서 앉았다. 검은 옷을 입은 신부의 주도로 세미나가 시작됐다. 이 자리는 주님의 은총으로 열린 자리입니다. 가장 먼저 우리가 주님의 뜻을 실천하기 위해 이교도들을 처단했던 일들에 대해 함께 기도합시다. 성령께서 임하시어 주님이 주신 터전을 더럽히고, 우상숭배를 일삼던 자들을 무사히 물리칠 수 있었습니다. 하나 주님 앞에 선 어린양들의 마음이 피로 얼룩져 있습니다. 주님의 크신 은혜로 이 어린양들의 상처를 치유해주실 것을 믿습니다. 하나되신 주님께 감사 기도 올립시다.

아멘.

여러분들은 이제 형제자매님들 앞에서 각자의 가장 고통스러웠던 죄의 기억을 꺼내놓고 용서를 청하게 될 것입니다. 진심을 다해 회개하면 주님은 기꺼이 우리를 용서하시고 구원해주실 겁니다. 일어나셔서 인생의 가장 내밀하고 고통스러웠던 기억을 고백하십시오. 내 맞은편에 앉은 덩치 큰 남자가 일어났다. 남자가 몸을 일으키자 티셔츠의 접혀 있던 부분이 축축하게 젖어 있는 게 보였다. 남자가 떨리는 목소리로 말했다.

저는 선천적인 발기부전 환자입니다. 스무 살 때부터 부단히 노력해보았지만 관계가 잘 되지 않았습니다. 외로울 때마다 술을 마셨습니다. 어느 날 저는 깨달았습니다. 제가 바라고 있던 건 사랑 하나였다는 사실을요. 탐음하고 탐식하던 제 몸은 어느새 이렇게 불어버렸습니다.

내 옆에 앉아 있던 베드로씨가 일어나 남자를 안았다. 은주씨가 눈을 동그랗게 뜨고 커다랗게 소리쳤다.

어머나 세상에. 베드로 형제님은 건강원을 운영하고 계셔요. 두 분이 이 자리에 함께하다니 그야말로 신의 뜻입니다.

사람들이 탄식하며 아멘이라고 외쳤다. 남자는 베드로씨의 품에 안겨 울었다. 베드로씨가 목멘 소리로 제가 도와드리겠다고 거듭 말했다. 신부가 들고 있던 묵주를 허공으로 치켜들고 말했다. 주님, 하느님 아버지 이 어린양이 악마의 꾐에 빠져 주님께서 주신 제 몸이 오로지 자신의 것인 줄 알고 상하게 하고 탐식하였으니 그 속에 깃든 식탐 마귀를 무찔러주시옵고, 이 죄인의 죄를 사하여주소서. 아멘.

이후 동기에게 빠져 동성애를 일삼은 신학생, 실수로 동생의 귀

를 자른 여자, 밀렵을 통해 부를 축적한 건강원 주인, 손톱을 물어
뜯는 습관을 가진 남자, 닥치는 대로 욕을 하고 돈을 받는 문화평
론가, 음식에 돌을 집어넣는 여자가 차례로 일어서서 자신의 죄를
말했다. 고백을 마친 그들은 어김없이 서로를 부둥켜안고 울며 죄
를 용서받았다. 마지막은 내 차례였다. 내 죄에 대해 이야기하라
는데 무슨 말을 해야 할지. 나는 내 죄가 무엇인지 알지 못했기에
아무 말도 할 수 없었다. 신부가 나에게 말했다. 너의 죄를 말해보
렴. 아주 사소한 거라도 괜찮단다.

　얘가 원래 말수가 적습니다. 부끄러움을 많이 타서.

　아니. 나는 말수가 적은 게 아니라 말을 하지 못하는 거였다. 은
주씨가 언제나 내 몫까지 이야기를 해버리기 때문에. 언제나처럼
은주씨가 다소 격앙된 표정으로 자리에서 일어났다. 사람들이 모
두 그녀를 바라보았다. 그녀는 떨리는 목소리로 말했다.

　아이의 아버지는 무능한 남자였습니다. 모두가 힘들었을 때 기
억하시지요. 그때 이 아이의 아비는 가장의 역할을 저버린 채, 매
일 술을 마시고 이 아이와 저에게…… 은주씨는 잠시 고개를 숙
이고 눈물을 훔쳤다.

　술을 마신 건 은주씨였다. 뭔가 말해야 한다는 생각이 들었지만
혀가 잘 움직이지 않았다. 목울대에 힘을 주어보았지만 가는 숨소
리만 나올 따름이었다. 나는 은주씨의 팔목을 꽉 잡았다. 은주씨
는 사람들에게 시선을 고정한 채 내 손을 조용히 뿌리쳤다.

이 세상에 저 아이와 제가 홀로 남겨지게 됐을 때, 저는 너무 두려웠습니다. 이 거친 땅에서 저 아이가 아비 없이 홀로 자립할 수나 있을는지. 아이를 자립심이 강한 아이로 키우고자 노력하였습니다. 그러다가도 행여 아이가 엇나가지나 않을까 매로 엄하게 다스렸습니다. 제가 아무리 사랑으로 노력을 하여도 아이의 결핍을 채워줄 수는 없었나봅니다. 지난밤 저는 아이의 주머니에서 이것을 발견했습니다. 은주씨가 검을 빼드는 것처럼 비장한 표정으로 눈썹 칼을 꺼냈다. 그제야 나는 내 주머니 속에서 눈썹 칼이 사라졌다는 사실을 알아챘다. 그때 누군가 무너지는 듯한 목소리로 아멘, 이라고 외쳤다. 나는 손을 뻗어 눈썹 칼을 빼앗으려 했지만, 은주씨가 내 어깨를 꽉 누르고 있어 그럴 수 없었다. 아이가 왜 이것을 속에 품고 다니는지, 이것으로 무슨 짓을 저지르려는 것인지, 짐작을 할 수도 없습니다. 그저 이 아이의 가슴에 깃든 악에, 가슴이 아픕니다. 어디선가 훌쩍이며 우는 소리가 울려 퍼졌다. 제 아이는 제 뜻대로 자라주지 않았지만, 저는 이것 역시 주님의 뜻임을 압니다. 제가 이겨낼 수 있는 시련을 통해 제가 더 나은 인간이 될 수 있도록 예비하심을 믿습니다. 충분히 노력하면 모든 것을 이룰 수 있을 거라는 주님의 말씀을 믿습니다. 제가 더 깊어진 신앙으로 우리 아이 속에 있는 못된 마귀를 쫓아내고, 더 행복한 삶을 영위할 수 있도록 인도하심을 믿습니다. 아멘.

은주씨의 고백이 끝나자 자리에 앉아 있던 사람들이 일제히 일어나 은주씨를 부둥켜안았다. 겹겹이 부둥켜안은 그들은 뚱뚱한 꽃봉오리 같았다. 나는 두 발짝쯤 떨어진 곳에서 그들을 바라보았다. 주머니에 손을 넣었지만 칼이 잡히지 않았다. 나는 입안에 피맛이 감돌 때까지 혀를 꽉 깨물었다.

세미나를 마친 후 사람들은 건물 밖으로 나갔다. 공터에 모인 사람들이 커다란 드럼통에 불을 지폈다. 베드로씨가 봉고차에서 아이스박스와 수상한 액체가 담긴 병을 꺼내왔다. 아이스박스에는 커다란 짐승이 몸을 웅크린 채 얼려져 있었다. 베드로씨가 짐승을 번쩍 들어 불길 속으로 던졌다. 잠시 잦아들었던 불꽃이 더욱 크게 타올랐다. 칼륨의 불꽃 반응은 보라색. 은주씨와 신학생이 종이컵을 나눠줬다. 베드로씨가 병의 뚜껑을 열자, 펑 하고 경쾌한 소리가 났다. 신부님이 아멘, 이라고 외치며 크게 웃었다. 사람들은 술과 고기를 나눠 먹었다. 불길 속에서 누린내 나는 연기가 피어올랐다. 은주씨가 가장 먼저 술을 비웠다. 가장 큰 목소리로 소리질렀다.

모두 주님의 은총입니다. 할렐루야.

어머, 글라라씨. 술 좀 줄여.

주님도 매일 마시는 술을 줄이긴 왜 줄여.

맞네.

은주씨와 자매들이 자지러지게 웃었다. 잔을 비우는 속도가 빨라졌고 사람들의 얼굴이 점점 더 붉어졌다. 은주씨의 얼굴도 나를 때릴 때와는 조금 다른 방식으로 달아올랐다. 그들의 목소리가 점점 커졌다. 베드로라 불리는 남자가 말했다. 여러분들 모두 보셨잖아요. 공장 지대에 불법으로 가건물을 잔뜩 지어놓고 거기다 검둥이들과 여급들을 재우고 있던 거. 너무나 끔찍한 광경이었죠. 마리아라는 여자가 차분히 말했다. 도로 폐쇄로 인해 사업이 망할지도 모른다고 악을 쓰던 그들의 모습 기억하시지요. 고작 그런 이유 때문에 주님의 뜻인 재개발을 막는다는 게 말이 됩니까. 제가 젊을 적, 그러니까 공장들이 들어서기 전까지만 해도 우리 아파트 단지는 이 근방에서 가장 살기 좋은 곳으로 정평 나 있었습니다. 우리가 그리는 미래에 시꺼먼 폐수, 시꺼먼 외국인들과 부랑자가 가당키나 합니까. 베드로씨가 다시 외쳤다. 저희는 주님의 뜻을 수행한 것입니다. 성령이 저희에게 강림한 것이란 말입니다. 특히 신은주 글라라 자매님이 큰 공을 세우셨습니다. 사람들이 일제히 은주씨를 향해 할렐루야, 라고 소리쳤다. 은주씨는 수줍게 웃으며 잔을 비웠다. 나는 빈 유리병 속에서 밧줄처럼 몸을 꼬고 있는 뱀과 눈싸움을 했다. 하얗게 바래 있는 뱀은 눈을 감지 않았다.

*

공장 지대에 커다란 화재가 일어난 뒤, 많은 사람들이 아파트 단지를 떠났다. 화재의 원인을 두고 여러 가지 추측들이 난무했

다. 은주씨가 속한 시위대가 고의적으로 방화를 했다는 소문과 M
의 식구들이 불을 지르고 동반 자살을 했다는 소문이 동시에 돌았
다. 시위는 계속 이어졌다. 여러 가지 종류의 소문이 살을 붙여가
며 들끓는 통에 결국 모든 의혹들이 실체 없이 뭉개지고 사라져버
렸다.

*

은주씨는 여느 아침처럼 식탁 앞에 앉아 와인을 마시고 있었다.
평소와 다른 점이 있다면 집에서 입는 편안한 옷 대신 몸에 꼭 달
라붙는 짧은 치마를 입은 채 비장한 표정을 짓고 있다는 것 정도
였다. 누군가가 현관문을 두드렸다. 은주씨는 아무것도 들리지 않
는 것처럼 계속 와인을 들이켰으며, 내가 현관으로 나가 문을 열
어주었다. 문이 열리자마자 한꺼번에 많은 남자들이 집안으로 들
이닥쳤다. 은주씨는 외투도 입지 못한 채 간신히 구두만 꿰어 신
고 문밖으로 끌려 나갔다. 은주씨가 마시다 남긴 와인 잔만 식탁
위에 덩그러니 남았다.

그후로 며칠 동안 나는 은주씨의 집에 홀로 남아 먹고, 잠들고,
집 근처를 산책했다. 그날 이후로 몇 번이고 M의 집을 찾아갔지
만, 문이 열리는 일은 없었다.

냉장고에서 반쯤 무른 사과를 꺼내 먹고 있는데 전화벨이 울렸

다. 은주씨였다. 평소보다 더 기운이 없는 목소리였다. 그녀는 내게 속옷 몇 벌을 챙겨 사무소로 가라고 했다. 그곳에서 중요한 서류를 받아 경찰서에 있는 자신에게 가져오라고 덧붙였다. 대답할 새도 없이, 은주씨가 전화를 끊었다.

성당 주차장 부지에 설치된 가건물이 보였다. 컨테이너 박스 위에 커다란 플래카드가 붙어 있었다. '성령 환경 보존 재개발 연합 사무소'. 두 번이나 소리 내서 읽어봐도 무슨 의미인지 알 수 없었다. 사무소 문을 열고 들어가자 대여섯 명의 나이든 남자들이 소파에 앉아 있었다. 남자들 중 하나가 나를 발견하고는 말했다.

글라라씨 아들?

나는 고개를 끄덕였다.

벌써 이렇게 컸구나. 몰라보겠다. 그들 중 한 남자가 금고에서 두툼한 종이 뭉치와 봉투를 꺼내왔다. 그거 갖고 경찰서 가면 된다. 너무 걱정하지 말거라. 종이에는 커다랗게 탄원서라고 적혀 있었다. 그녀가 지역사회의 발전에 혁혁한 공을 세웠다는 내용이 쓰여 있었으며, 신부와 신도들을 포함한 백여 명의 서명이 첨부되어 있었다. 페이지를 넘기자 천주법조인협회, 라는 단체에서 발행한 문서가 나왔다. 거기에는 알아들을 수 없는 말들이 빼곡하게 적혀 있었다. 나는 서류들을 봉투에 넣고 밖으로 나갔다.

겨울이 되어 날이 짧아졌다. 주위가 어느새 어두워져버렸다. 입김을 불며 앞으로 걸었지만 속도가 잘 나지 않았다. 경찰서는 하천의 끝자락에 위치하고 있었다. 바람이 세게 불어 눈이 튀어나올 것처럼 아팠다. 몸이 뒤로 떠밀리는 느낌이 들었다. 무거운 다리를 간신히 앞으로 내디디며 하천 변에 도착했다. 검게 일렁이는 물에서 썩은 내가 풍겼다. 나는 난간에 기대섰다. 검게 흐르고 있는 하천을 한참 동안 바라보았다. 봉투에서 서류들을 꺼내 하천에 던졌다. 검은 물이 순식간에 종이를 집어삼켰다. 그리고 아무 일도 없었던 것처럼 무심하게 흘러갔다.

은주씨를 만나러 갈 차례였다.

나는 철창 너머에 앉아 있는 은주씨를 바라보았다. 어깨를 앞으로 동그랗게 만 채 고개를 떨어뜨리고 있는 은주씨의 뒷모습은 사로잡힌 야생동물처럼 처연하고 아름다워 보였다. 경찰이 종이봉투 속의 내용물을 확인하고는 나를 유치장 안쪽으로 데려갔다. 경찰이 은주씨의 이름을 부르자, 시멘트 바닥에 방석을 깔고 앉은 그녀가 고개를 돌렸다. 몸을 일으킨 그녀는 여전히 하이힐을 신고 짧은 치마를 입고 있었지만, 노란 고무줄로 묶은 그녀의 머리카락은 축축해 보였다. 그녀가 내게 가까이 다가왔다. 철창 너머의 그녀는 창백했다. 나는 창살 사이로 종이봉투를 내밀었다. 은주씨가 봉투를 받으며 말했다.

우리 아들 이제 다 컸구나.

나는 아무 대답도 하지 않았다. 은주씨는 종이봉투를 뒤적이기 시작했다. 종이봉투에서 은주씨의 개어진 속옷들이 차례대로 나왔으나, 은주씨는 계속 봉투의 안쪽을 긁어댔다.

이것도 다 주님의 은혜일 테지. 이제 우리에게는 행복해질 일만......

순식간에 은주씨의 표정이 굳었다.

아들, 서류는, 탄원서는 어디 갔어?

대답하지 않고 은주씨를 쳐다보았다. 은주씨의 얼굴이 사정없이 구겨졌다. 나는 가만히 은주씨의 눈을 바라보았다. 크고 맑은 눈에 비친 내 얼굴은 그 어느 때보다도 단호한 표정이었다. 종이봉투가 바닥에 떨어졌다. 은주씨가 바닥에 주저앉았다. 그녀가 신고 있던 힐이 벗겨져 나뒹굴었다. 그녀가 울음 섞인 목소리로 나를 향해 말했다.

너 도대체 나한테 왜 이러는 거니.

은주씨가 어깨를 굽힌 채 슬피 울기 시작했다. 우는 은주씨는 누구보다도 아름다워 보였다. 경찰과 유치장에 수감되어 있던 다른 사람들이 은주씨를 동정 어린 시선으로 바라보았다. 나는 언제부터인가 우는 사람을 신뢰하지 않게 되었는데, 대개의 눈물이 자기 자신을 위한 것임을 깨달았기 때문이었다. 나는 조용하고 단호한, 은주씨를 닮은 목소리로 말했다.

죄를 지었으면, 죗값을 치러야 하니까.

은주씨가 신고 있던 힐을 집어던졌다. 구두가 철창에 부딪혀 요란한 소리를 냈다.

내게 죄가 있다면 잘살려고 한 죄, 너를 사랑한 죄뿐이다.

나는 눈에 힘을 준 채 그녀를 노려보았다. 경찰이 은주씨에게 조용히 하라고 주의를 주었다. 은주씨는 아랑곳하지 않고, 얼굴을 잔뜩 구긴 채 쉰 목소리로 거듭 외쳤다.

어떻게 네가, 왜.

아마도 그녀는 영원히 답을 구할 수 없을 것이다. 은주씨가 쪼그려앉아 울기 시작했다. 잔뜩 쪼그라든 그녀의 형태를 눈에 새겼다. 한참 동안 울던 그녀가 자리에서 일어났다. 유치장 뒤편의 개방형 화장실 쪽으로 걸어갔다. 은주씨가 팬티를 내리고 변기에 쪼그려앉았다. 일 미터 남짓한 화장실 문 위로 은주씨의 검은 머리통이 보였다. 은주씨가 울며 오줌을 싸기 시작했다. 오줌이 흘러내리는 소리가 유치장에 울려 퍼졌다. 나는 고개를 돌렸다. 입꼬리가 멋대로 움직여 자꾸만 웃음이 터져나올 것 같았다. 그것을 아무도 눈치챌 수 없게, 입술을 꽉 깨물고 달렸다. 뒤를 돌아보지 않고 밖으로 뛰쳐나왔다.

경찰서를 빠져나온 뒤, 하천을 따라 달렸다. 자꾸만 웃음이 나오려는 것을 참으며 빠르게 달렸다. 은주씨가 다른 사람들 앞에서 그토록 분노에 찬 표정을 지은 것은 처음이었다. 무언가를 증명한 것 같았는데 도대체 무엇을 증명한 것인지는 알 수 없었다. 숨이 차올라 더이상 뛸 수 없을 때쯤 제자리에 멈춰 섰다. 지평선 너머로 해가 지고 있었다. 주홍빛을 받아 검게 일렁이는 하천을 보니 괜히 울음이 터질 것 같았다. 어디로 가면 좋을까. 상류를 따라 걷기로 마음먹었다. 이미 늦은 시간이지만 상관없었다. 은주씨가 나보다 먼저 집에 돌아올 일은 없을 테니.

은주씨의 집에 돌아온 나는 은주씨의 화장대 앞에 섰다. 그리고 주머니에서 눈썹 칼을 꺼내 들었다. 혓바닥을 내밀자 혀에 벌레가 파먹은 것처럼 거무튀튀한 자국이 남은 게 보였다. 가끔은 다 내 잘못처럼 느껴질 때가 있어. 그런 생각을 할 때마다 마음이 몹시 외로워. M의 목소리가 떠올랐다. 나는 달랐다. 모든 게 내 탓이라고 생각하면 편안해졌다. 이 모든 것은 내가 저지른 잘못이고 나로 인해 발생한 문제이고, 나는 내 잘못 때문에 모든 것을 잃어버렸다. 눈썹 칼로 혓바닥을 깊게 그었다. 혓바닥 위로 피가 퍼져나갔다. 나는 이렇게 돼버리는 게 당연하다. 나는 방밖으로 나와 부엌의 찬장으로 향했다. 찬장을 열어 가장 높은 칸을 더듬었다. 있다.

유리 단지를 찬장에서 내렸다. 세라믹 조각들이 단지 속에서 요동쳤다. 나는 단지를 꽉 끌어안았다. 매끄럽고 차가운 단지의 감촉은 마치 M의 몸과도 같았다. 계속 단지를 안고 있다보니 마치 그것이 내 몸의 일부처럼 느껴졌다. 언제부터인가 내 몸속 어딘가가 차갑게 텅 비어 있는 것처럼 시리게만 느껴졌다. 언젠가 시간이 지나면 우리는 다시 하나가 될 수 있을까. 나는 단지를 안고 밖으로 나갔다.

맨발로 복도로 나가 M의 집을 향해 걸었다. 발을 내디딜 때마다 센서 등이 하나씩 불을 밝혔다. M의 집 앞에 서서 문을 두드렸다. 몇 번을 두드리다 문손잡이를 돌려보았다. 거짓말처럼 문이 열렸다.

집은 비어 있었다. 언제나 집안을 가득 채우고 있던 물건들도 모두 사라져버렸다. 오래된 나무 바닥 위에 회색 먼지가 껴 있었다. 가구가 놓여 있던 자리와 그렇지 않은 곳의 바닥 빛깔이 달랐다. 나는 M의 방 안으로 들어갔다. 이층 침대와 수납장이 있던 자리 역시 비어 있었다. 침대가 있던 곳의 바닥재가 뜯겨져나갔고 시멘트 바닥에 금이 가 있었다. 쪼그려앉아 그 자국을 손으로 문질렀다. M의 자국 같다는 생각을 했다. M은 어디로 간 것일까. 그토록 원하던 미국으로 간 것일까. 아니면 그날 그 불길 속에서 사라져버렸을까. 죽어버렸을까. 나를 홀로 남겨둔 채. 나는 안고 있던 단지의 뚜껑을 열었다. 오래되고 마른 세라믹 조각들이 그 속에 있었다. 그중 하나를 입안에 집어넣었다. 입안에 침이 고였다. 비릿하고 쌉쌀한, 흙의 맛이 느껴졌다. 이것은 M과 내가 보낸 시간, 우리 기억의 맛. 단지에 있던 세라믹 조각들을 모조리 입에 털어넣었다. 그것들을 꾸역꾸역 삼켰다. 목구멍으로 넘어가던 것들이 자꾸만 역류해 올라왔다. 눈물과 콧물, 침이 한데 뒤섞여 흘렀지만, 상관없었다. 흘러나온 세라믹 조각들을 다시 입에 집어넣었다. 기어이 모든 것들을 다 먹었다.

이제 나도 구원받을 수 있을까. 우리의 시간으로부터.

창문을 통해 복도의 센서 등이 깜빡, 켜지는 게 보였다. 창살 모양의 그림자가 내 얼굴에 드리워졌다. 나는 복도를 향해 M의 이름을 외쳤다. 내가 낼 수 있는 가장 큰 목소리로. 최선을 다해서.

캡사이신 폭탄에 치즈를 곁들인
'빨간 맛'을 음미할 줄 아는
고독한 미식가들을 위한
알려지지 않은 케이팝 모음집

윤재민(문학평론가)

간이치와 오미야

지금까지 한국에서 가라타니 고진의 '문학의 종언'에 대한 많은 논의는 '근대문학'의 역사적 의의를 구성해온 거대 담론들에 대한 수용 혹은 반론의 차원에서 이뤄졌다. 그러나 '문학의 종언'을 오늘날 제대로 대면하기 위해서는 테제의 대미를 장식하는 오자키 고요의 소설 『금색야차』 독해에 주목해야 한다.

가라타니의 『금색야차』 해석은 작품이 발표된 메이지 30년대가 근대적 연애관과 전통적 성관념이 혼효된 시대라는 전제에서부터 시작된다. 이 시대는 당대의 비평가 기타무라 도코쿠가 주장한 개인과 개인 간의 정신적 결합으로서의 연애, 즉 '플라토닉 러

브'의 시대이자 '요바이'와 매춘을 거리끼지 않는 기층민들의 성
관념이 공존하던 시대였다. 간이치-오미야-도미야마 사이의 삼
각관계는 정신적인 신의에 입각한 연애와 결혼을 파기하는 물질
문화적 세태라는 차원으로 이해되어왔다. 그러나 가라타니는 이
러한 해석에 반기를 든다. 가라타니의 해석에 따르면, 간이치와
오미야의 남녀관계는 근대 청년의 '플라토닉 러브'가 아니다. 둘
은 부모가 용인한 상태에서 오 년간 사실상 동거를 한 사실혼 관
계였으며, 도미야마는 이 사실을 알고 있음에도 오미야를 향한 구
혼을 밀어붙인다. 사실혼 관계의 남자와 재력가인 구혼자를 저울
질하면서 '자신을 좀더 비싸게 팔 수 있다'라고 판단한 오미야는
결국 간이치를 버리고 도미야마를 선택한다. 절망한 간이치는 악
덕 고리대금업자가 된다.[1] 이들의 삼각관계는 육체와 돈을 사이
에 둔 한 편의 '치정극'이다. 근대의 도정은 이 통속적인 치정극을
'러브스토리'로 각색하는 방향으로 진행됐다. 세속적 금욕에 바탕
을 둔 기독교(프로테스탄티즘)적 내면을 수반하는, 상상력과 공감
을 도덕적 우위에 두던 '근대문학'의 시대였기 때문이다. 그러나
기층민중의 도덕관념이나 풍습이 어떠하든 간에, '근대문학'이 상
상된 공동체의 구심점으로서 윤리적·도덕적 우위를 가질 수 있었
던 시대는 끝을 맞이했다. 세계의 온갖 문제는 물론 그것의 모순

---

1) 가라타니 고진, 『근대문학의 종언』, 조영일 옮김, 도서출판b, 2006, 81~84쪽
참조.

마저 껴안는 '근대문학'은 여전히 쓰이고 있다. 다만 그것은 소위 '『금색야차』적인 것'이라고 부를 수 있는 것과 위상이 역전된 상태로 초라하게 존재할 뿐이다.[2] 더이상 간이치와 오미야에게 사랑은 없다. 그들의 육체와 정신은 수지와 타산만을 염두에 둘 뿐인 타인 지향적 인간의 그것일 따름이다. 오늘날의 독자는 이에 아무런 위화감도 느끼지 못할 터다.

앞서 오늘날의 독자가 『금색야차』를 읽으면 놀랄 것이라고 말했습니다. 그러나 사실 나는 만약 오늘날의 젊은이가 읽는다면 전혀 놀라지 않는 것은 아닐까? 반대로 기타무라 도코쿠를 읽고 질려하는 것은 아닐까? 하는 생각이 듭니다. 그도 그럴 것이 오미야처럼 자신의 상품 가치를 생각해 좀더 비싸게 팔려고 하는 여성은 오늘날에도 널려 있으며, 남녀 모두 처녀성 따위에는 신경을 쓰지도 않습니다. 수년 전에 '원조 교제'라고 불리는 10대 소녀의 매춘 형태에 혁명적인 의미 부여를 하려고 했던 사회학자가 있었습니다. 그러나 그것은 자본주의가 보다 깊숙이 침투했다는 것을 의미할 뿐입니다. (……)

또 젊은이들 중 간이치처럼 한 번에 돈을 벌기 위해 투기를 하는 사람이 적지 않습니다. 그것은 무엇을 말하는 것일까요? 이것은 자

---

2) "'문학'이 윤리적·지적인 과제를 짊어지기 때문에 영향력을 갖는 시대는 기본적으로 끝났습니다. 그 잔영이 있을 뿐입니다."(같은 책, 65쪽)

본주의 단계로 말하자면, 산업자본주의 다음 단계에서는 어떤 의미에서 상인자본주의적이 된다는 것을 의미합니다. 생산이 아니라 유통의 교환차액에서 잉여가치를 얻으려고 합니다. 전체가 그런 것은 아니지만, 오늘날에는 그런 자본의 본성이 전면에 등장해 있습니다.(같은 책, 85~86쪽)

이 시대의 독자들은 간이치와 오미야의 후예들이다. 그들에게 정치적·윤리적 우위와 가치를 내세운 동시대의 '근대문학'이란 아무래도 상관없다. '근대문학'의 종언이란 문학의 가치가 외부적 가치에 의해 비판받으면서 그 정당성이 해체되는 사태가 아니다. '근대문학'의 해체는 절대다수의 대중들이 더이상 그것을 돌아볼 필요를 느끼지 않는 무관심 때문에 일어난다. 자신의 육체와 정신적 소양을 자본주의적 테크놀로지로 완전히 치환한 호모 에코노미쿠스의 중우정치에 '상상된 공동체'는 케케묵은 가치로 치부된다.

박상영의 첫 소설집은 '근대문학'적 윤리와 멀어지고 있는 자본주의적 생활 세계의 의식이 절대다수가 된 한국사회의 특정한 국면을 독창적인 인물의 시선으로 포착한다. 과거와 미래를 돌아보지 않은 채 철저하게 현재를 탕진하는 게이 남창(「중국산 모조 비아그라와 제제, 어디에도 고이지 못하는 소변에 대한 짧은 농담」), 유명해지고 싶다는 인정 욕구만 남은 실패한 예술가들(「부산국제영화제(「알려지지 않은 예술가의 눈물과 자이툰 파스타」)과 아이돌 연습생(「햄릿 어떠세요?」)을 보라. 예술의 목적을 타인 지향의 인정 욕구 수단으로 전도하거나 기성 상품에 대한 물신화를 아무런 거리낌 없이 추구하며 현실을 부인하는 박상영 소설의 군상들은 가라타니가 도출한 간이치와 오미야의 한국판 후예들이다. 그러나 이들은 재력가와 결혼한 오미야나 자신의 원한을 극렬한 치부致富의 원동력으로 삼아 기어코 성공에 이른 간이치와는 다르다. 그들은 무람없이 투신한 일생일대의 승부에서 패배한 이후 '망했다'는 강박 속에 살아간다. 그럼에도 이들에게 회심은 없다. 자신이 실패했다고 생각하는 그 자리에 멈춰 선 채 술과 무의미한 섹스로 인생을 탕진할 따름이다. '근대문학'이 담보하는 '다른 삶'의 가능성은 그들에게 아무래도 상관없는 듯 보인다. 이대로라면 그들은 결코 채워질 수 없는 타인 지향의 인정 욕구 속에서 허우적대며 일회성의 현실도피로 일생을 살아갈 터다. 이들은 오늘날 한국사회의 황폐화된 내면과 윤리적인 파탄을 반영하는 인간형이다. 그러나 이것이 전부는 아니다. 박상영은 도덕과 윤리를 결여한 채 타인 지향의 평평한 자의식에 갇힌 군상들의 시선을 빌려 오늘날 절대다수의 한국인에 의해 물질적으로 구성된 '한국적인 것'의 한 측면을 어떤 사회과학적 통찰보다 정확하게 형상화한다. 그것은 바로 사회의 구심점을 해체하는 한국사회 전반의 외곽 지향 현상이다. 주류 세계에 편입되기 위한 승부에서 탈락했다는 의식에 사

로잡힌 이들에게 사회의 구심점이란 아무래도 상관없다. 그들은
한국사회의 가장자리를 배회하고 구심점 없이 물질화되어가는
오늘날의 피상적인 한국사회를 직시하며 그곳에서 꿈을 꾸며 살
아간다.

퀴어 아이

  구질구질한 헤테로 남성을 퀴어의 안목으로 변화시킨다. 2003
년 미국의 한 케이블 채널에서 방영되며 센세이션을 일으킨 TV쇼
〈이성애 남성을 위한 퀴어의 안목 Queer Eye for the Straight Guy〉(이하
〈퀴어 아이〉)의 모토다. 스타일리스트, 패션 전문가, 디자이너 및
커뮤니케이션 전문가인 게이들의 '안목에 거슬리는' 헤테로 남성
의 외양과 라이프 스타일이 송두리째 바뀐다. 퀴어의 안목으로 환
골탈태한 헤테로 남성은 보다 나은 인생에 대한 자신감과 함께 자
신을 도와준 퀴어들에게 감사를 표한다. 이 프로의 궁극적인 교훈
은 헤테로 남성 중심 사회와 무지갯빛 라이프 스타일의 문화적인
공존의 가능성이었다. 이를 타진하기 위해 퀴어의 시선은 자신들
이 바라보는 헤테로 남성 세계의 외양에 천착한다. 패션과 헤어스
타일, 그리고 인테리어의 변화가 선사하는 헤테로와 퀴어 간의 무
지갯빛 공존은 21세기 초 멀끔한 외양의 전문직 게이들과 헤테로

세계의 미래에 대한 막연한 전망을 에피소드 단위로 상연했다.

　한국사회 주변부를 배회하며 살아가는 박상영 소설의 군상을 논하는 데 있어서 게이를 거론하지 않을 수는 없다. 박상영 소설의 게이들은 헤테로가 지배하는 세계에서 나름의 안목으로 세계의 외양을 파악하고 때로는 주류 세계와의 공존을 모색하기도 한다. 문제는 그들이 〈퀴어 아이〉에 출연할 정도로 성공한 미 동부의 엘리트 게이가 아니라는 데 있다.

　첫번째 소설 「중국산 모조 비아그라와 제제, 어디에도 고이지 못하는 소변에 대한 짧은 농담」은 '나'의 시선으로 '나'와 '오늘만 사는' 게이 남창 '제제'와의 관계를 서술한다. 제제와 '나'는 한때의 육체관계에서부터 시작하여 동거에 이를 정도로 마냥 가벼운 관계만은 아니다. 두 사람을 이어주는 공통 코드는 게이라는 성적 지향이다. 그러나 두 사람이 성적 지향을 표출하는 방식은 너무도 상이하다. 서술자인 '나'는 옛 애인 Q와 동반 자살을 시도했다가 홀로 생환한 이후 불안도 기대도 없이 만성 전립선염과 발기부전에 시달리며 살아간다. 무엇보다 그는 삼십대 싱글 남성 직장인이라는 사회적 가면을 쓴 채로 익명의 상대들과 가벼운 섹스를 하면서 공허한 내면을 달래는 클로짓 게이다. 제제는 '나'와는 전혀 다른 인간이다. 공적인 퍼스낼리티와 성적 지향을 철저하게 분리한 채로 살아가는 '나'와 달리 제제는 "남의 시선으로부터 초연한 근원적 당당함, 즉 뻔뻔함"(26쪽)의 화신으로서 자신의 일차적 욕망과 즉흥적인 감정에 충실하게 살아가는 무모한 인간이다. 물질적인 차원에서만큼은 부족할 것 없이 자란 제제는 성인이 되고 나서 집안이 풍비박산 난 이후에도 대책 없이 방탕한 생활을 지속한다. 모든 것이 엉망이고 아무것도 남은 게 없는 상황에서도 제제는 디스퀘어드 진, 제냐 슈트, 돔 페리뇽, 프라다 구두와 고급 호텔의 안락함을 포기하지 않는다. 술과 명품, 그리고 남자에게 돈을 쏟아붓는 걸 낙으로 살아간다. 오래전부터 제제의 행태를 목도한 '나'는 방탕한 소비와 남성 편력으로 유명한 할리우드 '셀럽' 패리스 힐튼의 이름을 본떠 그를 '패리스 박'이라 명명한다. 힐튼가의 상속인이 아닌 이상 패리스 힐튼의 라이프 스타일은 파멸의 지름길이다. 그러나 제제는 그 수라의 길을 기꺼이 걸어간다. 무모한 생활의 막장에서 게이 남창으로 전락한 제제는 박봉의 직장인인 '나'와 비교했을 때 상당히 큰돈을 벌지만 그가 돈을 버는 이유는 자기파멸적인 소비생활을 위해서다. 그는 고객에게 받는 돈 이상을 그들에게 도로 탕진하며 사랑을 빙자한 즉흥적인 육욕과 소비자의 나르시시즘에 의지한 채로 살아간다.

'나'는 이러한 제제의 행태를 냉소적으로 지켜보면서도 별다른 저항 없이 그에게 곁을 내준다. 제제에 대한 '나'의 관점은 양가적이다. 거리낌없이 자신의 '사랑'(이라고 작중에서 표현하고 있지만 이것을 사랑으로 온전히 지칭할 수 있는지는 의심스럽다)을 상황과 목적을 따지지 않고 노골적으로 표출하며 파멸로 향해가는 제

제는 "평생을 한동네에서 살았지만 말을 트고 지내는 사람이 없
는 나와는 근본적으로 다른 인간"(27쪽)이다. 전망 없는 직장생활
을 견뎌가며 음지에서 공허하게 육체적 욕구를 채우는 클로짓 게
이가 막장 소비생활에 중독된 게이 남창에게 위화감을 느끼는 건
당연하다. 이토록 인간적인 위화감에도 불구하고, '나'는 제제에
게서 자신의 또다른 모습을 분명히 본다. '나'와 제제는 같은 성
姓과 이름의 돌림자를 공유한다. 제제는 '나'가 두 사람의 이름 중
유일하게 다른 글자인 '제'를 따서 만든 익명이다. 두 사람은 한때
도쿄나 방콕으로 충동적인 여행을 떠나기도 하며 술과 섹스에 탐
닉했다. '나'와 제제는 잠시나마 하나의 세계를 공유했지만 이제
는 그렇지 않다. 제제와 함께한, 영원할 거라 믿었던 음주와 기억
상실의 세계에서 '나'는 떨어져나왔다. 그럼에도 '나'와 제제의 연
은 끝나지 않는다. 한때는 연인이었으나 지금은 아무래도 상관없
는 피상적인 관계인 제제는 '나'에게 있어서 Q와의 동반 자살 실
패 이후 남겨진 기억 속 망한 놀이공원, 조잡한 해피밀 장난감 같
은 것과 다름없다. '나'는 자신이 진정으로 원하는 게 무엇인지 모
른다. 그저 세계와 자신의 공허한 내면을 서성이며 당장 눈앞에
보이고 주어진 것들과 피상적으로 조우할 따름이다. 이런 그에게
'진짜'가 주어질 리 없다. 그의 눈앞에 있는 건 패리스 힐튼의 이
름을 본뜬 게이 남창 패리스 박일 따름이다. '나'의 눈앞에 나타난
패리스 박은 중국산 '모조' 비아그라를 건네고 '나'는 무람없이 그

것을 섭취하며 공허하고 피상적인 관계 속에서 세계를 배회한다.

「알려지지 않은 예술가의 눈물과 자이툰 파스타」는 자기만의 남다른 '퀴어 아이'를 통해 주류 사회에 진입하고자 고군분투하다 실패한 게이 서술자 '나'의 이야기다. '나'는 육 년 전 만든 저예산 장편영화 하나를 끝으로 영화판에서 완전히 잊힌 소위 예술낭인이다. 독립영화 신의 소소한 퀴어 영화 붐에 자극을 받아 칸 영화제 입성을 염두에 두고 남성 동성애자의 '리얼한' 현실을 바탕으로 만든 퀴어 영화였다. '나'에게 있어서 자신이 만든 영화는 기존의 퀴어 영화처럼 헤테로의 시선에 의해 대상화된 감정 과잉의 신파이거나 정치적 프로파간다에 빠지지 않은, '세상에 없는 퀴어 영화'다. 그러나 영화판은 호락호락하지 않다. 영화계 인사들은 기존의 퀴어 영화 문법과 달리 "혐오를 창작의 동력으로 삼아 태초의 무언가"(147쪽)를 만들고자 한 '나'의 관점을 인정해주지 않는다. '나'는 칸은커녕 지방의 한미한 인권영화제의 문턱조차 넘지 못한 채 '짝퉁 홍상수' 취급을 받는다. 게다가 최종까지 경합한 자신을 떨어뜨리고 작품상을 수상한 '가짜 게이' 감독 '다니엘 오'의 신파적인 퀴어 영화에 자신의 영화가 비교당하는 '모욕'을 참지 못하고 인권영화제 뒤풀이에서 행패를 부리다 결국 쫓겨나기까지 한다. 그러고는 다짐한다. "저 거지같은 인간들이 함부로 떠들어댈 수 없도록 대단한 권위를 갖춘 네임드가 될 것이다"(182~183쪽, 강조는 필자).

자신의 작품에 대한 비판과 멸시의 끝에서 터져나온 '나'의 저 진정성 넘치는 다짐은 그가 영화를 통해 진정으로 얻고자 했던 것 이 무엇인지 말해준다. '나'가 세상에 없는 퀴어 영화를 통해 성취 하고자 했던 건 '영화적인 것으로서 퀴어란 무엇인가'라는 질문 이나 그에 대한 해답 같은 것이 아니었다. 모든 것은 '칸에 입성하 고 싶다'라는 막연하고 무모한 인정 욕구의 발로였다. 그가 영화 를 찍기로 결심한 결정적인 계기는 이십대 초반의 나이에 칸의 주 역으로 화려하게 데뷔한 신예 감독 EL의 '마술 같은 신화' 때문이 었다. 언젠가 칸의 총아로 핫하게 데뷔할 것이란 허황된 희망으 로 퀴어 영화 붐에 편승하여 당사자성을 빙자한 아집과 타인 지향 의 인정 욕구로 가득한 영화를 만든 것이 이 모든 사달의 원인이 다. 영화감독인 '나'는 자신이 만든 영화 말고는 아무것도 관심 이 없다. '고전'을 대하는 그의 태도와 관점은 영화감독으로서 갖 춰야 할 최소한의 소양조차 의심하게 될 정도이며 오감독에 대한 묵혀둔 원한을 공식적인 GV 행사에서까지 숨기지 못할 정도로 동 업자 의식조차 희박하다. 퀴어 영화를 수단으로 얻고자 한 허황된 꿈들이 완전히 좌절된 후에 그는 내적으로 '영화감독'임을 포기한 채 패악과 응석을 동력으로 영화판을 겉돌며 살아간다. 손발이 오 그라드는 SNS 활동으로 얄팍한 영향력을 유지하는 다니엘 오가 대변하는, 헤테로적 관점으로 대상화된 퀴어에 대한 '나'의 비판 적 관점에 경청할 대목이 없는 건 아니다. 그러나 자신의 충족되

지 못한 인정 욕구와 원한을 공적 담론인 양 뒤섞어 표출하는 '나'
의 방식은 그보다 훨씬 문제적이다. 결국 내적으로 자기 자신을
파괴하는 행동으로 이어지기 때문이다. 그에게 남겨진 건 서른 장
의 공짜 표와 주류 사회로 진입하지 못했다는 원한, 그리고 화려
함과 구질구질함이 맥락 없이 뒤섞인, '비욘세 순대국밥'과 '샤넬
노래방'을 전전하는 삶뿐이다.

외양에 머문다는 것

　박상영의 퀴어들은 각자의 안목으로 세계를 바라보며 나름의
방식으로 세계와의 공존을 모색한다. 그러나 그 방식이란 세계와
인간에 대한 지극히 피상적인 관계 맺기이거나 수단과 목적이 전
도된 타인 지향의 다소 뒤틀린 인정 욕구를 내세우는 것이다. 그
들에게 필요한 건 진정한 우애의 관계 혹은 수단과 목적이 전도된
인정 욕구에 대한 성찰일 터다. 그러나 박상영 소설의 '퀴어 아이'
들은 '망했다'는 자괴감에 눈물을 흘리면서도 피상적이고 타인 지
향적인 관점으로 세상을 보길 고집한다. 흥미로운 것은 그저 세계
의 외양만을 바라보고 거기에 머물 뿐인 이 절망적인 안목이 지금
까지 한국문학에서 논해진 적 없었던 한국적인 것의 특정한 양상
에 대한 정확한 직시에 이른다는 것이다. 그렇게 박상영의 '퀴어

아이'는 특정한 성적 정체성의 안목을 넘어서 오늘날 한국사회 주변부를 구성하는 익명의 관점과 공존한다.

피상적인 인간관계와 타인 지향의 인정 욕구, 그리고 회심 없는 '망했다'는 자의식은 오늘날 한국사회 어디에서나 쉽게 찾아볼 수 있는 새삼스러운 인간형이다. 「패리스 힐튼을 찾습니다」와 「부산국제영화제」는 서로에 대한 진심을 숨긴 채 피상적인 교제를 유지하는 남녀에 대한 인상적인 연작이다. 평범한 삼십대 회사원 '나'와 삼십대 여성 '박소라'는 삼 년째 교제중이다. 한때 서로의 손이 자신을 단단하게 잡아줄 거라고 믿었던 시절도 있었지만 현재의 그들은 서로의 연인을 피상적으로 연기한 채 각자의 삶을 산다. 경제활동이라곤 인터넷 쇼핑몰 피팅 모델 활동이 전부이면서 자신의 모든 것을 인스타그램에 쏟는 연인 소라를 '나'는 냉소적인 시선으로 바라본다. 일상의 자신보다 더 울적하고, 눈이 크고, 얼굴이 작은 자신의 '짝퉁'을 전시하는 인스타그램에서 소라가 무엇을 하든 간에 '나'는 관심을 끊은 지 오래다. 소라에게 인스타그램은 연인인 '나'와의 관계보다 훨씬 중요한 '자아실현'의 무대. 편모슬하에서 오랜 기간 모친의 병수발을 들며 모친이 모아둔 돈으로 근근이 현재를 사는 소라에게 인스타그램은 현실에서 도피하려는 방어기제로 만들어낸 물신화된 자신이다. 소라가 만난 남자들은 자신이 아는 소라의 모습이 자신의 현실을 부인하기 위해 생각 없이 부모 돈을 탕진하며 사는 '인스타그램 페인'을 연기하는 '껍데기'라는 걸 모른다. 이것을 모르는 채로 '나'는 인스타그램을 다른 방식으로 은밀하게 이용하는 중이다. 소라에게 인스타그램이 자기 전시의 무대라면 '나'에게 있어서 그것은 억눌린 성욕을 은밀하게 처리하는 일종의 하수처리장이다. 서로의 진면모를 의도적으로 외면한 채 피상적인 관계를 유지하는 두 사람의 행태는 해시태그(#)라는 알고리즘에 따라 액정 위에 제약 없이 가시화된다. 하나의 알고리즘으로 이어진 자아실현의 무대와 성욕의 하수처리장은 인스타그램을 매개로 평면화된다. 손쉬운 태그 변환으로 성욕의 하수처리장을 배회하는 '나'와 가짜 자신을 상연하기 위한 무대로 평평한 액정을 택한 소라는 언제 어디서든지 접속 가능하고 가장 손쉽게 가시화되는 오늘날 한국사회의 '스마트한' 외양을 입는다. 인스타그램과 함께 그들을 이어주는 매개, 충무로 애견센터에서 구입한 턱이 삐뚤어진 포메라니안이 두 사람에게 각각 '패리스 힐튼'과 '개'로 불리는 것도 같은 맥락이다. 각자의 인스타그램 해시태그를 배회하며 피상적인 관계를 유지하는 두 사람을 '하나'로 이어주는 이름은 없다. 이 피상적인 관계의 화신인 포메라니안은 온전한 이름을 갖지 못한 채 그저 누구의 눈에 띄느냐에 따라 '패리스 힐튼'이라는 화려한 이름 또는 아무데서나 흘레붙는 구질구질한 '개'로 불릴 따름이다.

각자의 욕망이 무엇이냐에 따라 하수처리장이 자아실현의 무대가 되고 똑같은 대상을 누가 보느냐에 따라 '패리스 힐튼'인지

'개'인지가 결정되는 피상적이고 평평한 외양의 세계. 「조의 방」에서 박상영은 한국사회의 외양으로 노출될 수밖에 없는 극단적인 상황에 처한 인물을 통해 이를 계급의 문제로 조망한다. '수'는 모든 것이 돈으로 치환되는 '세상의 이치'에 자신의 육체를 내맡긴 채 살아간다. 변태적인 역할 플레이를 하는 출장 매춘부인 그에게 정체성은 고객의 성향과 요구에 맞춘 '서비스'의 일환이다. 자신의 육체를 환금의 수단으로 삼아 SM 플레이어 '바니'와 청순녀 '유나'를 오가는 수에게 퍼스낼리티는 고객과의 피상적인 '관계'를 위해 필요할 따름인 일회성 가면이다. 대가를 지불한 고객들은 그가 제공하는 '정체성'이라는 페티시를 피상적으로 만끽한다. 그러나 자수성가형 인간인 '남자'는 그 이상을 원한다. 남자는 수가 서비스를 위해 뒤집어쓴 '유나'라는 역할이 아니라 그의 '진짜'를 원한다며 "투자 설명회에서 자본을 유치하는 젊은 사업가 같"(227쪽)은 말과 태도로 주기적으로 배설물을 공급해주면 거액을 지급하겠다고 제안한다. 남자는 진심으로 수의 '진짜'를 갈망하지만, 배설물을 '진짜'라고 믿는 그의 태도는 돈을 내고 피상적인 역할놀이를 만끽하는 여타의 고객과 본질적으로 다를 바 없다. 남자는 그저 자신이 '진짜'라고 믿는 걸 돈으로 얻고자 하는 분변애증 환자에 불과하다. 남자는 그가 '진짜'로 어떤 사람인지에는 아무런 관심이 없다. 남자에게 그의 '진짜'는 온라인에 유출된 옛 연인과의 성교 동영상에서 쾌락을 탐닉하던 이미지일 따름이다. 그는 "잠시의 당혹스러움에 대한 대가치고는 몹시도 후한"(232쪽) 무척 '합리적인 금액'에 혹해 남자의 제안을 마지못해 수락한다. 그러나 성교 동영상 속의 모습을 그의 '진짜'로 생각하는 남자는 돈을 위해 억지로 배설을 시도하는 수의 태도에 불만을 터뜨리고 '협상'은 끝내 결렬된다.

각자의 이해관계로 성과 돈을 '합리적으로' 교환하는 구매자와 판매자는 피상적인 공생관계에 있다. 간과하지 말아야 할 건 이들의 이토록 '합리적인' 관계가 두 사람의 명백한 계급적 차이에 의해 각자에게 전혀 다른 위상을 부여한다는 점이다. 남자는 학자금 대출금을 일시에 상환할 만한 거금을 자신의 변태성욕을 위해 기꺼이 지불할 여력이 있다. 수와의 협상은 결렬되고 말았지만, 남자는 결국 또다른 '진짜'를 기어코 찾아내어 은밀하게 자신의 욕망을 해소하고 자신이 조소하는 가짜 세상에서 성공한 사업가를 연기하며 살아갈 터다. 역할놀이 매춘부로 일하기 전부터 등록금과 생활비에 치여 살던 수는 자신의 욕망을 은밀하게 처리하여 번지르르한 외양을 유지하는 남자와 달리 온갖 것들에 노출될 위기 속에서 필사적으로 살아간다. 역할놀이 매춘을 위한 정체성 갈아타기는 '서비스'를 위한 합리적인 선택임과 동시에 매춘부로 살아가는 자신의 노출된 부분을 가리기 위한 필사적인 숨바꼭질이다. 학자금 채무와 생활비 마련에 찌든 채 생활고에 내몰려 매춘 일선에 뛰어들었을 수는 급기야 일주일 중 유일한 안식이었던 일요일

'조의 방'에서의 은밀한 행위마저 파일 공유 사이트에 업로드하여 환금의 수단으로 '노출'하는 데까지 이른다. 수와 남자는 각자의 이해관계에 따라 화폐라는 '합리적인' 매개로 가장 은밀한 행위를 주고받는 데 합의하지만, 이 협상은 두 사람에게 전혀 다른 결과를 초래한다. 협상을 통해 남자는 자신의 추잡하고 더러운 이면을 보이지 않게 처리하지만 수에게 있어서 그것은 자신의 가장 내밀한 삶의 부분이 가시화될지 모른다는 항구적인 위협에 다름 아니다. 협상이 지속될수록 '성공한 자'의 외설적인 부분은 가려진다. 반면에 반대편 당사자인 수에게 협상이란, 자신의 모든 것이 평평하게 외화될 위기의 지속이다.

외양만을 본다는 것

박상영 소설의 인물들은 세계와 공존하기 위해 벌인 협상이 '망했다'는 인식 속에서도 그것을 포기하지 않고 지속한다. 이를 감내한 그들에겐 자신이 진정으로 갈망해온 것의 비루한 '짝퉁' 아니면 끔찍한 자기외화만이 주어진다. 이들이 다수를 점유한 세계란 외양이 우세한 구심점 없는 피상적인 사회일 수밖에 없다. 박상영의 첫 소설집은 사회의 구심이 되는 '개인'이 아니라 피상적으로 세계를 바라보는 혹은 바라볼 수밖에 없는 처지의 욕망으로

서 2010년대 한국사회를 직시한다.

박상영은 언제나 가시권 안에 있음에도 불구하고 우리의 '전망'이 좀처럼 포착하지 못하는 부분을 가장 피상적이고 근시안적인 욕망의 관점을 빌려 정확하게 본다. 모두가 갈망하는 '진짜'는 극소수의 선택된 이들에게만 허용되고 절대다수에겐 '진짜'의 모조품만이 주어진다. 모든 것이 망하고 난 '나'와 '왕샤'에게 허락된 유이한 공간인 '비욘세 순대국밥'과 '샤넬 노래방'이 그런 것들이다. 적정성을 무시한 채 정체불명의 위화감으로 자신의 존재감을 드러내는 심란한 상호들만큼 오늘날의 한국사회를 정확하게 말해주는 것도 없을 터다. 한국사회 어디서나 볼 수 있을 거대한 콘크리트 큐브에 맥락 없이 그저 각자의 존재감을 위해 전시된 간판들의 카오스. 이것이야말로 사회의 외곽으로 절대다수의 개인들을 몰아붙이며 국가 단위의 번영을 지속하는 이 시대의 새삼스러운 외양일 것이다. 그리고 이 새삼스러운 외양을 따라 입는 것이야말로 오늘날 절대다수의 한국인들에게 마지막으로 주어진 선택지다.

박상영 소설의 등장인물들이 흘리는 눈물은 일차적으로 자기 자신의 실패에 대한 비탄이지만 그게 전부인 것 같지는 않다. 그것은 한국사회 도처에 심란한 존재감을 발하며 맥락 없이 널려 있는 꿈과 희망의 흔적을 직시하는 자의 슬픔이기도 하다. '나'와 왕샤가 군대 동기인 C의 꿈과 희망의 흔적인 '자이XII툰 파스타' 주변을 서성이는 것에서 알 수 있듯, 그들은 자기 주변의 새삼스러운 '망함'과 실패의 흔적에 무감하지 않다. 어느 순간 박상영 소설의 인물들은 한국사회 주변부에 머무르며 실패한 꿈들의 피상적인 별천지를 직시할 줄 아는 안목으로 일신한다. 그렇게 허망한 내면성의 클로짓 게이와 인스타그램 폐인을 형상화하는 관점은 재고 처리용 오디션 프로그램에 스스로를 내맡기는 이십대 중반의 조로한 아이돌 연습생의 관점과 공존할 수 있게 된다. 나아가 빵과 포도주 대신 세라믹을 영성체로 섭취하는 무분별한 개발과 욕망의 성소일 '성령 환경 보존 재개발 연합 사무소'가 '비욘세 순대국밥'과 '샤넬 노래방'과 한 건물에 공존할지도 모를 심란함을 곱씹을 수 있게 한다. 이 모두를 직시하는 박상영의 안목은 한국문학의 관점에서 전례 없던, 외곽에 위치한 절대다수와 함께하는 '퀴어 아이'다. 그것은 성공과 실패의 절대적인 임계에서 최후의 꿈과 희망을 노골적으로 이 세상에 전시할 수밖에 없는 이들과 함께 만들어낸, 오늘날 가장 한국적인 발명품에 비견될 만한 동시대 작가의 화답이다. 이왕 여기까지 온 거 이 얘기를 '박상영식'으로 어디 한번 풀어볼까. 박상영의 소설은 캡사이신 폭탄에 치즈를 곁들인 '빨간 맛'을 음미할 줄 아는 고독한 미식가들과 당대의 가장 핫한 장르를 맥락 없이 초 단위로 널뛰기하는 케이팝 관객들을 향해 전적으로 열려 있는 이 시대의 문학이다.

작가의 말

사람들 속의 나는 웃음이 많고 남 웃기기를 썩 좋아하는 사람이지만, 혼자 있을 때의 나는 울적해하는 경우가 많고, 더러는 그 울적함을 견디지 못해 나 아닌 다른 대상에게 깊이 의존해버리고 마는 한심한 인간이다.

요즘처럼 모든 게 다 빠른 정보화 시대에 의존이든 뭐든 좀 대충 하고 치웠어야 했는데 그러지는 못했다. 매 순간 최선을 다했고, 그게 어떤 대상이든 나 자신을 무너뜨려 그 대상과 하나가 되어야 한다고 믿었으며, (그런 순진한 믿음을 가진 사람들이 대개 그렇듯) 관계에 기울였던 모든 노력이 처절한 실패로 끝났다. 지난날의 나는 그 집착의 궤적을 사랑이라고 착각하며 살아왔던 것 같다. 한 사랑이 시작될 때마다 세상을 다 가진 것 같은 과장된 행복에 젖어 있다가 그것이 끝날 때면 우주가 통째로 끝나버린 것처럼 절망했다. 하루를 살면 하루를 잊었고, 한 관계가 끝나면 다른 관계로 폐허를 덮었다. 그렇게 한참을 앞만 보고 달리다보니 나는 진심을 다해 무언가를 하는 방법을 잊어버린 한심한 현대인이 되어 있었다. 인간에 대한 애정이나 신뢰 같은 것들을 지난 시절에 모두 흘려버린 채로. 아프지만 그것이 내 지난 이십대를 정리하는 가장 맑고 진솔한 문장일 것이다.

소설집을 묶으며 소설 속의 인물들이 꼭 내가 흘려두고 온 시절과 닮아 있다는 생각을 했다. 서로를 향해 한없이 발버둥치면서도 끝끝내 가까워지지 못하는, 사랑보다는 혐오에 가까운 인물들을 보며 나는 샤워를 하다 무심코 거울을 본 것처럼 울적한 기분에 사로잡혔다.

그럼에도 불구하고 이 글들을 묶어낼 용기를 낼 수 있었던 것은 세상 어딘가에 나와 비슷한 사람이 있을지도 모른다는 생각에서였다. 이를테면 필름이 끊기기 위해 술을 마시는 사람, 만취해 택시를 타면 이유 없이 눈물이 쏟아지는 사람, 스스로를 씹다 버린 껌이나 바람 빠진 풍선처럼 여기는 사람, 사후 세계를 믿지 않는 사람, 함부로 누군가를 이해한다는 말을 하는 것을 경계하는 사람, 그렇게 잘난 척을 하며 살다보니 나 아닌 누군가에게 한 번도 제대로 가닿아본 적이 없다는 것을 문득 깨달아버린 사람.

이 책은 좀체 웃을 일이 없는 그들에게 건네는 나의 수줍은 농담이다.

2018년 늦여름

박상영

| 수록 작품 발표 지면 |

중국산 모조 비아그라와 제제, 어디에도 고이지 못하는 소변에 대한 짧은 농담
······ 『현대문학』 2016년 12월호

패리스 힐튼을 찾습니다 ······ 2016년 문학동네신인상 당선작

부산국제영화제 ······ 『현대문학』 2018년 5월호(발표 당시 제목은 '#부산국제영화제')

알려지지 않은 예술가의 눈물과 자이툰 파스타 ······ 『문학동네』 2017년 가을호

조의 방 ······ 문장 웹진 2017년 3월호

햄릿 어떠세요? ······ 테마소설집 『우리는 날마다』(걷는사람, 2018)

세라믹 ······ 『문학들』 2017년 여름호

문학동네 소설집
알려지지 않은 예술가의 눈물과 자이툰 파스타
ⓒ 박상영 2018

1판 1쇄 2018년 9월 7일
1판 11쇄 2022년 4월 29일

지은이 박상영
책임편집 이성근 | 편집 정은진 김내리 이상술
디자인 윤종윤 유현아
마케팅 정민호 이숙재 한민아 김혜연 이가을 박지영 안남영 김수현 정경주
브랜딩 함유지 함근아 김희숙 정승민
제작 강신은 김동욱 임현식 | 제작처 영신사

펴낸곳 (주)문학동네 | 펴낸이 김소영
출판등록 1993년 10월 22일 제2003-000045호
주소 10881 경기도 파주시 회동길 210
전자우편 editor@munhak.com | 대표전화 031) 955-8888 | 팩스 031) 955-8855
문의전화 031) 955-3579(마케팅) 031) 955-2675(편집)
문학동네카페 http://cafe.naver.com/mhdn | 트위터 @munhakdongne
북클럽문학동네 http://bookclubmunhak.com

ISBN 978-89-546-5286-5 03810

www.munhak.com